放生羊

次仁羅布
ཚེ་རིང་ནོར་བུ།

五濁惡世的溫暖

〔推薦序〕

鍾怡雯

第一次讀到次仁羅布（1965-）的小說，是編選《當代西藏漢語文學精選（1983-2013）》（2014）的時候。收入精選集的小說〈放生羊〉（2009）、〈神授〉（2011）以及散文〈綠度母〉（2011），故事好，底氣足，很有靈氣，讓人一讀就喜歡。

次仁羅布不算新人，他從九〇年代開始寫作，迄今在中國僅出版過一本小說集《界》（2011），得小說十四篇，距離第一篇小說〈羅孜的船夫〉（1992）發表已近二十年。二十年得一書，次仁羅布的小說卻從容自若彷如神授，他不急著寫，出手都是精品。穩紮穩打底蘊厚實的小說，除了故事好，還具備怎麼把故事說好的天賦，在這一點上，次仁羅布一如〈神授〉的格薩爾王史詩的說唱人亞爾傑，「我的說唱更加流暢，情緒更加豐沛，故事更加引人入勝」。

中文小說在近百年來歷經多少理論浪潮和百變技巧，潮來潮去，技巧不斷翻新，說到底，小說的初衷仍然是好故事和說好故事的兩結合。借用亞爾傑說的，次仁羅布的小說在說唱和故事這兩個條件之外，還要加上「情緒豐沛」。他對筆下的人物充滿感情和憐憫，佛教的說法是「慈悲」，源自一個獨特的心靈世界。這個心靈世界的形成很複雜，其中最重要的是他長期浸潤的藏傳佛教和神秘的西藏文化。

跟所有的西藏作家一樣，次仁羅布腳下有神秘的厚土，那是西藏高原壯闊的藏地風光；在文化上，則有藏傳佛教和神秘的西藏民俗風土。對藏文化的召喚與回應是漢語世界對西藏作家的集體印象。西藏文化以佛教密宗金剛乘的宗教思維體系，融合了以泛靈思想為中心的本土原始苯教，成為獨樹一幟的藏傳佛教，宗教是西藏人的生活道德規範，同時也形塑了西藏的文化結構，成為西藏文學的特色。佛苯合一的宗教文化思維，神秘的氣質跟拉美魔幻寫實主義一拍即合，在尋根浪潮中躍升為一九八〇年代的重要文學地景，建構出辨識度很高的西藏圖像，藏文化提供了材料，魔幻寫實提供了說故事的技巧。藏傳文化在西藏文學變成藏傳魔幻的同義詞，同時也形成框架和束縛，成為西藏文學的標籤和刻板印象。

次仁羅布筆下的西藏卻是化神祕為日常的西藏。輪迴和轉世以及宗教信仰被日常化，甚至連神授這事，也被去神祕化，更不必說什麼魔幻即寫實了。簡單的說，神授往往經由「夢授」，往往一覺醒來，那被揀選的說唱人即可滔滔不絕地講授格薩爾王的神蹟。根據中國民俗學者楊恩洪多年的田野調查，格薩爾王史詩的說唱藝術既是超越時空的口傳藝術，同時也有超越知識能夠理解的神祕。神授的人選往往來自社會中的最底層，有的甚至是文盲，確如小說所言，一覺醒來可以連續講唱四五個小時數十萬言。

〈神授〉夠神祕也很符合魔幻的大原則，次仁羅布卻無意誇大，他左右開弓，一邊講述神授的傳奇，一邊把傳奇色彩降低，也可以說，他的興趣還是在人。既是人，必然有人性的弱點。亞爾傑一覺醒來成了神授的說唱人，他的說唱方式令人著迷，在大草原引起轟動，出了名，於是官方力邀進入拉薩城錄音。他慢慢耽於舒適安穩的生活，世俗和享樂減損了他的靈性，神離他越來越遠，對著機器關在四面是牆的房間裡錄音，沒有草原沒有聽唱的牧民，他的說唱也失去了熱情。狼是草原也是亞爾傑的守護神，十年說唱生涯，牠是亞爾傑的良伴，進了城，等同遺棄了「神」。他女兒誕生那刻，狼死了。這是神性向俗世告別的象徵性時刻，小說寫來力道特別強，很有撞擊力。草原才是史詩的故鄉，說唱人的大舞臺。說到底，說唱的內容是神的事蹟，說唱卻是一門人的藝術，也是生命的藝術。唱的人固然重要，聽者也一樣重要。神授是天命，天命難以言說。次仁羅布並不誇大和擴張藏傳佛教的神祕，反而從人性入手去詮釋神性。這篇小說捕捉大草原的風吹草動十分細膩和詩意，畫面立體而強烈，說是神授的詩篇也不為過。

當然，次仁羅布心靈世界的形成，很顯然不完全源自西藏文化。那只是大背景，許多西藏作家共享的文化資源。西藏文化和現實所構築的世界，只是小說家用來通往他的抽象世界的第一層基礎。必然還有更關鍵的個人因素。那牽涉到小說家的經驗、個性、感情和理想，形塑小說家氣質最重要的根本。

先談〈羅孜的船夫〉，收入《放生羊》最早的小說。論者多半以為次仁羅布是在二〇〇四年進入魯迅文學院讀書後，小說才從單一變得成熟。他受訪時也坦承確實如此。不過，從處女作或者最早期的作品，往往可以看出一個作家最純粹的原始特徵。那裡有一種創作的直覺，熱情和光芒，在沒有標準、榜樣和借鑑的狀態下完成的初胚，或許並不完美，甚至缺點不少，更可能是成名之後，讓作家有點羞以回顧和面對的青澀之作。初胚沒有太複雜的技術，卻蘊藏了最個人的初始經驗，乃至日後被反覆處理被深化的概念。〈羅孜的船夫〉的意義就在這裡。

小說處理的是從魯迅以降，現代小說很常出現的「故鄉」題材。船夫的女兒懷上了康巴商人的小孩，離開了故鄉，原來跟女兒相依為命的船夫頓失所依。他思念女兒，曾經入城尋覓露宿街頭，卻在繁喧的城裡遭遇了冷漠無情和羞辱，鄉下和城市的人情冷暖簡直天上地下之別。羅孜雖是窮鄉僻壤，山風明月和江山水色卻是肉身的歸屬，誦經轉經則是心靈的皈依。女兒並沒有覓得真正的幸福，她經歷流產，失去愛情，卻寧願留在拉薩。她的人生觀裡只有今世要如何過上舒服的文明的生活。至於船夫，他愛女兒，卻更深信宗教的輪迴和生命的超脫，寧願選擇物質匱乏卻自在的生活。此外，一趟現實的旅程讓他體悟，「羅孜雖然荒涼，人心卻充滿了愛」。這篇小說讀來很有西藏版的《邊城》風味。就小說而言，也許寫得簡單，作為作家的初胚，卻意味深長。

小說揭示了次仁羅布的兩大核心信仰，是宗教和愛。這兩者是他的底氣。次仁羅布的小說不乏寫性愛，寫男女的赤裸情慾，如中篇小說〈界〉寫男主人和女農奴的熱戀，男女對肉體和愛情的渴望。〈秋夜〉寫伐木工人耍嘴皮聊女人來打發沒有女人的勞動日子，談女人可以解除他們的疲勞，喚醒心靈深處的渴望。〈塵網〉寫跛子對借宿女人初萌的情感，他在夜裡聽著女人的呼嚕聲、夜裡蹲尿桶解手的聲響，覺得很幸福。家裡有個女人多好啊。跛子粗獷的外表下的情感和心靈多麼細膩。這「夜裡蹲尿桶」的一幕很野很真，更是神來之筆。跛子的上一段婚姻是老少配，原來要娶青春年華的女兒，最後卻娶了極度渴望愛情的媽媽，引起世人的訕笑和嘲諷，跛子卻默默地承受下來，他是多麼渴望被愛和愛啊。當他有了孕妻有了愛，死亡來臨時，他一點都不畏懼，「因為他想到塵世間自己曾經愛過人，而且愛得是那樣徹骨。有了愛什麼都不怕了。」引用這些小說無非證明次仁羅布小說對「愛」的演繹，是他的小說初衷。對男歡女愛他有著非常獨特而細緻的觀察和書寫，奇怪的是，他寫男女情慾卻給人純淨的印象，那是因為他的小說有著非常濃厚的宗教精神，以及強烈的對人世的愛。宗教和愛，讓他的小說昇華，同時也造就了小說溫暖的調性。

〈放生羊〉是這本小說集最動人溫情的一篇。年扎的妻子死了十二年，他常從噩夢中驚醒，夢中的妻子仍然被病痛折磨在地獄受苦，一直沒有投胎。年札過得不好。他被生活和胃痛折騰得衰朽老弱，惟有禮佛，是他覺得最靠近神的時候，「人心變得純淨澄澈，一切禱詞湧自內心底」。最後，他在一隻羊身上，看見了祂。

放生羊原是一隻待宰羊，年扎用僅有的錢贖了這隻特別有靈性的羊，從此每日天未亮帶上羊去轉經，了無生趣的生活，因為這隻羊的到來重又燃起了希望。這隻羊在他晚起時會敲門催他，年扎胃痛得無法出門，就讓牠自己獨自去轉經。人們知道這隻耳朵別著紅布條的羊就是放生羊，也會特別照顧牠。遇到放生羊之前，年扎唯一的希望是死亡。羊來了沒多久，他得了胃癌，卻反而激起活下去的渴望。這當然是以宗教為底色的小說，更是個寫愛與依賴的小說。眾生皆有情，人羊之間原來可以存在這麼一種深刻，乾淨而明亮的情感。

小說寫得非常溫柔，非常慈悲。只有深信愛的力量，才可能寫得這麼不慍不火，不忮不求。〈放生羊〉寫來簡直就是「純淨澄澈」。這樣的小說一個拿捏不準容易寫過頭變成矯情，或者成為純粹的宗教小說，那就成了說教。次仁羅布確實是寫愛的高手，〈殺手〉原來是復仇的故事，通篇小說在寫殺手如何尋人，可是當他吃盡苦頭費力找到老邁虛弱的仇家，只能流淚棄械，最後選擇離開。這是個演繹「不忍」的故事，人與人之間的，另一種愛的形式。

基本上，次仁羅布筆下的人世是一個物質條件貧乏，生活困難的世界。整本小說出現過的食物大都是糌粑和茶，對於食物，次仁羅布使用的詞彙再簡省不過了。他的興趣在寫階級分明的西藏傳統社會，人類必須掙扎著討生活的五濁惡世，以及有情眾生在無情世界裡的流轉生滅，隨著現代化，顯得更加艱難和嚴峻的現實。他更有興趣的是探尋人的精神世界，或者人的靈性如何可能。現實世界在他的小說裡是肉身的暫時棲所。死亡並不是結束，而是解脫，或者另一個輪迴。〈前方有人等她〉的「人」是已逝世的裁縫頓丹。他做事踏實，寬容善良。夏辜老太太的不肖兒子對比父親仁慈的個性，讓她一心一意期待在前方等她的丈夫。小說把死亡當成生的延續，而非結束。〈界〉和〈塵網〉都描寫了這樣的佛教生死觀，即便是把人世寫得最苦最不堪的〈雨季〉，也有菩薩慈悲的憐憫目光。

這本《放生羊》充滿生命的重量，也很有精神。無關字數或篇幅。事實上，除了〈界〉是中篇之外，餘皆短篇。在次仁羅布筆下，仍然體現著非常傳統的對德性對美好生活的執著和追求。淨土在現世倘若不可得，那麼，就寄望來世吧。他彷彿在佛的慈悲凝視下寫小說，在這犬儒的時代，把靈性視為不墜的信仰，把生命託付愛。

藏族悲憫情懷（自序）

佛教講的是因緣，當我臨近五十而知天命時，卻與美麗的寶島臺灣有了一些千絲萬縷的聯繫。首先是臺北大學中國文學系教授陳大為先生，他要編輯出版一本《當代西藏漢語文學精選》，使我與臺灣有了第一次聯繫；之後，通過陳大為教授的熱心推薦，九歌出版社願意出版我個人的中短篇小說集，這讓我深受鼓舞和溫暖。畢竟，以前出版的作品都是簡體中文，如今可以以繁體中文出版，加上是在美麗的寶島臺灣出版，這讓我很欣喜，也感到了我與寶島之間的因緣正在催化與加深。

我對於臺灣的記憶，是在上世紀七〇年代末期開始的，那時課本上會經常出現「寶島臺灣」和一些旖旎的風光圖片，再後來讀到了瓊瑤、白先勇、席慕蓉、三毛等作家的作品，讓我對臺灣有了更加感性的認識。慚愧的是，對臺灣當代優秀作家的作品我卻知之甚少。

九歌出版社給我這麼一個機會，將我創作的作品精選出版，讓更多喜歡文學的臺灣讀者讀到西藏，讀到藏族人的生活和信仰，這對於我來講，是對我個人寫作的一個最大褒獎！

西藏這塊土地上曾經產生過兩個文明，第一個是象雄文明，那時創立了苯教，是西藏最初的一種原始宗教，時間相當於佛祖釋迦牟尼時期；在後就是雅礱文明，歷代藏王通過兼併征戰，建立了強大的吐蕃王朝，引進中原文化和印度佛教，與本土文化進行衝撞、融合，初步形成了藏族文化的前身。藏族文學也在那時產生，在發展過程中形成了各種的題材和形式，產生了詩歌、格言、史詩、傳記、故事、寓言、史記、戲曲等，卷帙浩繁，成為中國文化遺產寶庫中的一顆璀璨明珠，在世界上產生巨大影響的有史詩《格薩爾王》、《倉央嘉措道歌》、《米拉日巴傳》等。正是這種深厚文化的熏染下，我在上大學時開始模仿著寫點東西。只是參加工作後，又沒有了創作的激情，跟文學離得很遠。真正為發表作品而寫作是在一九九二年，一篇〈羅孜的船夫〉投給《西藏文學》後，收到了時任《西藏文學》主編李佳俊老師的來信。出乎我預料的是，這篇作品不僅排在了頭條，而且還配了一篇長長的評論，這對我的創作真是莫大的鞭策。但由於是業餘愛好，精力投入得很少。

從我個人而言，真正的文學創作開始於二〇〇五年。之前有限的幾篇作品，都是在講述一個故事，更多地注重的是故事本身的發展和細節上來呈現藏民族的一些東西而已。

從二〇〇五年起，我懂得了文學並不僅僅是講故事，它要承載這個民族的靈魂和塑造這個靈魂的文化沃土。於是我開始涉獵佛經、西藏歷史、藏族文學，同時學習內地優秀作家的作品和國外的作品，在這種閱讀和對比過程中，我發現藏族文學跟日本文學有個共通的地方，那是一種憂愁，是一種與生俱來的，彌漫在血液和骨子裡的濃濃的愁緒：世界不完美、人生就是荒誕、愛情會死去、一切皆無常。這些思想從此影響著我，讓我時刻想到這些缺憾。但這種愁緒的東西沒有給我帶來痛苦和絕望，反倒是提醒自己，以後努力去珍惜生命中遇到的每一個微不足道的幸福，讓自己為一些細小的過錯進行懺悔與反思，永遠以一個謙卑者來對待生命中遇到的每一個人。〈殺手〉、〈雨季〉、〈界〉、〈綠度母〉（散文）等就是試圖表達這樣一種思想。

寫一個故事很容易，但把一個故事講得跟別人不一樣，那得要費很大的功夫。這裡我指的是敘事策略上不停地超越自己。這導致了我作品數量的寥寥無幾，很多故事在我頭腦裡有了，但我要尋找到一個全新的敘事視域，這讓我的故事有時在頭腦裡要發酵個一兩年。這也許證明了我是個很笨的人，但我會堅持下去，因為我所寫的每個故事是我熱愛的這個民族，每一個字裡都在流淌著民族的血液，我是他們的樹碑之人。

感謝每一位閱讀這部作品的人，感謝搭建這因緣橋梁的九歌出版社。

祈盼西藏的藏族文學能給您帶來另外一種文化和這文化影響下的藏民族悲憫的情懷！

目次

神授

我能清晰地看到祂們華麗的衣裳和佩戴的飾物，能聽到征戰中勇士熱血沸滾的聲音，能嗅到瓊漿清冽的芳香、鮮血的辛辣，能感受格薩爾王皺眉時的苦痛……

1

神兵天將騎著雪白的駿馬，從雲層裡奔馳下來，旌旗招展，浩浩蕩蕩，要把色尖草原攪個天翻地覆。

這是公元一九七九年發生的事。

但色尖草原上的人，誰都沒有瞧見這壯觀的景象，也沒有聞到暴風驟雨似的馬蹄聲。唯有一個十三歲的放牧娃親歷了這件事。

當時，他張大嘴，眼珠突兀，驚駭地立在草地上，全身瑟瑟發抖。神兵天將高大的駿馬從他身邊奔騰過去，地顫山晃。慣性引起的疾風把他的辮子吹散，絲絲黑髮在他腦後獵獵飄蕩，破舊的衣服，一片片地從他身上被吞噬走。放牧娃將眼睛和嘴巴緊閉，拒絕看到面前的景象。只有風，在他周身凜冽地颳著，身上有如針刺；只有馬蹄聲，撞擊他的耳膜，有如鼓聲喧鬧。

當周圍一下寂靜時，放牧娃聽到的只有自己的心跳聲，他這才睜開了眼睛。

神兵天將圍得他密不透風，顏色各異的旗幟漫天飄揚。站在圈子中央，與放牧娃相視的是一名騎在馬背上，身著銀色鎧甲，頭戴金色盔帽，右掛虎皮箭筒，左懸豹皮弓，右手持水晶柄寶刀的人。馬的粗重喘息聲，尖銳地灌進放牧娃的耳朵裡；鼻翅噴出的熱氣，蒸騰在他的臉上，陣陣潮濕。那人縱身跳下馬，跨著大步向放牧娃走來。放牧娃驚恐不已，想大聲地喊救命，喉嚨卻乾得發不出一點聲音，腳沉重地挪不動一步。

我當時想到要死了，那個握著寶刀的天神邁著大步向我靠近。陽光在祂的刀背上滑翔，甩出的寒光刺穿我的眼睛直抵腦門，恐懼便駐留在腿上硬邦邦的。

你叫亞爾傑？天神問我。

我張著嘴，說不出一句話，只能不住地點頭。

我是格薩爾王的大將丹瑪，你被我們選中，要在世間傳播格薩爾王的功績。

話音未落，寶刀似一道閃電，從我的肚皮上疾駛滾過，留下一陣颼颼的涼意。我驚懼地低下頭，撕裂的衣服下露出古銅色的肚皮，綻裂的傷口處，有瑪瑙般的紅珠一顆一顆滴落到腳下的草叢裡，然後碎裂成無數細小的紅珠，慌忙躲藏到綠色叢中。丹瑪一雙有勁的手伸過來，從傷口處把肚皮撕開，麻利地將體內的五臟六腑揪出，丟棄在草地上。我看到我的肺，我的心臟，我的腸子，不安地在草地上掙扎，還有熱氣正在消散。我極度地衰弱下去，仰倒在綠色叢裡。

十三年裡，你肚子裡裝的就是這些垃圾，現在全部清理掉了，我給你裝上有用的東西。丹瑪手一揮，幾個神兵捧著黃綢緞包裹的東西走過來。我欲哭無淚，已經被死亡的恐懼擊倒。丹瑪掀掉黃綢緞，露出一摞經文來。在我空洞的肚子裡，丹瑪把它們壘疊起來，然後用針線縫合傷口。整個過程極其簡單，恐懼還沒從我的腦子裡退散，一切就結束了。

亞爾傑，你的身體需要恢復，就在這兒躺著。每當你需要我時，我會出現在你的夢境裡。丹瑪說完轉身離去。我斜眼望著祂寬大的後背，漸漸變小。

一陣地動山搖之後，色尖草原上只剩下鳥的啁啾聲和飛動的小蟲子。

這怎麼可能，我不但沒有死去，肚皮上的傷口也沒有一點疼痛，只是覺得乏力，身子動彈不得。我靜靜地望著碧藍的天和流動的白雲，沐浴太陽暖暖的光照。此時，我聽到身下的草抱怨我壓住了她們，花兒嗔怪陽光太強烈了，她要吸吮水分。一切太神奇了，我能聽懂花草的聲音。我聽著她們的聲音，知道了這些花草的喜悅與痛苦。

太陽一點點地從草原西頭的山頂墜下去，天邊的雲朵霎時羞得滿臉通紅。牛羊從我身上踩踏過去，理都不理會，牠們向著拉宗（神仙聚居）部落走去。

過了一會兒，夜漂移到我的頭頂，它把黑色的幕布抻在了色尖草原上空，讓我看不清周圍的一切。花草也停止了言語，進入到睡夢裡。我卻擔心那些牛羊會走散，要是不能安全地回到部落裡，牠們會遭到狼群的襲擊，那樣今後不會有人雇我放牧，我的生活也就沒有著落了。這種擔心很強烈，我試圖站立起來，可是身子重如一座山。我不安地躺在草地上，眼裡盛滿濃重的黑夜。

亞爾傑——亞爾傑——

牧民的尋找聲傳到了我的耳朵裡，聲音綿延不斷。之後，細小如星星般的光點在黑暗裡跳躍。這些光漸漸變大，光柱從四處照射過來，刺穿濃濃的黑幕。

是十幾束手電筒的光。

我仍舊像塊石頭，沉重地壓著身下的青草，折彎了她們。

手電筒的光照在我的身上，又移到了別處，有人甚至從我的身上踏了過去。

亞爾傑不會被狼群給襲擊了吧？有人不安地問。

不會的。要是狼來了，牛羊也會遭襲擊。可是，現在牛羊一頭都不少啊！

這孤兒，肯定是貪玩，跑到遠處去了。

但願他沒有被餓狼給吃掉。

可憐啊。我們還是四處去找找。

……

牧民們你一句我一句地交談，向草原深處分頭去找。

我的恐懼減弱了一些，因為人們終歸會發現我的。還有，牛羊一頭都沒少，這讓我很欣慰。如今不能動彈，我只能靜靜地躺著。那些手電筒的光束，最後隱滅在黑暗裡，天地又嚴密地合成了一體。

深夜，雨珠劈啪地砸下來，我的身上卻怎麼也落不到雨，像是有什麼東西給罩著。我暗自驚訝之時，閃耀綠光的兩個圓珠子，掛在了我的前方，還有綿長的呼吸聲，死亡血腥的氣味蕩滿我的感官，心陣陣揪緊。這兩珠綠光在幾步遠的地方停住，再沒有向我靠近。我等待牠來侵襲，過度的緊張使我昏厥了過去。

當我甦醒過來，睜開眼睛，已是黎明時刻。晨曦微露，遠山正脫掉黑色的幕布，把碧綠一點點地透露。不遠處一匹巨大的狼盯著我，牠的眼光裡未閃現飢餓的光。牠看到我的目光散漫地投射過去，用一種柔和的目光來相迎，之後轉身向草原深處奔跑。我想牠可能去叫牠的同夥了。這麼想著，天已經透亮，軟兮兮的金色光束，落滿了遼闊的草原，碧綠的汪洋開始起伏浪湧。

我熟悉的牛羊又來到了我的身邊。今天替我來放牧的是多谷。離我不遠的地方，多谷放下裝糌粑的包和黑黢黢的鋁壺，把牛羊趕到草茂盛的地方去。

他們為什麼看不到我？想到這個問題，我的心裡又開始焦急起來。我叫喊，可是發不出聲音，卻引來鹹澀的淚水噴湧，濺濕臉頰。

尋找我的牧民們疲憊地回來了，經過色尖草原時，多谷問，找到了嗎？其中一個回答說，連個影子都沒有找見，他可能已經死了。他們拖著長長的影子，縮著脖子，向拉宗部落走去。

多谷從草地上撿拾了一些乾牛糞，丟在三角灶石中，用乾草引燃火，上面擱上了鋁壺。不久，茶香藉著風的翅膀，飄進我的鼻子裡，那馨香讓我的胃痙攣。多谷吃飽喝足後，把茶壺裡的剩茶倒在了三角灶裡，發出了噝噝的聲音，說明火全被澆滅了。多谷仰面躺在草地上，沉沉地睡去。

漫長的一天又過去了。多谷率領牛羊，唱著清麗的牧歌，晃悠悠地向部落方向走去。

夕陽金色的花朵盛開在他的脊背上，揮動的鞭子在他頭頂劃出道道美麗的弧線，讓清脆的鞭聲流動在空際。我聽著繚繞在草原上空的歌聲，渴望也能像他一樣，回到拉宗部落去。

夜晚，那匹狼又來了，牠像先前一樣隔著一段距離，蹲坐在我的旁邊，一動不動。緊張，又襲上我的心頭，呼吸開始急促起來。

那夜繁星閃爍，皓月當空。到了半夜時刻，丹瑪乘騎雪白的駿馬再次來到色尖草原上。狼看到丹瑪的乘騎，牠騰空而躍，無限歡喜地去迎接丹瑪的到來。狼和丹瑪輕盈地落在草原上。丹瑪跳下馬來，走到我的身邊。祂蹲下來拍了拍我的身子，那個壓抑我的沉重，一下從身體裡消失掉。

亞爾傑，你可以回部落了。丹瑪說完轉身抱住狼的脖頸，臉貼在牠的臉上。丹瑪一鬆手，輕巧地跳上白馬的背部，向空際馳騁過去。

狼引頸發出了一聲長嚎，那聲音讓我體內的經脈震抖。

夜色的草原上，我和狼相視著，我從牠的眼神裡，知道牠在等待我起身。

我站了起來，折彎的草舒展身子。此刻，我聽不見草的說話聲了。狼蹲坐在我的面前，眼睛一刻都不離我。

月亮白淨的光輝中，我向拉宗部落走去。

拉宗部落的婦女們，在自家的土屋裡，蹲在三角鐵灶前燒牛糞火，鼓風呼呼地吹，黢黑的牛糞霎時邊角一片通紅，淡白的煙子飄滿窄狹的屋子。男人們這才從被窩裡抬起蓬鬆的腦袋，眼角掛著眼屎，光腳開始往身上裹藏裝。

他們起床後的頭件事，就是出門看看自家的牛羊這晚上過得可好。

索朗是第一個出來看自家牛羊的男人。冰冷的晨風打在他的臉上，睏倦從體內一下遁散了。他站在牛羊圈旁數完數，跑到較遠的地方解決內急。他脫掉褲子，背朝自家，臉憋得一陣通紅時，跳進他眼裡的是：從廣袤的草原盡頭走來一個人，相伴他的是一匹個頭巨大的狼。狼的皮毛赤褐色，油光鋥亮，似一團燃燒的烈焰。索朗被這畫面驚呆住，定定地瞅著，腦子裡不斷冒出許多個問號來。突然，他提起褲子，往自家跑去，還對那些站在門口睡眼矇矓的男人喊：「狼來了。狼來了。」

索朗一溜鑽進房門，撞翻了地上的鍋和壺，茶水冒著熱氣直淌過去。他已顧不上了，從柱子上取下叉子槍，開始裝鉛彈。索朗的老婆蹲在地上斜眼看他，那急促的喘息聲，弄得她很緊張。她問：「家裡的牛羊被狼咬死了？」索朗不搭理，提著裝好鉛彈的槍，奪門而去。他的前面已經有很多人在奔跑，身後他的老婆尾隨追趕。

整個部落裡的人匆匆向前跑。

狼看到有這麼多人跑來迎接亞爾傑，牠止住步，側頭看一眼亞爾傑，掉頭向草原深處奔跑。一團赤褐色滾落在碧綠上，漸遠漸小，最後隱沒在綠色叢中。

牧民們認出了亞爾傑，他們不敢相信他還活著，還有一匹狼陪伴。片刻的驚詫後，牧民們興奮地繼續向前跑去。

亞爾傑衣裳破爛，頭髮蓬亂，臉上沒有一點血色，可那對眼珠卻像湖泊般明淨幽深。牧民們推搡著圍住他，不斷地提問。可他楞神地什麼都不回答，腿一軟，栽倒在草地上。

牧民們把亞爾傑抱到多傑的背上，往拉宗部落趕。

多傑把亞爾傑背到了索朗的房子裡，讓他平躺在地鋪上，拿來酥油塗他兩側的太陽穴，再往嘴裡灌鮮奶。亞爾傑毫無知覺，倒進的奶汁從嘴角邊淌下來，浸潤乾黃的地面。亞爾傑一覺睡到了晚上。其間牧民們解開他的腰帶，仔細查看了身體的各部位，沒有一處傷口，也沒有跌倒後的淤痕。牧民們你一言我一語地發表各自的猜想，只是這種猜想禁不住推敲，一個個都被否定了。這時，最年老的牧民說，「他肯定是被鬼引走的。」所有牧民恍然大悟似的說，「肯定是。」然後，他們憂心這鬼還會不會再引走部落裡的人。牧民們有些惶恐了，一整天坐在太陽底下，紛紛猜想鬼到底把亞爾傑帶到了何方。

最年老的牧民又說，「要是被鬼牽走，人時刻處在一種睡眠狀態中，江河山川如走平地，三四天的路程，只須個把鐘頭就能走完。這時，去尋找的人即使碰到了，也不能大喊大叫名字，那樣會把被鬼牽走的人給嚇死的。」

「德窪部落的澤吉曾被鬼牽走後，丟棄在查拉山上的灌木叢裡。」

牧民們議論紛紛，但他們的心裡有個隱憂的擔心，它壓得他們心裡難受。

天黑下來，亞爾傑醒了。他聽到牧民的說話聲，喜悅的眼淚落了下來。

屋子裡的人聽到亞爾傑翻身時發出的聲響，知道他醒了，就急不可耐地追問到底發生了什麼事？

他說，「我被丹瑪選為格薩爾王說唱人了。」

牧民們先是一陣驚喜和躁動，興奮的話語在烏黑的屋子裡來回穿梭。許久，他們才安靜下來，有人要求亞爾傑說唱格薩爾王。

索朗的女人點亮了油燈，柔弱的亮光在燈芯上撲騰，頃刻間這光塗在一個個黧黑的面龐上，牧民的五官霎時變得有稜有角。

亞爾傑覺得肚皮要貼到後背上，請求給他一點飯吃。索朗拿來了糌粑和酸奶，他的老婆燒了一壺濃濃的茶。亞爾傑把糌粑坨不停地塞進嘴裡，腮幫子鼓得脹滿。牧民們等待著，眼光始終沒有游離開亞爾傑的臉。夜色裡亞爾傑的眼睛是那樣地清澈、明亮、平和，彷彿初生的嬰兒眼睛。這是牧民們共同的感受。

亞爾傑盤腿坐定，精神集中，內心裡在迎請格薩爾王。

牧民們雙手合掌，置放在胸口，仰頭注視亞爾傑。亞爾傑的腦袋裡出現的只有色尖草原上發生的那些個事情，格薩爾王的英雄事蹟就是不顯現。他不斷祈求丹瑪，給予他神授的力量。一切枉然，他就是不能講述。

等待的結果讓牧民們很失望，亞爾傑根本說唱不了格薩爾王。幾十雙失望的眼睛離開了窄狹的屋子，在一片藏獒的吠叫聲中同夜色融合，消失。

亞爾傑低下頭，對索朗說，「我沒有騙你們！」

「孩子，你太累了，就在這睡一晚上。」

亞爾傑用兩條胳膊箍住了腦袋，他的長髮垂落下來，把臉給遮擋住了。

索朗把一件皮袍丟給他，吹滅了油燈。

漆黑嚴實地罩在屋子裡，只能聽到脫衣服的窸窣聲。

亞爾傑把手伸到肚皮上，尋找寶刀劃過的傷口，但那裡觸摸不到任何的異常，肚皮光滑而平整。

狼的嚎叫聲撕碎了夜的寂靜，這聲音讓他全身的經脈舒緩，頭腦安靜。他在一聲聲的狼嚎中，沉入到夢鄉裡。

第二天亞爾傑堅持要去放牧，牧民們不放心，讓多谷一同去。

兩個少年坐在草地上，陽光裹露住他們，兩邊起伏的草山挽著手湧起連綿的浪濤，把綠色推向了天的盡頭。多谷把別著五星的草綠色帽子摘下來，一臉疑惑地問，「你真遇到天神？」亞爾傑對這個提問顯得很驚訝，從草地上站起來，拽著多谷的手向前走去。

亞爾傑到了丹瑪給他刨膛的地方，用手指著說，「就在這裡給我刨的肚。我的心臟、腸子、肺被扔在了這裡。」

多谷還是一臉的懷疑，用細小的聲音追問，「丟在這裡的話，怎麼沒有啊？」亞爾傑覺得自己被冤枉了，憤憤地將腳踏到了那片草地上。忽然，從天際一道電光直擊下來，他全身抽搐，鞭子從手中掉落，一頭栽在草地上。

多谷被驚住了，他抱住亞爾傑使勁地搖晃，聲聲呼喊亞爾傑的名字。

亞爾傑甦醒過來，那對明亮的眼睛裡射出異樣的光束來。他從多谷的懷抱裡掙脫，站立起來。亞爾傑的腦子裡有股霧靄升騰，等它們消散殆盡時，腦中清晰呈現的是天界、人界。亞爾傑被這些畫面驚駭住，訴說的渴望讓他無法把持。亞爾傑把呈現在腦海中的清晰影像，用語言說唱了起來。

多谷駭在一旁，出神地聆聽。

那種快樂和衝動，我無法用語言來表述。我腦海裡閃現的是雪域高原上受難的先祖們，他們受盡了妖魔的迫害和奴役。觀世音菩薩為了拯救苦難的眾生，與白梵天王商議，請求祂派一名神子下凡，解救這些眾生。經過各種比賽，責任落到了最小的神子托巴噶身上。托巴噶面對白梵天王和眾神立下誓言，決心投胎到雪域高原，解救水深火熱中的眾生……

我帶著真摯的感情說唱了一天，事件的過程像融化的雪水，在我的腦中涓涓流淌，無法停頓下來。直到多谷搡我，叫我停止說唱，格薩爾王的故事才被截斷。

時間啊，你怎麼這樣地短暫，我剛起始便把太陽送到了山後。無法相信的是，我空著肚子說唱了一天的格薩爾王，更無法相信我能用如此華麗的語言來敘述。

多谷對發呆的我說，你能說唱格薩爾王了！

他站在我的身旁，用異樣的目光打量我。這種目光讓我有些侷促，但很快鎮定了下來。我陶醉在能說唱格薩爾王的喜悅之中，也為剛才閃現在腦海裡的影像，嘖嘖稱奇。我這才注意到牛羊們也圍攏在我倆周圍，仰頭凝望，牠們忘記了吃草，忘記了回去。

夕陽已經落下，天就要黑了，我和多谷趕著牛羊匆忙回部落。

亞爾傑，有隻狼跟著我們。走到半路時多谷說。

我一直沉浸在剛才的喜悅中，對周圍的一切沒有在意。我這才側頭，曾經陪伴我的那匹狼進入到我的眼裡。牠的頭微低，眼光裡彌漫留戀，四隻頎長的爪子，很有韌性地踏在草地上，隔著一段距離與我們平行向前。看到牠，一種親切感流遍了我的周身。

那是草原的守護神，牠不會襲擊我們的。我說。

多谷聽後不再緊張了，臉上的肌肉鬆弛下來。

狼和我們在一條線上平行著向部落走去，偶爾我們的目光相撞，我的血液裡湧上一陣暖意。

牛羊不緊不慢地向前走，偶爾把驚訝的目光投射給狼，牠們沒有一點驚懼。黑色悄然漫捲過來。可是，這夜色裡喜悅卻綻放在我的臉上，內心像是喝了蜜般的甜蜜。一路上我的腦子裡閃現的是，牧民們因聽到我的說唱，而驚訝變形的面孔。

遠遠地看到了部落，由於夜色看不清房屋的顏色，呈現的只是一些錯落有致的黑色剪影。狼這才止住步，一路目送我們回部落去。等我們與夜色交融時，狼在我們的身後，發出了一聲長長的嚎叫，牠撕碎了部落上空夜色的幕布。

第二天，拉宗部落裡的人知道我會說唱格薩爾王了。他們讓多谷一個人去放牧，由我給他們說唱格薩爾王。

我站在部落前方的開闊草地上，牧民們圍了一圈。我的故事在藍天陽光下奔流，喧騰在淳樸牧民的心頭。綠草之上的牧民們，時而眉頭緊蹙，時而笑聲朗朗，時而面部擰緊，時而拍手稱快……

我的說唱持續了六天。這六天裡牧民們拒絕幹任何的活。

隨著我的說唱，牧民們的腦海裡鮮活了很多個人物：龍王的女兒噶擦拉牡嫁給了王子僧唐。他們婚後未育，於是僧唐又娶了第二個妻子，仍未育，接著又娶了第三個。噶擦拉牡被僧唐漸漸冷落，失寵的孤寂中歲月匆忙流逝，她也步入了五十的門檻。

有次，噶擦拉牡去牛圈擠奶，忽聞天空中傳來悅耳的歌聲，仰起頭凝望。她看到空中有一位天神，祂被仙女們簇擁著款款而降。正當她看得入迷時，突然一陣暈眩，隨即昏倒在地，不省人事。待噶擦拉牡甦醒過來，那位天神已經投胎於她的腹中。

懷孕的噶擦拉牡遭到了其他妃子的誣陷，被國王放逐到荒灘野嶺中。

國王分給她的財產只有一頂遮不住風雨的破帳篷，一頭瞎眼奶牛、一隻老山羊和一條瘸腿狗。噶擦拉牡和這三隻動物相依為命，艱難地度日。

大雪紛飛的某一天，王妃噶擦拉牡生下了投胎於人間的托巴噶。荒野裡霎時風停雪住，燦爛的陽光從破舊的帳篷孔裡滲漏進來，光斑雀躍在母子的身上。天空出現了一道豔麗的彩虹，連接著天界與人間。

人們聽到了從天際傳來的海螺和鼓樂、鐃鈸聲，他們情不自禁地跳起了歡快的舞蹈……

牧人們為噶擦拉牡多舛的命運輕聲唏噓、流淚，為托巴噶的誕生歡呼不止。

我從未想過說唱格薩爾王能改變我的命運。我說唱，是因為我無法控制自己，格薩爾王的一切在我頭腦裡活靈活現，打碎了時空的界限，讓我處在一種身臨其境之中。我能清晰地看到祂們華麗的衣裳和佩戴的飾物，能聽到征戰中勇士熱血沸滾的聲音，能嗅到瓊漿清冽的芳香、鮮血的辛辣，能感受格薩爾王皺眉時的苦痛……

一切不能由我自主，我只能不停地說唱。

說唱讓我脫離了放牧生活，卻開始了浪跡草原的生涯。先是給部落裡的人說唱，之後我的聲名飄到其他部落裡，臨近各部落都爭相邀請我去說唱。從春天到秋末，我都在馬背上顛簸，穿梭於各部落之間。那無垠的草原成了我的舞臺，牧民們是我的聽眾，我們在格薩爾王的故事中心靈交融，一同悲喜。每次說唱完，牧民們會給我牛羊肉和酥油、酥酪糕等酬謝物，我把它們馱在馬背上繼續我的行程。

有牛糞有水的地方我宿營，點上一堆火，把草原當成床鋪，星月當被子蓋，夢中丹瑪還會時常出現，撫慰我的心靈。每每在曠野裡，我即將入睡時，那匹狼就在不遠處蹲守，讓我感覺不到孤寂與恐懼。

有一次，我在青廓草原上給牧民們說唱格薩爾王的降伏十八大宗之《羌嶺之戰》。那天我有如神助，一口氣說唱了三天三夜，牧民們盤腿坐在草地上，聽得痴痴呆呆。期間忘記了吃喝，陪我度過了三個晝夜。

第四天，我們全趴在草地上，沐浴炙熱的陽光進入夢鄉。每個人的嘴角掛著淺淺的微笑，不時傳來睡夢中牧民發出的會心笑聲。

丹瑪乘騎太陽的光束走近我，把我從睡夢中搖醒，說，亞爾傑，你不能這樣貪睡，格薩爾王的功績還沒有傳播完。快醒來！

我睜開眼睛，看到丹瑪正飛向夕陽深處。我身邊的木碗裡有一碗酒，我端起一口飲乾。四周牧民們歪斜地躺著，一臉的安詳。快睡了一整天，他們依舊疲憊地沉溺在夢境中。酒在體內激蕩一股神力，我沒有了絲毫的倦意。我站起來，從熟睡的牧民身旁走過。飢餓的藏獒蜷縮在帳篷邊，睜開倦怠的眼睛，斜視一瞥，又把眼睛緊緊地閉上，不再理會我。

我找到我的坐騎，跨上馬背向別的部落飛奔。

我在無際的草原上走了兩天，除了野驢、藏羚羊、野犛牛外，一個人都沒有遇到。

夜色籠罩時，我和狼走到了念青唐拉山口。突然，這裡狂風猛捲，飛沙走石，我們只能蹲在地上。我和狼緊緊依靠，手裡牽著轠繩，等待狂風過去。沒料到，狂風一停，黑乎乎的天際降下雪來，好像我們冒犯了念青唐拉山神似的，不讓我們穿過祂的地界。

狼從胸腔裡擠出幾聲嚎叫，那淒厲的聲音剛傳過去，雪反倒下得更猛烈了。

我想起格薩爾王的故事能愉悅山神，於是低聲說唱起了格薩爾王之《大食財宗》。紛紛揚揚的雪馬上變小了，漆黑的天空裂出一道口子，把星月的面容展露出來。

念青唐拉山神被格薩爾王的故事吸引住了，祂將山頂堆砌的烏雲全部支走，露出了祂威嚴的面容。月光下，我的說唱繼續著，沒住腳踝的雪白亮亮地從我的周身鋪展開去。

隨著故事的跌宕起伏，雪止住了。我能感覺念青唐拉的面容已舒展，祂在會心地微笑。格薩爾王的故事講到一半時，狼和坐騎不安地把四蹄彎曲，跪伏在雪地裡，屏住氣息，變得虔誠而安靜。

我的說唱一直持續到了第二天天亮。

陽光在穹窿的天際上滑行，我才停下來，向著念青唐拉跪拜。

我起身向前走去時，驚異地發現，我面前白淨的雪地上，清晰地印刻著一行馬蹄印記，那印記一直爬上了念青唐拉山腰。這證明，格薩爾王昨夜來到了這裡，祂聆聽過我的說唱。我的心撲騰撲騰地跳，全身因激動而戰慄。

陽光比任何時候都要強烈，不到午時，雪地上的雪全部融化盡了，蜿蜒曲折的山路橫在了我的面前。狼在前面行進，我和坐騎緊隨其後。

在這種輾轉流浪中，十個年頭轉瞬失去了，我從一名少年變成了青年人，嘴唇上也長出了茸茸的汗毛，足跡踏遍了整個草原。我的到來會給牧民們帶來快樂，他們在草原上給我擺放奶酪、羊腿、茶和美酒，讓我盡情地享受豐盛的美餐。我用格薩爾王的故事，幫助他們把冗長的時間消耗，在故事的哀樂喜怒中彈撥他們的情感之絃，在他們的心頭烙上格薩爾王智勇的形象。英雄的故事讓他們單調生活充滿了色彩，揚善懲惡使道義的標尺樹立在他們的心頭。在與牧民們的惜別之情中，我又開始新的流浪，他們滿心希望地等待我的再次歸來。

我的愛情也在草原上綻放，美麗的少女們用嬌羞的目光，給我傳遞她們的脈脈愛意。她們用這種羈絆人心的目光，銬住我的雙腳，讓我幾十天都陷在一個部落裡。因為她們，我的說唱更加流暢，情緒更加豐沛，故事更加引人入勝。

夜幕落下，少女們將守帳篷的藏獒拴到遠處去，掀開帳篷門簾的一角，等待我的闖入。我披著月亮和星辰的清輝，胸口燃燒愛情的火焰，在一陣藏獒的吠叫聲中，把美麗的姑娘攬入懷中；在狼的嚎叫聲中，我又不得不離開姑娘溫暖的胸膛，回到我那冰冷的被窩裡去。

秋季的某一天，草原已脫去了碧綠的夏衣，套上了金黃的秋裝。我在一望無際的金色上騎馬走了三天，那匹狼始終陪伴在我的左右。午時，我們走到綠得清澈透底的湖邊，鵝卵石在湖底仰視著我，魚兒甩動尾翼暢游，成群的水鳥翱翔在碧藍下，湖邊祭祀的牛頭，已經被歲月風化。

我跳下馬，在湖邊壘起了九塊石頭，然後面向湖心磕了九次頭。我這才從馬背上卸下炊具，壘石造灶，拾撿乾牛糞，點燃了一堆火。不長的工夫，壺嘴裡噴出陣陣茶香來。我和狼一起吃糌粑和牛肉，吃飽後狼到湖邊去飲水，然後找個淺坑躺下睡覺。我往火堆裡扔進幾塊乾牛糞，抬頭發現不遠處來了十幾頭野毛驢，牠們準備到湖邊飲水。機警的野毛驢往冒著淡白煙子的這方仰頭觀察，躊躇一陣後，才小跑向湖邊。我不想理會牠們，仰面倒在金色上，湖水擊岸的浪聲，催生我體內的睡意來。金色的陽光、碧藍的天空、潔白的雲朵，從我的視線裡遁影，我進入了沉沉的睡夢中。

身下的地在微微顫動，隆隆的聲音注滿我的耳朵，我從睡夢中驚醒過來。我爬起來，身上頭上沾著細碎的乾草。只見湖的東頭黑壓壓地滾來龐大的氂牛群，揚起了漫天的灰塵。這種顫愈來愈烈，彷彿那次天神降臨。只見從漫天的灰塵中，殺出一個騎雪青色馬的人，他像一支射出的箭，直刺向我這邊來。彌漫的塵土中又殺出四五個人來，吹著響亮的口哨，從氂牛群的兩側騰飛過來。他們抽動鞭子，讓牛群放緩腳步。牛群的速度慢了下來，口哨的聲音越發地脆亮了。

騎在雪青色馬背上的人遠遠地看見了我，他向我衝過來。狼早被這震天動地的聲響吵醒，牠站在我的身旁，豎起耳朵凝望前方，沒有退縮的意思。雪青色的馬把人載到了我的面前，他看看我又看看狼，非常驚訝地問道，漢子，你來這兒是朝湖的嗎？這匹狼又是怎麼回事？

這人頭戴青夏氈帽，藏袍脫去後上半身裸露，硬實的肌肉塊塊地隆起，兩只袖口在腰間打著結。我再看前方，飄蕩的塵埃也已經落定，氂牛群正緩緩地向我這邊走來。

我不是來朝聖湖的，這匹狼是我的伴，我們要回拉宗部落去。我回答。

呵，我一直在說沒緣認識你，你就是那個格薩爾說唱藝人吧！草原上的人都在說你，說格薩爾說唱藝人和一匹狼相伴呢！他敏捷地從馬背上跳下來，火鐮和掛在腰間的長刀刀鞘相碰，發出叮噹的聲響。

我就是人們所說的那個說唱藝人，叫我亞爾傑吧。我走過去，相互額頭相碰。

他轉身，高舉兩臂揮動，大聲喊，今天就在湖邊紮營。

後面騎馬趕來的幾個人，年齡都跟他相仿，看上去都在二十多歲。這些年輕人跳下馬，不讓犛牛再往前走了。

不一會兒，三女一男騎馬過來，慢悠悠地穿過犛牛群，走向我們這邊。

今晚要在神湖邊紮營嗎？馬背上的男人是個瘦弱的老頭，他發問道。

是的。阿爸，我們還可以聽格薩爾王的故事。上身赤裸的年輕人回答。

這可真是個美事。你就是那個草原上的人經常念叨的說唱藝人嗎？老頭也從馬背上跳了下來，湊近了我。

是我。我回答。

真是有緣呢！老頭說完轉身向神湖走去，從藏裝的懷兜裡掏出哈達，敬獻在了瑪尼石堆上。他面向神湖跪拜，這才向我走來。

我和老頭坐在石灶旁，其他人開始卸犛牛背上的家什，搭起了幾頂牛毛帳篷。

當我燒好一壺茶時，年輕人已經把活給幹完了，他們都湊過來圍著石灶喝茶。

你們是一家人？我問。

不是的。我們是三家人，但都是親戚。老頭回答。這時，老太婆領兩個用方花巾裹住頭和臉的女孩走過來，坐在了老頭的背後。當我把茶壺遞給身後的老太婆時，這兩個女孩羞怯地低下了頭。我聞到了女孩身上固有的那種草香味，引得我臉一陣通紅，心口撲騰撲騰地跳。為了掩飾這種情緒，我急忙把頭轉過來。

這頓茶我們耗時很長，相互打聽對方的情況，講路上遇到的有趣事情。我知道了他們這是從夏秋牧場遷移，趕往目的地念草原的。那個騎雪青色馬的年輕人和兩個女孩是老頭和老太婆的子女。來自念草原的牧民對我興趣很濃，打探我是怎麼成為說唱藝人的，怎麼又跟一匹狼相識相伴的，到過哪些個地方等。他們還挽留我今晚和他們一同住在這湖邊，給他們說唱格薩爾王。我沒法拒絕他們傾聽格薩爾王的渴望，對於我來說，第一場雪沒落下來之前能趕到拉宗部落就成。我爽快地答應了他們的請求，這讓來自念草原的牧民很高興。老頭讓年輕人趕緊去釘拴犛牛的繩樁，讓老太婆和兩個女孩去煮肉。我也起身去幫他們釘繩樁。

太陽駐留在湖對岸的雪山頂上，把一身的最末餘暉傾倒在湖面和金色的草原上時，我們已經把四百多頭犛牛拴在了繩樁上。狼蹲在一個高處的草坡上，遠遠地注視著我們的舉動，牠一動不動的，神情裡充滿孤傲和凜然。我望著我的伴，心裡很舒坦，吁了口氣。

念草原上的牧民用肉和白酒款待了我，風不時把鋁鍋裡的肉香帶向四處，引來狼的垂涎。

我把啃完的骨頭和幾塊肉拾撿，向狼蹲坐的地方拋過去。此刻，夜用它濃烈的黑色擁抱住大地，讓人慢慢看不清周圍的景色了。我們燃起了一堆篝火，火星劈啪地迸濺，火光照得四周明亮，我站起來給他們說唱格薩爾王的故事。

月亮從東邊的山頂出來，用銀白的光亮給了我們一份寧靜。《霍爾白帳王》在這種靜謐中開始展開。

念草原上的牧民，跟隨格薩爾王討伐霍爾白帳王，把被掠走的王妃珠姆搶了過來。他們聽到了廝殺中刀劍碰撞的聲音，感受到了死亡氣息的彌漫，耳朵裡踏響馬蹄的聲音，眼睛裡布滿戰火的硝煙，領略了格薩爾王堅定的意志。

月亮和星星在湖面上閃爍，格薩爾王的業績從它們的上面飄飛。

霍爾王戰敗了，格薩爾王帶著珠姆回嶺國。

篝火已經熄滅許久，月亮的銀灰微弱下去，周遭的一切又鮮活起來時，我的說唱停了下來，讓念草原上的牧民從戰爭的殺戮中走了出來，回到和平寧靜的現實生活中來。

我驚奇地發現，那兩個女孩中的一個，美豔可以匹敵格薩爾的王妃珠姆，她的身段婀娜得漢地楊柳都要羞愧。我望著她，目光黏在了一塊。她的臉頰紅潤起來，慌忙把臉扭過去，將背影丟給了我。

太精采了，趁太陽還沒有出來，趕緊把茶熬好，好好款待說唱藝人。老頭說。他指使女兒們去打水撿牛糞，男人們去放開氂牛，收拾繩樁。

你喜歡她？老頭乘人走開問我。

我羞怯地低下了頭，心裡在說我很喜歡她。

你喜歡她？老頭再次問。

我喜歡。我的目光盯住地上說。

過來，我倆一同把火給點燃。老頭說完再沒有下文了。我們把火給點燃，一縷濃煙如柱般地飄向了天空。我等待老頭給我一句提示，哪怕隻言片語都行。可是老頭的嘴閉得很緊，不願滴漏一個字，讓我沮喪。

吃過早飯，他們開始把帳篷和食物搭到氂牛背上，準備啟程。我雖然給他們幫忙，心裡卻空落落的，眼睛不時地要向那姑娘身上投去。她用花方巾把臉遮得嚴實，只露出一對清澈的雙眼。

太陽從東邊的山頂爬升上來，念草原的牧民繼續了他們的遷移。氂牛群浩浩蕩蕩地前行，年輕人騎著馬從兩側奔馳。最後開拔的是老頭和他的老伴、兩個女兒。

說唱藝人，要是你喜歡我女兒，來年春天到念草原來，我叫扎加，我女兒叫吉姆措。老頭邊說邊爬上了馬背。

吉姆措。我喊了一聲。

吉姆措從馬背上掉轉頭，把花頭巾的結解開，將那張美麗的臉龐露給了我。她深情地對我一笑，又把臉給藏進了花頭巾裡。那張臉卻印刻在我的腦子裡。

來年再見。扎加老頭說完，催馬前行。他的女兒和老伴相跟著，身後丟下一串銀鈴般的笑聲。龐大的氂牛群從金黃上蠕蠕滾動過去，離我越來越遠。

我目送他們走遠，心卻早已隨著吉姆措而去。直到他們從草原的盡頭消失，我疲軟地癱坐在了草地上，落下了眼淚。

狼跑到我的跟前，不停地跳動，吐出紅色的舌頭，催促我早點出發。我被牠弄得很煩，極不情願地走向我的坐騎，爬上去繼續我的歸途。吉姆措的臉龐，時刻閃現在我的腦子裡，讓我無法平靜。這一路我的魂沒有附在體上了，茫然地被馬馱回到色尖草原上。

我在思念中捱過了秋冬兩季，等到開春，已經顧不了路途的遙遠，用半個多月的時間，才走到了念草原，尋找到了吉姆措。我們相愛了，我在念草原為牧民們說唱了十幾天，這十多天裡，吉姆措天天燦爛在我的身旁，讓我幸福無比。在我臨近離開念草原之時，吉姆措給我開啟了帳篷門簾的一角，用她光潔的身子，接受了我的愛情。我們相擁著，在月亮和星辰的見證下，談論婚嫁的事宜。黎明時刻，即使狼怎樣嚎叫，我都不願離開吉姆措的帳篷。

吉姆措一家要離開念草原，輾轉到夏秋季牧場，我倆約定來年開春我來娶她。我們在念草原上分了手，我繼續流浪說唱。

改變我命運的事情發生在這年的夏天。

這夏天縣上要搞物資交易會，為了活躍氣氛，縣上派來了一輛北京吉普，要把我接過去說唱。當時，拉宗部落裡的牧民圍住汽車，跟車上的人問個不休。當牧民們知道我要去縣上給幾千人說唱格薩爾王時，大夥羨慕不已。有些牧民匆忙跑回家準備食物，要騎著馬跟我一同去縣上。

我平生第一次坐上了汽車，它在平坦的草原上像雄鷹一樣飛駛，把跟在車後的騎手遠遠地拋在了後面。我一路都很興奮，在汽車的馬達聲中，為來接我的人說唱起了格薩爾王。那個年老的人對說唱不感興趣，他打斷了我，問，你一個字都不識？

我一個字都認不到。我咧嘴笑。

這可能嗎？他問旁邊的司機，臉上充滿譏笑。

我聽說過這種事情，很神祕的。司機回答。

你沒有上過學，拜過老師？他又轉頭問我。

我是孤兒。從小替人放牧，哪能去上學。

那年老的人一臉的懷疑，從部落去縣城的路上，我被他拋給的問題所纏繞。直到縣城聳立在我們眼前，那年老的人才停止了提問。汽車尾部捲起漫天的灰土，飛進了縣委大院裡。

他們給我安排了一間房子，縣上的領導還過來看我，這些都讓我很不自在。

晚上屋子裡的燈一打開，亮如太陽。它把我睡覺的屋子照亮得如同白天，興奮使我一晚上不能入睡。

縣裡搞的物資交易會規模很大，把縣城後面寬大的草原占滿了。幾百個大小不等的帳篷錯落有致，四處停靠裝滿貨物的大卡車，騎馬趕來參加物資交易的牧民源源不斷，廣播裡播放的歌聲穿越橫行在草原上空，給人們增加了一份喜悅的氣氛。

到了中午，在物資交易會的場地東頭，縣裡安排我來說唱格薩爾王。我盤腿坐在墊子上，面前擺放低矮的桌子，上面擱著話筒。我的說唱通過高音喇叭，擴散向廣袤的草原，並伴有回音繚繞，這種氣勢我以前從沒有想像過。牧民們穿紅戴綠，像花朵一樣盛開在我的面前，這些搖曳的花朵被格薩爾王的《賽馬稱王》所沐浴、所滋潤。

三天的物資交易會裡我成為了一個中心，白天人們聽我的說唱，中午記者給我拍照、訪談，晚上領導請我吃飯，一天忙得團團轉。三天很快就結束了，又是那輛北京吉普把我送回到了部落裡。

半個月後，拉宗部落裡來了一輛汽車，一群孩子圍攏過去。我坐在房門口，赤裸上身，捉秋衣上的虱子。小孩的吵鬧聲使我停下了手中的活，抬頭望去，有三個城裡裝扮的人向我走來。我想：他們肯定是從縣上來的，這些人經常是轉悠一圈就走人，不需要我去理會的。我又低下頭繼續捉虱子。他們走到我的面前，把寬闊的影子投射在我的秋衣和身上。這討人嫌的陰影，讓我重新抬頭凝望他們。

你是說唱藝人吧？那個戴眼鏡的問我。

是的，我叫亞爾傑。我光著上身回答，心裡渴望他們別擋住我陽光。

這兩位通過報紙知道了你的事，這次專程趕來想了解更多的情況。旁邊那個帶著羌塘口音的人對我說。

好的。我回答的同時，把秋衣套在身上，從地上站起來。我請他們進房，動手準備熬茶，但被他們制止了。

他們從包裡掏出本子和筆。我盤腿坐在地上，面向他們。他們給我提的問題很簡單，問我會說多少格薩爾王的故事？你是怎麼學會說唱的？今年你多大了？結婚了嗎？等等。還讓我給他們說唱格薩爾王之《蒙古馬宗》的一個片段。

你願意到拉薩去工作嗎？我說唱完，戴眼鏡的人問我。

呵——我傻笑了一下。因為我從來沒有想到過這個問題，突然被人問起，讓我有些不知所措。

拉薩城很大，那裡生活條件好。一直不說話的那個瘦子也開了腔。

我不知道該怎麼回答，一切出乎我的意料，我的頭腦一片混沌。

到拉薩我能幹什麼？待我恢復過來，我能想到的只有這個問題。

繼續說唱格薩爾王。眼鏡脫口說。

國家每個月還給你發工資，你會成為國家工作人員。瘦子又插話。

你在草原上四處說唱多累，到了拉薩就不用這麼奔波了。羌塘口音的人也鼓搗我。

他們的話讓我動心了。我的想像中到了拉薩後，能像縣上舉行的物資交易會一樣，能給很多人說唱格薩爾王，那場面多熱鬧啊。

別猶豫了！不是人人都會有這種機會，是你前世修來的福。羌塘口音的人又催促道。

我還能回來嗎？我望著空蕩蕩的房子裡問。我的房子裡除了鋁壺、鋁鍋、糌粑、肉外，沒有其他值錢的家當。

兩年可以回來探親一次。眼鏡回答。

我一直下不了決心，留和去在我心裡激烈地爭鬥。

你想想。想通了到縣裡來，我們在那裡等你兩天。眼鏡說。

這位是研究所的達瓦所長，那位是拉巴副所長，他們是專程來找你的。羌塘口音帶著討好的口氣給我介紹眼鏡和瘦子。

我對這些不懂，只能咧嘴笑，把兩隻手掌攤開，頻頻晃動，表示我的敬意。

他們魚貫地出了房門，在小孩的嬉笑追逐聲中，走過那片開闊地上了車。汽車一頭扎入草原深處，沒有一會兒就消隱在綠色裡。我頓時被喜悅和憂傷繞住，陷入到劇烈的矛盾當中。

拉宗部落裡的人得知要我去拉薩的消息，個個興奮不已，都在勸說我一定要去，說到了那裡吃穿就不用發愁。可是，我的心裡放不下的卻是，遼無邊際的草原和那些等待我去說唱的部落牧民，還有我每刻都在想念的吉姆措和那匹狼。他們在我的房子裡鬧騰到了半夜，直到油燈燃盡最後一滴油，燈芯一下暗黑時，他們的喧鬧才被終止了。

等人們走盡，我面向曾放牧的地方，給格薩爾王磕頭，祈求祂給我一個明示。

那夜，格薩爾王的大將丹瑪來到了我的夢境中，祂用一種憂鬱的目光注視我，然後放下一頂氈帽和一個銅鏡，轉身從門口走了出去。清晨醒過來，我的枕邊果然有頂帽子，上面插滿了雄鷹的羽毛。銅鏡擦拭得光亮亮，向著房頂射出一道光。我想這就是丹瑪給我的讖語，是要讓我離開草原，展翅飛翔，我要毅然決然地到拉薩去。

我從被窩裡鑽出來，把糧食肉和炊具分別裝進兩個牛皮袋裡，用一根繩子綁上，像褡褳一樣馱在了馬肚子的兩側。我戴上那頂丹瑪送的說唱帽，銅鏡掛在了胸口，牽住韁繩離開我的房屋。

走過幾座土灰色的房子，我的心突然被掏空了似的，眼淚嘩嘩流淌。拉宗部落讓我愁緒萬端，心頭發梗。我把頭抵在馬背上，盡情地哭了一場，然後擦乾眼淚，邁開大步向前。有牧民看到我要走，喊住了我。他們從家裡端來奶渣、糌粑和茶，讓我盡情地吃頓豐盛的早餐。我們席地而坐，茶香飄蕩，他們的祝福聲不絕。

太陽升得老高了，我告別牧民們，牽著馬向縣城進發。

這一路我是孤獨的，一直陪伴我十一年的狼，沒有來給我送行；我的心也是淒涼的，吉姆措遠在天邊，我無法向她轉告我要去拉薩的消息。

唉，命運就是這樣的無法捉摸。

2

我跟隨兩個所長往拉薩趕路，汽車把一個個我所熟悉的部落，從車窗口向後推去，扔在了遠遠的後方。我的心裡湧來惆悵，禁不住鼻頭酸痛。當我們飛駛過念青唐拉神山邊時，我清晰地聽到了狼的嚎叫聲，牠讓我全身的汗毛聳立。我央求司機把車子停下，走下公路想找到狼的身影。前方念青唐拉山頭被雲霧遮繞，開闊的草地一覽無餘，幾頭黑色的氂牛蠕蠕地向前走去；身後的公路上一輛輛汽車在飛奔，留下的只有刺耳的馬達聲。夕陽就要從西邊的山頂落下，經幡隨風發出輕微的聲響。

「該上車了，亞爾傑。」司機站在路邊喊。

我面向念青唐拉虔誠地祈禱，感謝山神對我的護佑，祈求山神讓我的伴狼無災無恙。起身，淚水把我的臉龐打濕。我又一次環顧，希望能夠再次見到狼，可是草原上尋不到狼的身影。我垂下頭，步子沉重地向汽車走去。

進入拉薩市區時，道路兩旁的路燈已經閃亮，照得周圍清晰無比。汽車左衝右拐，在我失去方向感時，駛進了研究所的大院裡，停在一棟高樓前。這裡早有人等候，他們忙著把我的東西從車裡搬出來，往樓上抬。兩個所長帶我上樓，進到房間裡。

房子裡已經配齊了鋼絲床和書桌、椅子等家具。

達瓦所長回頭對我說，「亞爾傑，這就是你的房子，一路辛苦了，早點休息。」

這跟我草原上的房子相比，寬敞明亮，猶如一座小宮殿。

「明天會安排人陪你上街買生活必需品的。」拉巴副所長說。

他們給我交代房間裡的設備使用方法後，帶上門回家去了。

我一個人待在房間裡，心裡不相信這一切是真實的。我坐在床沿看到屋子裡堆放的牛皮口袋，聽著外面嘈雜的汽車聲，才確定我是真的到了拉薩。我起身尋找丹瑪給我送的說唱帽，把它擺放在靠窗的桌子上，虔誠地祈禱格薩爾王保佑我一切順利。

我盤腿坐在鋼絲床上，手裡拿著銅鏡，燈光下它熠熠閃亮。這光亮莫名地讓我感到了淒涼，因為城裡聽不到曠野的風掠過時的輕聲低訴，沒有潺潺的水流伴人入眠，沒有狼的嚎叫讓人心靜，這裡的寂靜充滿了某種不安的喧囂。關上燈，月光從窗戶裡透射進來，我坐在凳子上再次端詳銅鏡。沒有一會兒，銅鏡給我呈現了雪山草原，湖泊牛羊，還有踽踽獨行的那匹狼。

牠是如此地孤獨，如此地無助，淚水在牠臉上留下了兩道線痕。我的耳朵裡灌滿狼的嚎叫聲，一驚，銅鏡從我手中掉落下去，水泥地發出了一聲刺耳的疼痛聲。我的心彷彿碎裂了，一陣隱隱的痛。我急忙彎下身子，摸索著在平滑的地上尋找銅鏡。銅鏡攥在手心裡，全身才有了一些熱氣，那疼痛也逐漸消失。我為銅鏡有這種神奇的功能而驚訝，再次將她放到月光下，希望給我呈現草原上的一切。可是，她再沒有顯現任何的畫面，等待中困頓的我匍匐在桌面上，進入夢境中。

早晨有人給我送來了預支的工資，讓我在一張紙上摁手印。其中一個陪我去逛商店，買被褥和生活用品。我們在人群中不停地遊動，總也走不出這人海，到後頭我被人身上散發的氣味窒息，覺得頭暈目眩，鼻孔裡淌血。陪我的人很著急，拿紙來讓我堵住鼻孔，我按照他的要求把紙塞進鼻孔裡，準備盤腿坐在路邊。陪我的人死活不答應，說這裡不是牧區，不能隨意坐在路邊，硬拉帶拽地把我拉回到研究所。

城市跟草原是這般的不同，這裡人都壅堵在一起，呼出的氣浪讓人難聞，林立的高樓壓迫著心頭，筆直的馬路，把大地切割成一塊塊，讓我胸悶氣脹。特別是狂亂奔跑的汽車、摩托車，使我煩躁不安。各種商店、飯館比肩而立，讓人走不出它的幽宮。

那次出去之後，我不想再走出房門，只想靜靜地待在房子裡，偶爾從窗戶裡往外望，我的目光最遠只能抵達前面的那棟樓。這種逼窄，讓我極不適應。我渴望草原上的一覽無餘，渴望藍天深邃地掛在頭頂。

來到拉薩的第三天，我被人帶到一座大樓前，拾階而上到了三樓的一間辦公室。達瓦和拉巴都在，他們的身子沉在軟綿綿的沙發裡，讓我坐在了對面的一把椅子上。達瓦先詢問了一下我的生活情況，而後話題引到了我的工作上。

「亞爾傑，據你所說，你現在能說唱五十六部格薩爾。我們明天開始給你錄音，每天早晨九點錄到中午十二點半；下午三點半錄到六點，這樣你每天要說唱六個小時。一周除星期天休息外，要上六天的班。這些你記住了嗎？」

我一片茫然，木然地望著兩個所長。

「沒事，我們會給你專門配人的，上下班他會來叫你，錄音也由他來負責。你們會成為好搭檔的。」達瓦很自信地說。

他從沙發裡拔出身子，走到辦公桌前，拿起電話撥號，「唯色到辦公室來一下。」說完扣下了電話。

不久，門被開啟，進來一個年輕人，他有一頭漂亮的鬈髮。

「所長叫我？」年輕人問。他的聲音比女人都柔軟。

「這是來自拉宗部落的說唱藝人亞爾傑，我現在正式交給你。你們倆是搭檔了，從明天開始錄音。你現在帶他到辦公室去，認認門，熟悉熟悉。」達瓦說。

唯色領著我出了所長辦公室，經過一條過道，拐進了另外一間辦公室裡。這間辦公室的桌上堆滿了書和紙，牆角邊立著幾個大櫃子，室內顯得擁擠、凌亂，空氣也不流暢。

「我要在這裡說唱？」我沮喪地問。

「不在這裡。」唯色回答。

我失落的情緒稍稍得到了緩解。

「有很多人聽嗎？」我再次問。

「就我們倆。」唯色面無表情地回答。

「我只給你說唱？」我驚訝地問，眼睛瞪得很大。

「你要對著錄音機說唱，然後這些錄音要轉換成文字出書。還有，這些錄音帶經過複製、剪接，要在廣播裡播放，讓更多的人聽到格薩爾王的故事。」唯色一臉認真地解釋。

我似懂非懂，錄音機到底是什麼，它怎麼能記住格薩爾王的故事。我傻傻地想著這些事。

唯色看出了我的疑惑，帶我去了一間房子裡，講解怎樣錄音怎麼播放，還給我試錄並播放出來。讓我驚歎的是，我的聲音怎麼被這麼個沒有生命的方塊東西留存，還能一字不差地說唱出來。我覺得很神奇，從座位上站起來，用巴結的目光望著唯色。他明白了我的想法，把錄音機推到我的面前。我用手撫摸錄音機，前後端詳，想知道裡面是否藏有小人。我還想，等我回部落裡時，要告訴牧民們這個神奇的東西，讓他們也像我一樣驚歎。

我要求唯色不停地播放錄音，甚至瞇上眼睛，用心聽播放出來的自己聲音。我被這稀奇的東西弄得很是興奮，頭腦裡冒出各種問題，不斷把問題丟給唯色，直至他厭煩地說，「夠了。夠了。」我討厭這細軟的女人腔，城裡男人沒有一點血氣。

唯色又把一盒帶子放進錄音機裡，按下了一個鍵盤，錄音機裡開始說唱。可是，這不是我的聲音，是一個帶著沙啞、蒼涼的聲音。他在講格薩爾王賽馬稱王的經過。我聽了一會，就喊，「這個地方應該唱，是這種曲調。」唯色急忙把錄音機關掉，怔怔地望著我。我大聲地唱了起來。

唯色用手搖動我，我才從那激烈的角逐中抽身出來，看到了他驚奇的目光。

「你像瘋了一樣，全身都在抽搐。沒有事吧？」唯色問。

「我剛才跟格薩爾王在一起，我心裡緊張啊！」

「你別再唱了，我們明天才開始。」

「剛才說唱的是誰？」我問。

「是我們研究所的老藝人頓珠。這是五年前給他錄的音。」

「他還在唱嗎？」

「頓珠藝人身體不太好，經常要住院。他已經錄了二十三部格薩爾。」

我沒有再說什麼，頓珠藝人牢牢地鑲嵌在我的頭腦裡了。

早晨唯色來敲房門，讓我跟著他到錄音間去。錄音間不大，牆面全刷了白石灰，門窗相對，窗戶外是研究院的大院，平時用花色豔麗的窗簾布遮擋著。錄音間裡擺了三張凳子和一個桌子，桌子上擺放錄音機和暖水瓶、杯子，桌子抽屜裡塞滿了錄音帶。我和唯色隔著桌子相視而坐，我對錄音充滿遐想。在他的指揮下，我坐在椅子上，把丹瑪贈送給我的氈帽戴在頭上，銅鏡露在藏裝外，面向錄音機，說唱起了格薩爾王之《北方魯贊》。

格薩爾王率領嶺國的勇士，浩浩蕩蕩地去討伐吃人的魔王魯贊，經過殊死的戰鬥，最終鏟除了魔王。整個事件在我腦際鮮活浮現，我的情感隨著事件的進程，表現出激憤、焦躁、痛苦、興奮、吶喊……

在我最忘情地投入時，一陣「噠噠」的聲音震碎了我腦海裡的影像。我睜開眼睛，看到唯色把茶杯舉在半空中，準備再次敲打桌面。我張嘴，一臉疑惑地盯著他，不知道他為什麼要這麼做。唯色輕輕地把杯子擱在桌子上，臉上堆滿笑容。他說，到了吃中午飯的時間，我們下班回家。

我依從他的指揮，摘掉氈帽，擱在了桌子上。我起身，悻悻地走出了錄音室。

下午又開始接著說唱，說到最興頭上時，他又用杯子敲打桌面。

為什麼不讓我說唱下去？我很不高興地問。太陽的餘暉，正從窗玻璃上移動，屋子裡的光線昏暗了下去。

格薩爾王的故事不是一天能說唱完的，我們要慢慢地錄音，這是耗時幾十年才能完成的工程。唯色一點都不惱，他準備伸手從兜裡取菸。可是，我對這種故事說唱中不斷被打斷很氣憤，取下氈帽，招呼都不打出了門。

唯色立馬衝出來，追上了我。他在走廊裡堵住了我的去路，帶著崇敬的表情對我說，你的說唱曲調太豐富了，頓珠老藝人的曲調沒你這麼多。他劃燃了火柴，把菸給點上，嘴裡吐出一縷煙霧來。在菸草的霧靄中，我臉上的愁雲消散了，僅因為這麼一句讚詞。我從氣憤的籠罩中走出來，臉上堆起了笑意。我們倆一同從二樓走了下來。

天黑了下來，我在燈光下簡單地吃了飯。關上燈，讓黑夜在屋子裡肆虐。我盤腿打坐，觀想格薩爾王，嘴裡不斷地祈求著他。格薩爾王騎著戰馬，從我眼前倏忽而過。之後，從草原的盡頭那匹狼向我疾跑過來，祂的身影慢慢變得清晰起來，赤褐色據滿我的頭腦。我聽到了牠的喘息聲，感受到了牠急切要見我的渴望。

一輛汽車摁響了喇叭，尖銳的聲音刺破一切，把我的觀想砸了個稀巴爛。我睜開眼，外面的路燈把柔弱的燈光拋進屋子裡來。汽車的喇叭再次急促地摁響，刺耳的聲音狂野地向四處撒野開去。我無法安靜地觀想格薩爾王了。車子旁有人大聲地說話，還有搬動東西的聲音。一陣鬧騰過後，汽車開走了。不料旁邊鄰居屋裡的酒歌又張揚起來，攪亂了寂靜的夜。我站起來，走到格薩爾王的畫像前，虔誠地磕起了長頭。

我大汗淋漓，全身濕透，停止了磕頭。一股說唱格薩爾王的慾望撓得我心癢癢，我獨自在屋子裡開始了說唱。黎明時院子裡奏響的汽車喇叭聲，打斷了我的說唱。我也覺得有些疲勞，和衣躺在床鋪上，一會兒就進入到夢鄉裡。

一陣砸門聲把我吵醒。睜開眼，耀眼的金光灑滿窗口，窗玻璃上很多個腦袋疊疊著晃動。我覺得新奇，走過去把門給開了。

你怎麼睡過頭了？我敲了半天的門。唯色站在門口，語氣硬邦邦地嗔怪道。

睡死了！我說。

以後可不能這樣啊，要按時上下班。你昨晚說唱了一宿，鄰居們被吵得沒睡成覺，這樣多不好啊！唯色說。

窗戶旁的人低聲說著什麼，搖頭散開。

我跟著唯色進了大樓，走進錄音室。

說唱到一半，唯色的敲桌聲準時響起，把我記憶裡的格薩爾王趕走了。然後，唯色說出一句，該吃飯了。這句話充斥在我的耳朵裡。我厭惡地脫下氈帽，走了出去。

又一天這樣過去了，我的思緒被抑制著，讓我悶悶不樂。

我待在房子裡回想這兩天的說唱，心頭密布鬱悶。我懷念草原上的那些個部落，那些個深情聽唱的牧民，在那裡說唱就像江河奔流，一泄到底；可在這裡時斷時續，還得待在四面是牆的房屋裡，看不到草原，看不到藍天，看不到雪山。我為自己來到城市是對是錯，全然不知，在城裡只感到壓抑。這裡我也沒有一個朋友，苦悶只能藏於心底。為了消解這種情緒，我離開房間，走出研究院的大門，來到了馬路上。

黃不唧唧的曖昧之光，滴落在路面上，街邊的酒館裡散發酒氣，一群妖嬈的女性甩臀聳奶，晃眼的車燈和揪心的喇叭聲，商店音箱砸出的扎耳音樂，把整個城市托舉在一種虛幻的鬧騰中。吉姆措、色尖草原、拉宗部落、孤獨的狼，此刻讓我感到了徹骨的悲傷，只有他們才能讓我感到心靈寧靜，感到真實。穿行在這種繁華喧鬧中，我的心靈卻是孤寂的。我坐在人行道旁的綠化帶上，目光所及只能達到馬路的盡頭，高聳的牆傲慢地擋在前方，拒絕讓我穿透它，看到後面的一切。我覺得自己像是鑽進了牛角裡，想呼出一口氣也覺艱難。我頭頂的天只有一小塊，延伸的路幾千步就走到了頭。

我從路旁的商店裡，買了一瓶白酒，穿越這虛假的喧囂，投入到冷清但明亮的房間裡。幾杯酒落進肚裡，我安靜了下來，酒牽引我進入到了睡夢中。

丹瑪又一次閃現在我的夢裡，祂沒有說話，只是用眼睛深情地注視著我，把手搭到我的胸口上。祂的嘴裡在說著什麼，可我一句都沒有聽見，只看到薄薄的上下唇在張合。片刻後祂消失了。

醒來，天已大亮，陽光早已落在我的窗玻璃上。唯色來叫我，我們相跟著走進了那間錄音室裡。我面對銀灰色的錄音機坐下，氈帽戴在頭頂，開始了我的說唱。

到開飯的時間，唯色依舊用茶杯敲打桌面。這可惡的聲音，總那麼殘酷地把我腦海中的影像敲碎。我恨這種滋擾，恨不能讓我的說唱潺潺流淌。

夜晚，我又讓辛辣的酒水，燒焦我的頭腦，焚燒我的五臟六腑。酒，讓我更加地想念草原和吉姆措，我為來到城市裡感到難過。銅鏡靜靜地躺在我的手心裡，眼淚啪嗒一聲，在她上面碎裂。我從銅鏡裡看到那匹狼在色尖草原上奔跑，牠的四蹄著地發出的聲響在我耳際迴蕩；神湖不斷地給我呈現各種色澤；雪山腳下犛牛啃著青草，旁邊吉姆措切切地遙望遠方……

銅鏡又把畫面消隱，只留下光亮的銅面。

我推開窗戶，面向草原方向時，涼風撲騰著翅膀迎面而來。我聞到了狼的氣息，草的芳香，我的心被揪得很緊。突然，腦海裡出現要回草原的念頭。

星期天的早晨，天曚曚亮，我就背著牛皮口袋溜出了研究所。我順著馬路前行，這條路在盡頭又分出兩條路來，橫在我的面前，我不知道要選擇哪條路。路上只有稀疏的幾個人，車子也不多。我選擇了伸向太陽落下去方向的路，那裡正是我的家鄉所在的方位。順著這條路往前走去，它又開叉出三條路來。這讓我很為難，不知道我要走哪條路。我問過路人該怎麼走。他們驚奇地瞪大眼睛，擺手走開。我只能自己選擇一條路前行。街上的人多了起來，太陽也從東邊的山脊躍出，可迷宮一般的城市，讓我迷失了方向。我不停地走動，背上的牛皮口袋壓得直冒汗水，到頭來還是被困在城市的樊籠裡，東西南北都分辨不清了。

我用濃重的藏北口音問路，人們嘰哩呱啦地給我說一通，可我什麼都聽不懂，人越發地迷茫了。

太陽正當頭，已是中午時刻，街上的行人多如牛毛，我被人們身上釋放的惡臭氣息熏死，雙眼灼疼，頭要炸裂。

我坐在人行道中間，背靠牛皮口袋休息。曾經，我走過無際的草原，那裡，有時一兩天見不到一頂帳篷，一個牧人，心情卻是喜悅的，雙腿也不覺得痠痛。可是，穿行在城市狹窄如鼠穴般的街道上，兩旁的高樓陰沉地壓迫著，頭頂只有一小塊天懸浮，這讓我的心疲勞，身子垮塌下去。我發現自己一直走在同一條路上。我絕望地垂下了頭，後悔自己不應該到城市裡來，不應該離開吉姆措。

汽車的嘈雜聲和不斷穿梭的人群，加重了我眼睛和頭部的疼痛。我用雙手捂住臉，仰躺了一會。有很多行人駐足觀看我，他們還竊竊私語。有人還在我的面前彎下腰，放下幾角錢，匆忙離去。我想他們把我當成乞丐了。

藏北牧民的話從我身旁溜了過去，我的心裡燃起了希望。我不顧疼痛，趕緊放下手，站起來去追說藏北話的人。

說藏北話的是兩個年輕人。他們聽了我的遭遇後，答應送我到車站去。年輕人幫我抬著牛皮口袋，走過了一個街區，在路口上了一輛中巴車。車子行駛一段後，我們就下車了。我的心情好了許多，色尖草原甚至出現在了我的腦海裡。

走過道路兩旁的商店和飯館，年輕人把我帶到一家客運公司門口，裡面停滿了各種公共汽車。他們讓我把錢交給他們，說要替我去買票。我剛從懷兜裡拿出錢，其中的一個一把搶了過去。一個年輕人進去買票了，另外一個在大門口陪我等著。沒有一會，陪我的那個年輕人，要到隔壁商店去買菸，他還囑咐我不要亂走動。我等了很久，不見這兩人回來，心裡隱約感到自己被騙了。我背著牛皮口袋進去找人，再也尋不到那兩個年輕人了。我變得身無分文，回去的念頭頃刻間從頭腦裡斷裂，心裡填滿了怨恨和緊張。我坐在車站的院子裡悔恨地落淚，想著該怎樣才能走回研究所。可是我連研究所的名字都不知道，路更是認不到。我坐在一個角落裡，餓著肚子，眼睜睜地讓白天離去。夜晚，我找了個避風的地方，和衣躺下睡覺。

第二天的傍晚時分，研究所裡的人找到了我。他們見到我時一臉的興奮，沒有責怪的意思。這讓我心裡越發地慚愧和悔恨，我跟著他們回到了研究所。

達瓦所長不顧天黑，從自家端來了飯和茶，還安慰我不要有顧慮，好好說唱格薩爾王，兩年之後一定讓我回草原一趟。他的這番話讓我感動，為了感激我決定繼續待在這裡說唱格薩爾王。

隨後的說唱過程中，唯色再也不敲打桌子了。每次到點，他都會稍延遲一些時間，要是我依舊沉浸在故事裡，他會輕輕推醒我，一臉笑容地等待我走回到現實生活中來。

周而復始中，我的鬱悶在減弱，接受了這種六小時的說唱。我也經常在想，自己過去馬不停蹄地在草原上奔波，可換來的只有溫飽。現在每天待在房子裡說唱，月月可以得到一筆可觀的錢，現在的日子過得是無憂無慮啊！有時，夜晚躺在床上，十一年的流浪說唱經歷活泛在頭腦裡，憶起吉姆措，心又要疼痛起來，回去的念頭會閃現在頭腦裡。這時我會規勸自己，再堅持兩年，攢上一筆可觀的錢，到時就把吉姆措接到拉薩來。這樣想著，我的心情沒有那麼難過了，帶著念想進入到睡夢中。夢境裡丹瑪時不時地會閃現，還給我一些有益的預示。

這期間，銅鏡成了我和草原連接的一根紐帶。她會給我展現那匹狼、草原、雪山、湖泊、牛羊。通過銅鏡我能走入到遼遠的草原上。我把銅鏡掛在脖子上，貼在心口，這樣草原就駐留在了我的心頭。

一年之後，每到吃飯時間，我肚子裡會發出咕嚕的聲響，那時停下來，關上錄音機下班。我和唯色也成為了很好的朋友，下班之後他會帶我到飯館去吃飯，我也試著吃些蔬菜。

有次中午，我在研究所旁邊的甜茶館裡喝茶，在這裡遇到了來自念草原的一位牧民。我跟他問起吉姆措時，他說吉姆措半年前已經出嫁了。我一聽這話全身被霜凍般蔫了，當著他的面傷心地哭泣，發誓說我再也不要回到草原上去。

我像是大病了一場，有四五天沒有去說唱。那段時間裡唯色和研究所的領導常過來開導我，每次當著他們的面，我要哭得像個淚人，這樣我的心情要好受一些。

我沒法忘記吉姆措，悲傷在我心頭停留了很久很久。等到想起吉姆措，我不再落淚的時候，我把長髮給剪掉了，脫掉穿了二十多年的藏裝，把我的肉體用輕便的西裝裹住。銅鏡也被我從脖子上取下來，掛在了白色的牆面上。我不願再看銅鏡了，她呈現的畫面，只會加重我的痛苦。

當我在那間小錄音間裡能自如地錄播、說唱《姜薩丹王》時，拉宗部落的索朗他們來看望我。我這才知道自己離開草原已有五年了。當我們相互握手，他們粗糲的手掌躺在我的掌心裡時，我又立刻念起了茫茫的草原，聞到了青草的芳香，聽到了狼的嚎叫聲。我心裡淡忘的草原又開始復甦起來。我從牧民們的口中得知，現在公路已經修到了拉宗部落，許多牧民家買了汽車，放牧要騎摩托車。說這些話時，我一直盯著索朗和多吉他們的臉，雖然布滿了皺紋，但精神很足，他們還說這年冬天要帶著拉宗部落的男人們去鹽湖馱鹽。我知道馱鹽得花兩個多月的時間，一路趕著龐大的犛牛群，卸鹽馱鹽特別地辛苦。我給他們一千塊錢，讓他們買鞋子和眼鏡。索朗說，不用買，我們要開車過去，幾天就能往返。我聽後先是驚訝，隨後為他們感到高興。他們再也無須趕著馱隊趕路，無須一路唱馱鹽歌，無須住在荒無人煙的地方，一切變得簡單了。

色尖草原的牧民們現在有錢了，每家都有廣播、電視。多吉說。

那草原大變樣了！我由衷地說。

亞爾傑，你去拉薩對了，草原上現在只有一些上了歲數的人才肯聽格薩爾王的故事，年輕人不喜歡聽了。他們每天圍著電視轉，要不到縣城的舞廳、酒吧去玩。多吉補充道。

我聽後心裡舒坦了很多。我不願想，牧民們不再聽格薩爾王故事時，說唱藝人還該存在嗎？

牧民們發現我的眼睛沒有以往明亮了，就替我擔心起來。我對他們說，也許在城裡待久了，看不到草原、雪山、湖泊，眼睛自然就明亮不起來。牧民們聽完不以為然，只是搖搖頭。牧民們變了，在我家裡他們談論的話題始終圍繞著錢，說誰家蓋新房花了多少錢，誰家買車拿了多少萬塊錢，誰家娶媳婦排場了幾萬塊錢。我聽著，覺得他們談論的不是拉宗部落，而是我不認識的一個部落。我一直希望他們讓我說唱格薩爾王，讓我重溫在草原上說唱的那種氛圍，可他們誰都不跟我提，這讓我既傷心又失落。

夜晚，我聞著他們身上固有的牧人氣息，腦子裡禁不住要活躍草原上說唱的那些個歲月，活躍赤褐色的那匹狼。半夜時刻，我躺在床上，城市變得極其安靜。此時，狼的嚎叫聲穿破千山萬水的阻隔，清晰地迴蕩在我耳旁。這叫聲讓我不安，讓我的眼淚倏然而淌。我滿心都是歉疚，不得安寧。我坐起來，抱著腦袋一直坐到了天亮。

索朗他們在拉薩各大寺廟拜完佛就要回去，他們邀我一同回草原上去，看看那裡發生的變化。我以工作為由婉言謝絕了，說下次一定找個機會去看看。

送他們上車時，索朗突然對我說，那匹狼，你記得嗎？

我說，我記得。

牠現在很瘦弱了，每每晚上要在色尖草原上發出淒厲的吼叫，現在牠可能找不到食物了。索朗說完，晃著頭鑽進駕駛室。

這句話像一記重拳，擊在我的胸口，疼痛難忍。

牠是色尖草原的守護神。我說。

索朗從汽車的窗戶裡對我說，我們知道，但現在牠瘦弱成那樣，保護不了草原。你也不小了，該找個女人照顧自己。

哦——我應了一聲。

要不我從拉宗部落給你找一個女人？

不用！我回答得很堅決。吉姆措的身影在我腦子裡晃了過去。

索朗的眼裡飄過一絲不悅，即刻又淡去。他給司機說，開車。

一路走好！我說。

東風貨車平靜地駛出了研究院的大門，一拐從我的眼裡消失。

晚上我把銅鏡從牆上摘下來，揩去上面積攢的灰塵，月光的照耀下盯著銅鏡看。我要得到色尖草原的畫面，要看我曾經走過的雪山、湖泊。過了許久，銅鏡才給我展示了一些畫面，但被霧靄籠罩住，看得有些朦朧。我責怪自己，這麼多年沒有迎請銅鏡，這麼多年讓她懸掛在牆上。

牧民們走後的這段時間，我又強烈地想念吉姆措，想念那匹狼了。

每天清晨，我在門口煨桑，在桑煙的繚繞中跪拜在格薩爾王的畫像前，祈求格薩爾王能保佑草原上的狼，保佑吉姆措一生幸福。

就在這一年，在拉巴副所長的撮合下，我娶了他家的保母——珠姆，算是解決了我的婚姻大事。結婚後所裡給珠姆安排了一個臨時工作，我們分到了更大一間房子。

我沉浸在愛情的幸福中，除了每天的錄音工作外，其他時間就圍繞著珠姆轉悠。結婚使我的心徹底沉靜了下來，有了被扎下根的感覺。

我每天都往返在一條直線上，從錄音室到家，再從家到錄音室，在這條直線上我踩碎了無數個日子。

《契日珊瑚宗》錄製完，我的女兒也出生了。女兒從珠姆的子宮裡探出腦袋時，我聽到了兩種聲音，一個是女兒喜悅的泣聲，另一個是狼的淒厲慘叫聲。這兩種聲音交疊在一起，充斥我的耳膜，我的兩隻耳朵暫時失聰了。我捂住耳朵，蹲在醫院的過道裡，隨後膝蓋跪地，一頭栽了下去。醒來，我躺在一張床上，旁邊的另一張床上躺著珠姆，醫生和護士立在我的身旁，個個神情緊張。我耳朵裡的灼疼感在減弱下去，可以聽到他們的呼吸聲了。我心裡明白，那可怕的聲音預示著那匹陪伴我的狼，已經走到了生命的盡頭。我為失去牠落淚，為草原失去牠落淚，淚水濺濕了我頭下的枕套。醫生和珠姆見我淚落不止，以為我是為女兒的出生喜極而泣，就安慰我說，你的女兒平安呢！我把眼睛轉向了窗口，呆呆地望著草原的方向，望著在我生命中產生奇蹟的地方。拉宗部落、色尖草原、狼、牧民在我頭腦裡紛紛出現。

狼的最後那聲慘叫，在以後的日子裡不斷地迴響在我的頭腦裡，讓我心緒不寧，整夜失眠。我坐在醫院的病房裡，女兒一啼哭，我全身就顫慄。狼的影子閃現在我的眼前。

七天後珠姆出院了，我領著她們回到了家。那夜等她們都入睡了，我從牆上取下銅鏡，拿到月光下端詳。月光滴灑在銅鏡的表層，她在我的掌心裡輕微蠕動，隨後銅鏡中間出現一道清晰的白線，這道白線把銅鏡切割成了兩截。我望著銅鏡先是驚訝，之後充滿了不祥的預感，恐懼、焦慮就這樣進駐到我的身體裡，讓我開始惶恐不安了。

我坐在錄音間裡，精力難以集中，時刻擔心會有什麼事情發生。有時一上午錄不到一個字，我的這種狀態讓唯色著急。他坐在對面的凳子上，撓著鬈曲的頭髮，用細軟的聲音說，你再錄一部的話，就平了頓珠藝人的紀錄，你的房子、職稱都會得到解決的。我衝他苦笑，我的不安和煩惱不能向他訴說。我向研究所請了一天的假，獨自背著一袋松柏到四周的山頂去煨桑，祈求格薩爾王繼續給我通神的靈性，祈求狼盡早投胎。我謙卑地跪拜在山頂，松柏的香氣隨著繚繞的煙霧徐徐升騰。我聽到了狼的一聲嚎叫，驚喜中抬頭望去，丹瑪和狼順著煙霧走向太空深處。我急忙合上雙掌，垂下頭久久跪拜。心裡淤積的恐懼和焦慮，那一刻被滌蕩乾淨了。

晚上，我睡得很香，沒有一個夢境出現。

我的說唱活力又恢復了，格薩爾王的征戰生涯在我的頭腦裡又清晰呈現，我把一切錄入到磁帶上。

有次，研究所領導把我從錄音間叫了過去，達瓦所長把一個紅本和一串鑰匙交到我的手裡，喜孜孜地說，亞爾傑，你現在是國家級專家了，這個紅本是證書，這是新房的鑰匙。我接過這些東西，它們在我的手裡沉甸甸的。達瓦所長接著又說，你已經說唱了二十九部格薩爾，這是個新的紀錄。你還年輕，今後還可以說唱更多的格薩爾了。我聽後心裡很高興，全身都麻酥酥的。

從這以後，在研究所裡我的地位已經超過了頓珠老藝人，研究所時常讓我跟內地和國外來的研究人員碰面，要講我是怎麼被神授的，怎麼被研究機構發現的，怎麼進行錄音的。講完了還要給他們說唱一段格薩爾王。那些外國人扯著我，要跟他們合影。每次參加這種會議，我就要把沉在木箱底的牧民服裝撿起來，套在自己的身上。這些服裝穿在身上，讓我感到特別地彆扭。我的好運氣還不止這些，我被當選為政協委員了。

我在錄音間裡說唱格薩爾王外，有時還要參加各種會議，這些都浪費掉了我的許多時間。當我的說唱部數達到三十二時，研究所專門為我開了個表彰大會。我為自己能夠宣傳格薩爾王的業績感到高興。表彰會結束後，研究所安排我們到外面的飯館去吃飯，那頓飯太豐盛了，生猛海鮮，各種蔬菜，高檔白酒擺了一桌。我平生第一次吃了海鮮。深夜我全身燥熱，奇癢無比。我吵醒珠姆，讓她開燈。燈光下我發現全身長滿了紅疙瘩，眼睛也灼燒般的疼。珠姆用鹽水擦拭我的身子，然後在紅疙瘩上塗抹軟膏。我們折騰到了凌晨，癢癢才減輕了一些。

天亮後，我的眼睛上好像飄蕩一縷煙霧，面前的東西看得有些模糊。我想這一切都會好起來的，洗完臉就去錄音間說唱去了。

過了幾天，眼病越來越重，快看不見東西了。研究所讓唯色陪我到醫院去檢查。醫生用刺眼的燈光，探照我的眼睛，那種光透過瞳孔照射進去，燒毀了很多神經纖維，也刺到了我頭腦裡的某根神經，這些醫生全然不知。醫生的檢查結論是嚴重的結膜炎。我不相信這結果，這眼睛灼疼，肯定跟吃海鮮有關，但我說出來醫生肯定不會相信的。醫生給我開了處方，讓我每天往眼睛裡滴眼藥水，還特別囑咐說這是進口藥。

我在家休息了六天，珠姆每天盯著要給我滴眼藥水，直到滴完兩瓶眼藥水，我的眼睛開始能看清東西了，眼球旁的血絲沒有消去。這六天裡，我的脾氣越來越大，擔心自己眼睛瞎掉後，不能靜坐在錄音機前，繼續說唱格薩爾王；擔心會像頓珠藝人那樣整天讓藥物流淌在體內。我無端地要給珠姆發火，她卻一再忍讓著，像先前一樣服侍我。

我在供給格薩爾王的供水裡，撒些藏紅花，日落前用這聖水洗眼睛，幾天之後血絲退去了，眼睛裡曾有的清澈光亮卻再也不見了，只有暗淡和混濁。

唯色很高興能成為我的搭檔，我們倆合作得很順利，現在格薩爾王已經錄到三十六部了。

在這種順順利利中，我隱約感到危機已經離我不遠了。格薩爾王的大將丹瑪，已經有一年多沒有出現在我的夢中，雖然我每天都在向祂祈禱，祂就是不肯給我露臉。我心裡開始有些恐懼。偶爾，我在說唱中間，有些畫面會瞬間消失，腦子一片空白。我只能停頓下來，看著沒有一點生氣的白牆，痛苦地一遍遍喚醒頭腦裡的影像。現在我有些痛恨看不到草原的小錄音室，我厭煩對著冰冷的錄音機說唱，我難忍錄音室裡混濁的空氣。

到拉薩的第十三個年頭，我的錄音室從那間窄狹的房屋搬到了我的家裡。每天早起先給格薩爾王添供水，點酥油燈，煨桑，再磕頭祈禱。太陽的朝霞剛落到窗玻璃上，我就開始錄《梅嶺金宗》。我也知道要是我能把《梅嶺金宗》全部錄製完，我比頓珠老藝人多十多部宗的故事，成為研究所第一個最能說唱的人了，所裡也對我充滿期待。

《梅嶺金宗》我錄了半年多，期間總是斷斷續續，進展緩慢。

就在這年的某個秋天早晨，我對著錄音機開始說唱，磁帶轉動發出的「吡吡」聲，把我的注意力全部吸引過去，這使我極度地憤慨。一旦憤慨，我腦海裡閃現的那些影像模糊起來，最終消失掉。多日積累的恐懼和絕望，讓我抓起錄音機砸到地上去。錄音機碎裂了，盒蓋掉落，零件撒了一地。我還氣不過，用腳跺碎，嘴裡叫罵，直到累喘吁吁。我揪住頭髮，坐在地上掉淚。神靈啊，你們為什麼不再眷顧我呢，我一直都在努力傳揚格薩爾王的業績。可是神靈不再搭理我了，讓我孤苦無援。

接下來，我連著十多天坐在錄音機前，恭敬地迎請格薩爾王。可是，頭腦裡再也喚不回那些影像，再也無法通神地說唱格薩爾王，神靈把我給拋棄了。

我心裡很恐慌，每天早晨爬到屋頂，點上松柏香草，祈禱神靈再次賦予我通神的能力。我還爬到拉薩四周的每座山頂，掛經幡燒松柏，祈求神靈別拋下我。夜晚坐在格薩爾王的畫像前，不停地觀想，一整夜一整夜地祈禱。

所有的努力都失敗了，我感到身心憔悴。

研究所知道我的情況後，讓我回趟色尖草原去，到那裡去尋找靈感，同時放鬆休息。珠姆和女兒都不願這個季節去草原上，她們要待在溫暖的拉薩。

我帶著行囊，坐上了單位派給我的小車。去草原的路如今全鋪成了柏油，道路寬闊而平整，汽車跑在上面一點都不顛。

中午我們就到達了那曲鎮，這裡的變化讓我驚歎，到處都是高樓大廈，筆直的水泥路四通八達，人的喧譁與音樂聲蕩滿城市上空，各種膚色的人，在這裡都能找到。我們在一家藏餐館簡單地就餐，又往色尖草原飛奔。經過四個小時的飛駛，下午太陽落山前到達了縣城。

記憶中的那個縣城已經不復存在，這裡也變得非常地熱鬧了。汽車、摩托車在公路上喧囂，舞廳、酒吧、餐館、商店、髮廊緊密相連。看到這種場景，我的心頭有了隱憂的擔心，擔心我到色尖草原後，發現它也變了樣，那我在那裡能得到神的啟示嗎？能讓我接著傳揚格薩爾王的事蹟嗎？我忐忑不安起來。

我和司機住進了縣城最好的旅館裡。剛躺下硬硬的草墊磕得我背部痛，被子裡覺得有股怪味，這才發覺自己已經變得很嬌貴了。沒有一會，司機打出了很響的呼嚕，睡得沉沉。我討厭呼嚕聲，它聽起來是那樣地讓人不悅。突然，旅館床頭的電話尖叫了起來，我匆忙伸手接住。一個嬌滴滴的女人聲音從聽筒裡瀉出來：大哥，你要按摩嗎？我扣下了電話，睡意全無。在司機的陣陣呼嚕聲中，我走出房門，轉悠在縣城的大道上，卻找不到一處安靜的地方。我想到曾經開物交會的地方去看看，在那裡找尋一絲慰藉。走到縣城後面，夜幕下那片草原已經消失了，凸立其上的卻是黑洞洞的房屋。我繼續往前走去，把房屋遠遠地甩在身後，前面是開闊的草地。我盤腿坐在草地上，不斷呼喚丹瑪的名字。天空上星光閃爍，卻沒有丹瑪的白色坐騎飛駛下來。我感到了草原夜風的涼意，慢慢站起來，開始往縣城走去。

躺在草墊上，我的耳朵裡飄蕩酒鬼的吵鬧聲和女人的尖叫，眼裡無緣由地淌出了淚水。警車的警笛聲由遠而近，伴著逃竄者的腳步聲。警笛聲呼嘯著遠去，外面一下安靜下來。我沒有睡意，靠在床頭，等待天亮。我已經預感到這是一個無果的行動。

第二天，我讓司機先回去了。我背著行囊，手裡提著編織袋，向色尖草原進發。我想一路的徒步也許能喚醒頭腦中的某些神性，踽踽前行的我是個沒有魂靈的軀殼，在遼闊的草原上顯得很無助。我感受不到初升太陽的暖意，金黃色也驅散不了我心中的陰霾。沒走一會兒，我已是汗涔涔累吁吁，只能坐在路邊大口喘氣。

我休息的這條柏油路上，汽車和摩托車呼嘯著飛駛。一個頭戴禮帽穿西裝的小夥子把摩托車停在了我的身邊，問，你上哪裡？我回答說，我去色尖草原。他說，你上來吧，我要經過那裡。我欣然接受了，爬到了摩托車的後座上。摩托車的聲音響徹在草原上，這種尖銳的聲音令人可怕。它把一個個牧民點甩在了後面，像格薩爾王的箭一樣射向色尖草原。

3

我認識你，你叫亞爾傑，是神授的說唱藝人。我坐在草坡上望著瑪尼堆旁的你。

你踮起腳後跟，往瑪尼石上掛五顏六色的經幡，再從一個編織袋裡拿出松柏堆砌，往上面撒了糌粑、澆了白酒，點燃火迎請神靈的降臨。

桑煙裊裊飄升，一股松柏的香味融進空氣裡，吹到了我的鼻孔裡，更加堅定了我神靈會降臨的信念。

你把風馬紙拋撒向空際，紙片雪花一樣紛紛在空中打著捲，輕盈地從半空中徐徐飄落到枯黃的草地上。

你戴上了一頂插滿羽毛的氈帽，虔誠地磕頭、祈禱。

亞爾傑，我也跟你一樣，在等待神靈的降臨。今天是我十三歲的最後一天，我在等待神授，祈望神靈開啟我的慧眼，讓我像你一樣能說唱格薩爾王，能像你一樣離開這片草原，到繁華的都市裡去。

你和我都在等待著，等待神靈的降臨。我看手腕上的電子錶，數字已經跳到了十二點上。太陽坐在了我們的頭頂，看呀，它周圍繞著淺淡的日暈，這可是個吉祥的預兆啊！可能是因你的到來才有的吧。我想不一會兒，從那日暈裡頭會有神兵天將降臨，祂們會刨開我的肚子，然後裝上格薩爾王的經書。想到這，我很激動，內心充滿希望，目光不敢移到別處去。

太陽的光很強烈，刺得我眼睛生疼，淚水出來，我要低下頭去。

你還在不停地磕頭，直至疲勞地倒在地上。沒有一會兒，你又起來雙膝跪地，雙手合掌，面向察拉山祈禱。

日暈消散了，我躺在草地上，把錄音機的耳機塞進耳朵裡，閉上了眼睛。「九眼石」演唱的歌轟鳴在我的耳朵裡，全身被這樂聲震顫。

整盤歌帶被我聽完了，還是沒有神靈降臨。我再睜開眼睛看天，天空藍得透澈，白雲全飄移到了天邊。我開始害怕了，我怕神靈不會選擇我，那樣我八年多的等待就白費了。我想到這個結局，心裡慌亂得很。我一定要讓神靈降臨。

我站起來學起了你，開始面向察拉山磕頭。炎炎的烈日，讓我汗流不停，大口喘氣，索性我停止了磕頭。坐在草坡上看你的舉動。

部落裡的人都在說，亞爾傑生活在城市裡，日子過得舒坦。今天你來這裡是為了感謝神靈嗎？或者是來見證我被神授的那一刻？看你這般的虔誠，我都有些感動。你在場，藏在天邊飄動的白雲裡的神兵天將，遲早會降臨的。這樣一想，我的心稍稍得到了慰藉。

亞爾傑，你又在繞著瑪尼石磕長頭，不斷用袖口擦拭額頭上的汗水。從你遲緩的動作來看，肯定已經很累了。一百一十圈，一百一十一圈，一百一十二圈……

多谷可不喜歡我整天待在色尖草原上。他經常罵我，你怎麼不能像你幾個哥哥，幫著家裡掙點錢，讓日子過得舒坦一些。我的幾個哥哥也訓我，說，你是個瘋子，整天待在色尖草原上，傻乎乎地盯著天上看，那裡可不會掉下糌粑和肉來。我心裡很不服氣，給他們頂嘴說，天上會掉下來神兵天將的，我會成為說唱藝人。到時什麼活都不用幹，張口就會來錢。他們聽後笑得前仰後合，把我當成了一個傻子。還有部落裡的人一見我，就開玩笑說，你看，神兵天將來給你神授了。他們的胳膊伸得很直，黢黑的指頭指向天際。我每次都要抬頭望，心裡樂呵呵的。在牧民們的一陣哄笑中，我看著一覽無餘的碧藍，又一次陷入到失望裡。我知道他們再一次要弄了我。現在牧民們都不相信我會被神授。

你看，太陽要落下去了，天邊的雲朵都變成了彩霞，這樣神靈就不會眷顧的。

你動作遲緩地站起來，拍拍膝蓋上的碎草，把帽子摘下來，裝進編織袋裡，低垂著頭準備離開。

我著急得很，你一去，我就沒有盼頭了。

亞爾傑——我邊喊邊向你跑去。

你抬頭望著我，先是驚訝，隨之臉上綻出了笑容。我看到了你起伏的胸口。

你在等待神靈的降臨？我跑到你跟前，氣喘吁吁地問。

你是誰？你的面孔紅潤，眼睛裡充滿淚水，全身微微戰慄。

我也在等待神靈。我要像你一樣成為說唱藝人。你看，這些瑪尼石我堆了八年，我爸說這裡是你被刨肚的地方。我說得很快。

你眼睛裡的淚水淌下來，目光黯淡了下去，胳膊垂得很長，手裡的編織袋無聲地掉落在草地上。

你是多谷的兒子？我們一同坐著等好嗎？你問我。

我為你能憶起我的爸爸高興，更讓我興奮的是你要和我一同等待神靈的降臨。

我們在色尖草原上相依著，等待神兵天將。你的嘴裡不住地誦經祈禱，這嗡嗡的聲音能讓我平靜下來。

夕陽要從山頂落下去，空曠的草原寂靜無比，風吹打經幡，甩出嘩啦啦的聲音。你停止了誦經。

我們還等嗎？你問。

一定要等到啊！我堅定地說。

草原上的人，現在不願意聽格薩爾王的故事了，他們喜歡看電視。你說。

那是他們的事。我渴望被神授。我回答。

我和你相伴而坐，誰都不說話，各自諦聽自己的心跳聲。

金色的草原被黑暗吞沒掉，兩邊的山開始模糊，最後與遼闊的草原連成了一體。遠處的公路上不時有亮著車燈的汽車駛過去，它們劃破夜的寂靜。

神靈，再不會來了。我們回去吧。你說。

我從你顫抖的聲音，知道你在流淚。我無助地把手伸給了你。你用那隻碩大的手，握住了我的小手。你的手是這般的細膩、柔滑呀！

我們牽著手向拉宗部落走去。

一群摩托車亮著車燈，放著狂躁的音樂從拉宗部落方向飛駛過來，他們是來尋找我的。

你低下頭，輕輕地對我說，神靈需要安靜，這樣的嘈雜，他們將永遠不會再來。

這句話讓我徹底絕望了，我流下了淚，但沒有哭出聲。

你鬆開手，在編織袋裡找尋著什麼，然後往我的頭上戴上了一頂帽子。我用手摸，帽子邊沿全插著羽毛。我又高興了起來，這是你剛才戴的那頂格薩爾說唱帽。

你再次握住我的手，迎著狂躁的摩托車走去。它們刺眼的燈光讓我們睜不開眼睛，讓你我看不清前方的道路。

瑪尼石卻離你和我越來越遠，它的輪廓也在你我的身後模糊，融進了茫茫的黑暗裡。

我說，他們會打我的。

為什麼？你的聲音裡充滿驚訝。

騎摩托車的是我哥哥。他們說我是瘋子，說唱格薩爾王誰還會去聽。我為這事生氣了，就偷走了他們的錄音機。

摩托車很近了，這種嘈雜瘋狂地喧騰在色尖草原上。

摩托車慣性帶來的疾風，擊打在你和我的胸口，心臟開始冷卻、冰凍。

摩托車停在了我們的身邊，發動機被關掉，周圍一下安靜無比。我停在這裡，心裡想怎樣才能不被哥哥打。

一聲尖利的狼嚎聲，響徹在色尖草原上空，讓我紛亂的心平靜了下來。

所有人的目光轉向瑪尼石堆方向，那裡黑乎乎的什麼都看不到。

你瑟瑟地在發抖，嘴裡含糊不清地在說著什麼。

突然，你牽住我的手，奮力向瑪尼石堆奔跑。

身後哥哥他們在憤怒地喊，這兩個瘋子，狼的聲音有什麼好聽的。

那個人肯定沒有見過狼。

走吧，別管他們了。

哥哥他們發動了摩托車，在馬達的尖銳轟鳴聲中，他們離神靈越來越遠了，融進了漆黑的夜幕中。

我們跑到瑪尼石堆前時，石堆上有個模糊的影子，上面有一對綠油油的眼睛。石堆上的黑影發出的又一聲嚎叫，它刺透夜幕，迴響在茫茫的草原上空，顯得極其地蒼涼。這聲叫喊，讓我身上的所有血管震顫，全身無力地栽倒在草地上。我的身子動彈不了，我的舌頭已經僵硬。

我看到你雙膝跪伏在草地上，手摸胸口，低聲地啜泣。

嚕嗒啦啦姆嗒啦啉

嚕啊啦啦姆啊啦啉

……

格薩爾王的說唱聲飄蕩在色尖草原上空，而我一點都不能動彈了。

瑪尼石堆上的黑影輕捷地落在草地上，你和黑影走向了草原的深處。你們從我的視線裡消失掉。

亞爾傑，我喊不出聲音來，心裡很焦急啊！我的眼裡布滿了黑夜，我只能躺在這裡，等待著，等待著……

放生羊

稍一低頭，看見你依在黑色的門套上，抬起腦袋咩咩地叫喚。緊張一下從我的頭腦裡消失，原來是你在敲門，催促我趕緊起床去轉經。

你形銷骨立，眼眶深陷，衣裳襤褸，蒼老得讓我咋舌。

湖藍色的髮穗在你額際盤繞，枯枝似的右手伸過來，粗糙的指肚滑過我褶皺的臉頰，一陣刺熱從我臉際滾過。我微張著嘴，心裡極度地難過。「你怎麼成了這副樣子？」我憂傷地問。你黑洞般的眼眶裡，湧出幾滴血淚，顫顫地回答，「我在地獄裡，受著無盡的折磨。」你把藏裝的袖子脫掉，撩起襯衣的一角。啊，佛祖呀，是誰把你的兩個奶子剜掉了，血肉模糊的傷口上蛆蟲在蠕動，鮮紅的血珠滾落下來，腐臭味鑽進我鼻孔。我的心抽緊，悲傷地落下淚水。「你在人世間，幫我多祈禱，救贖我造下的罪孽，盡早讓我投胎轉世吧。」你說。我握住你冰冷的手，哽咽著放在我的胸口，想讓起伏跳動的心焐熱這雙手。「我得走了，雞馬上要叫。」你的臉上布滿驚恐地說。「這是城裡，現在不養雞了，你聽不到雞叫聲。」我剛說，你的手從我的手心裡消融，整個人像一縷煙霧消散。

「桑姆——」我大聲地喊你。

這聲叫喊，把我從睡夢中驚醒，全身已是汗涔涔。睜眼，濃重的黑色裹著我，什麼都看不清，心臟擊鼓般敲打。我坐起來，啪地打開電燈。藏櫃、電視、暖水瓶、木碗等在燈光下有了生命，它們精神爽朗地注視著我。你卻不見了，留給我的是噩夢。不，是托夢，是你托給我的夢。剛才的一幕，就像真實發生的事情，讓我惴惴不安。一急，我的胃部疼痛難忍，用手壓住喘粗氣。不久，疼痛慢慢消失，我又被那個夢纏繞。

你去世已經十二年了，這十二年裡你一直沒有投胎，這，我真的不曾想像過。你離開塵世後，我依舊每天都去轉經，依舊逢到吉日要去拜佛，依舊向僧人和乞丐布施，難道說我做的還不夠嗎？讓你一直受苦，我的心裡很難受。今早我到大昭寺為你去燒斯乙，再去四方各小廟添供燈，幫你祈求盡早投胎轉世。我已經沒有了睡意，拉開窗簾向外張望，外面一片漆黑。窗玻璃上映顯一張瘦削褶皺的面龐，衰老而醜陋，這就是此時的我了。我離死亡是這麼地近，每晚躺下，我都不知道翌日還能不能活著醒來。孑然一身，我沒有任何的牽掛和顧慮，只等待著哪天突然死去。我抬頭看牆上的掛鐘，才早晨五點，離天亮還有兩個多小時。我起床，把手洗淨，從自來水管裡接了第一道水，在佛龕前添供水，點香，合掌祈求三寶發慈悲之心，引領你早點轉世。

我把供燈、哈達、白酒等裝進布兜包裡出門。在路燈的照耀下我去轉林廓，一路上有許多上了年紀的信徒撥動念珠，口誦經文，步履輕捷地從我身邊走過。白日的喧囂此刻消停了，除了偶爾有幾輛車飛速奔駛外，只有喃喃的祈禱聲在飄蕩。唉，這時候人與神是最接近的，人心也會變得純淨澄澈，一切禱詞湧自內心底。你看，前面一位白髮蒼蒼的老婦人，一步一叩首地磕等身長頭；再看那位搖動巨大瑪尼的老頭，身後有隻小哈巴狗歡快地追隨，一路灑下嗞鈴鈴的鈴聲。這些景象讓我的心情平靜下來，看到了希望的亮光。桑姆，你聽著，我會一路上祈求蓮花生大師，讓祂指引你走向轉世之路。「退松桑皆古如仁不其，歐珠袞達帝娃親卜霞，巴皆袞嘶堆兌扎不最，索娃帝所盡給露度歲……嗡拜載古如拜麥索底哄……」

你看，天空已經開始泛白，布達拉宮已經矗立在我的眼前了。山腳的孜廓路上，轉經的人如織，祈禱聲和桑煙徐徐飄升到空際。牆腳邊豎立的一溜金色瑪尼桶，被人們轉動得呼呼響。走累的我，坐在龍王潭裡的一個石板凳上，望著人們匆忙的身影，虔誠的表情。坐在這裡，我想到了你，想到活著該是何等的幸事，使我有機會為自己為你救贖罪孽。即使死亡突然降臨，我也不會懼怕，在有限的生命裡，我已經鍛煉好了面對死亡時的心智。死亡並不能令我悲傷、恐懼，那只是一個生命流程的結束，它不是終點，魂靈還要不斷地輪迴投生，直至二障清淨、智慧圓滿。我的思緒又活躍了起來。一隻水鷗的啼聲，打斷了我的思緒。

布達拉宮已經被初升的朝霞塗滿，時候已經不早了，我得趕到大昭寺去拜佛、燒斯乙。大昭寺大殿裡，僧人用竹筆蘸著金粉，把你的名字寫在了一張細長的紅紙上，再拿到釋迦牟尼佛祖前的金燈上焚燒。那升騰的煙霧裡，我幻到了你憔悴、扭曲的面孔。我的胸口猛地發硬，梗得有些喘不過氣來。「斯乙已經燒好了，你在佛祖面前虔誠地祈禱吧！」僧人說。我捂著胸口，把供燈遞到僧人手裡，爬上白鐵皮包裹的階梯，將哈達獻給佛祖，腦袋抵在佛祖的右腿上為你祈求。

我又去了四方的各個寺廟，給護法神們敬獻了白酒和紙幣。等我全部拜完時，時間已經臨近中午。這才發現我又渴又餓，走進了一家甜茶館。這裡有很多來旅遊的外地人，他們穿那種寬鬆的、帶有很多包的衣服。其中，有個來旅遊的女孩子，坐到我的身旁，央求我跟她合影。我笑著答應了。等我吃完麵喝完茶時，那些來旅遊的人還很開心地交談著，我悄然離開了。

出了甜茶館，我走進一個幽深的小巷裡，與一名甘肅男人相遇。他留著山羊鬍，戴頂白色圓帽，手裡牽四頭綿羊。我想到他是個肉販子。當甘肅人從我身邊擦過時，有一頭綿羊卻駐足不前，臉朝向我咩咩地叫喚，聲音裡充滿哀戚。我再看綿羊的這張臉，一種親切感流遍周身，彷彿我與牠熟識久矣。甘肅人用勁地往前拽，這頭綿羊被含淚拖走。一種莫名的衝動湧來，我下意識地喊了聲，「喂——」甘肅人驚懼地回頭望著我。「這些綿羊是要宰的嗎？」我湊上前問。「這有問題嗎？」甘肅人機警地反問道。我把念珠掛到脖子上，蹲下身撫摩這頭剛剛還咩叫的綿羊。牠全身戰慄，眼睛裡密布哀傷和驚懼，羊糞蛋不能自禁地排泄出來。我被綿羊的恐懼所打動，一腔憐憫蓬勃欲出。為了救贖桑姆的罪孽，我要買回即將要被宰殺的這頭綿羊。「多少錢？」我問。「什麼？」甘肅人被我問得有點糊塗。「這頭綿羊多少錢？」我再次問。「不賣。」「我一定要買。我要把牠放生。」我說。甘肅人先是驚訝地望著我，之後陷入沉思中。燦爛的陽光盛開在他的臉上，臉蛋紅撲撲的。他說，「我尊重你的意願，也不要賺錢，就給個三百三十。」他能改變想法，著實讓我高興，我立刻掏出衣兜裡的錢交給了他。甘肅人把錢揣進衣兜裡，牽繩遞到我手裡。他牽著其他綿羊走了。

「你這頭綿羊跟我有緣，我把你放生，是因為你上上輩子積下的德今生的回報。」我自然地把綿羊稱為了你。你沒有理會我的話，銜著其他綿羊的背影又叫喚起來。甘肅人頭都沒有回，他和其他綿羊消失在小巷的盡頭。我為那些即將被剝奪去的生命惋惜，取下脖子上的念珠，為那三隻綿羊祈禱。我和你的身上塗抹著金燦的陽光，這陽光卻無法驅散我們心頭的隱憂。「我的錢只夠救你，想想我們還要過日子呢。」我說。你抬起了頭，我看到一汪清澈的淚水溢滿你眼眶。我再次蹲下來，撫摩你毛茸茸的身子，上面還黏著雜草碎石。真是奇怪，我的腦子裡把桑姆和你混合成了一體，從你的身上聞到了桑姆的氣息，是那種汗臭和髮香混雜的氣味。這種久違的氣息，刺激著我的感官，讓我對你滋生出百般的愛憐來。我把臉埋進你的毛叢裡，掉下了喜悅的淚水。幽深的小巷裡，我和你相擁著，我為冥冥之中的這種注定而喜泣。

我帶你回到了四合院，鄰居們驚奇地望著我，小孩們興奮地跑來圍觀。「爺爺，這是你的綿羊嗎？」「是我的。」「牠吃什麼呢？」「草和蔬菜。」「……」

這下午，我為了你把窗戶底下清掃了一遍，把很多撿來捨不得丟掉的垃圾全給扔了。你一直用疑惑的目光注視我，粉色的鼻翼不時噏動。我對你說，「你的窩被我騰了出來，今後你就要在此度過餘生。」你聽過我的話，眼睛依舊盯著我。我想你沒有聽懂我的話。

時針在奔跑，它把太陽送到了西邊的山後。我先要給你去買些吃的。從八廓街通往清真寺的小巷裡，晚上有很多擺攤賣菜的四川人，我從一個菜攤上買了十斤白菜，再要了一些丟掉的爛菜葉子，回到家切碎餵給你。你顯得很優雅，低垂著頭，一小口一小口地咀嚼，不時用你那晶亮的眼睛對視我一下。你的眼神變得柔和了些，但不時還有猶豫和驚恐閃現。我心滿意足地衝著你呵呵笑。我喜歡你一身的白毛和敏感的雙眼。你這頭綿羊，為了你我把今天下午的那頓酒都忘了去喝。唉，一下午轉眼就消失了，要是以往時間漫長得讓我不知所措。

這一晚，我睡得很不踏實，心裡老是惦記著你，醒來過三次，每次都要開門去看你。每次你都睡得很沉，在地上佝僂著身子，小腦袋縮在胸前，一副惹人愛憐的模樣。桑姆的睡覺姿勢也跟你差不多，你倆是何等的相像啊！我蹲在你的身旁，久久注視著你，心裡充滿溫馨。

醒來，四合院裡已經有人走動，還聽到去上學的小孩叫鬧聲。

我睡過頭了，急忙起來。

我解開套繩，牽你去轉林廓時，你咩咩地叫喊，四蹄結結實實地抵在石板上，身子向後縮。來到院子中央打水的鄰居見這般情景，過來幫我推你。你拗不過我們，只能順從地跟在我的身後。我們倆穿過小巷走到了拉薩河邊，碧藍的江水一路陪伴我們，習風飄搖我滄桑的白髮。翻越覺布日山時，你又跟我拗起來，死活不上陡峭的山坡。幾個轉經人從後面推你，我從前面拽。這樣僵持一陣後，我的全身出汗濕透，你快把我的體力全耗掉了。疲憊的我憤怒地吼，「你再這樣，我就把你送回甘肅人那裡。」你的眼睛裡拂過一絲驚懼，腦袋低沉下去，再也不看我一眼。「別急，你第一次帶牠來轉經，可能有點害怕。」「讓牠休息一下，我們幫你。」「牠怕了，看，身子都在抖。」七八個人圍攏過來，站在爬山的狹窄小道上議論開了。

風馬旗在徐風中輕輕飄揚，發出微微的聲響；刻瑪尼石的人，盤腿坐在路邊，在岩石板上叮咣咣地雕刻六字真言。有個老太婆從自己的包裡，抓點揉好的糌粑坨，送到了你的嘴邊。你濕漉的鼻翅兒嚅動，伸出舌頭舔舐糌粑。「可憐的綿羊，你是被放生的，誰都不會傷害你，用不著害怕。」老太婆說著撫摩你的頭。老太婆的手，輕輕地敲擊你的背部，你順從地向山坡上走去。我匆忙牽著繩走在前面。人們的念經聲嗡嗡地在背後響起。

沒有一會兒，我們來到倉瓊甜茶館，我把你拴在門口，讓服務員給你一些菜葉吃。她們從廚房拿些菜葉子去餵你。一名服務員跑進來問我，「準備放生嗎？」「是放生羊。」我回答。「那你該給牠穿耳，或身上塗顏料。」服務員又說。「這些我知道。只是牠剛買回來，再說我也不會穿耳。」「明天你帶牠過來，我幫你穿耳。」一位喝茶的老頭插話說。他穿氆氌藏裝，白色的鬍鬚直抵胸前。「那太好了。謝謝您。」我向他表示感激。他說給綿羊穿耳，是他的一個絕活，綿羊不會感到一點疼痛。他的自信，使我踏實了很多。「把你的包給我，我給你裝點菜葉子。」服務員拿走了我的背包。

我背上滿滿當當的布兜包，領你從小昭寺門口過。街道兩旁的店子開門營業了，嘈雜的音樂直衝天際，不時還能聽到減價處理的叫喊聲。我突然想帶你去小昭寺，讓你拜拜覺沃米居多吉（釋迦牟尼佛），爭取來世有個好的去處。我們穿越桑煙的繚繞，進了小昭寺大門，你用奇異的目光審視。有位僧人擋住了我們，不讓你進寺廟裡，說你會弄髒佛堂的。我向他懇求，說你是昨天剛買來的，是要放生的。他最終允許你進去。我提醒你，好好拜佛，用心祈求。你順從地跟隨我，你的目光落在慈祥的神佛和面目猙獰的護法神上，一種膽怯的虔誠表現出來，身子微弓，步伐輕柔。我從你的眼神裡，發現你是一頭很有靈性的綿羊，相信你跟著我會積很多的功德，這些以小積多的功德，最終會給你好的報應。

我倆坐在小昭寺院子裡，晒著暖暖的陽光休息。空氣裡彌漫桑煙和酥油的氣味，不時傳來緩慢的鼓聲，它們讓我們的心遠離浮躁，變得安靜。我對你說，「你們羊都是好樣的，知道嘛，松贊干布建設大昭寺時，是山羊背土填湖，立下了頭等功勞。現在大昭寺裡還供奉著一頭山羊。」你聽完我的話，把下巴抵在我的大腿上。我用手指撓你下巴，你歡喜地眯上了眼睛。我知道你的身子很髒，羊毛都有些發黑，我們回到家我給你洗澡。

你在自來水管底乖巧地站著，銀亮的水從你的背脊上迸碎，化成珠珠水滴，落進下水管道裡。我赤腳給你打肥皂，十個指頭穿行在茸茸的鬈毛裡，從項頸一直游弋到肚皮底，你的舒服勁我的指頭感受著。水管再次擰開，銀亮的水順羊毛落下時變得很混濁。我再次打肥皂，再次沖洗，你呀白得如同天空落下的雪，讓我的眼睛生疼。唉，十幾年前，桑姆還健在的時候，我都是這樣幫桑姆洗頭，桑姆白淨的脖子也在陽光下這般地刺眼。那種甜蜜的時日，在我的記憶裡已經空白了很長很長。此刻，我又彷彿尋找到了那種甜蜜。我們坐在自家的窗戶下，我用梳子給你梳理羊毛。你把身子貼近我，用腦袋摩挲我的胸口。你那彎曲的羊角，抵得我瘦弱的胸口發痛，我只得趕緊制止。我回屋取來酥油，把它塗抹在你的羊角上，上面的紋路愈發地清晰。你的到來，使我有忙不完的活要幹，使我有了寄託和牽掛，使桑姆的點點滴滴又鮮活在我的記憶力。我再不能像從前一樣，每天下午到酒館裡喝得酩酊大醉，我要想著你，想到要給你餵草呢。

我口渴難忍，提著塑料桶去買青稞酒。回到家，我坐在一張矮小的木凳上，身披一身的夕陽，一邊看你一邊喝酒。你站在面前，用桑姆慣用的那種羞怯、溫情的眼神凝望著我。這種眼神，剝去了歲月在我心頭堆砌的滄桑，心開始變得溫柔起來。還有這酒，怎麼落到肚子裡，變成香甜的了。以往喝酒，怎麼沒有嘗出香甜的餘味呢。這是不是心境的變遷引來的，我真說不準。我一口一口地喝，這種香甜從舌苔上慢慢擴散向腦際，整個人被這種香甜沉溺。

這一夜我睡得很死，沒有一個夢景出現。

你的兩隻耳朵被鋼針黏著清油穿了孔，繫上了紅色的布條，這樣你就顯得引人注目。桑姆，為了讓你盡早投胎轉世，我天天帶著放生羊去轉經。這頭綿羊現在被我視如你了。桑姆，你現在再沒有出現在我的夢裡，我不知道你現在的境況，有可能的話你再給我托一次夢吧。

現在，人們每天都能看到我和潔白的綿羊，順著林廓路去轉經。你耳朵上的紅色布條，脊背中央點綴的紅色顏料，向人們昭示著今生你要平安地度過，直到生老病死。

我帶著你已經轉了近一個月的林廓，你也熟悉了轉經路上的一切。從今天開始我不再拴你了，我們相跟著去轉經。我背上布兜包，裡面裝著我的茶碗和油炸果子，手裡撥動念珠。我走走停停，看你是不是緊跟在我的身後。需要橫穿馬路時，我牽著你過，免得被車子把你給撞了。路上我遇到熟人，跟他們嘮叨時，你駐足站在我的身旁。認識的人都說，「年扎啦，你做了一件了不起的善事，你會有好報的。」「這頭綿羊懂人性啊！」「年扎啦，給牠脖子上拴個鈴鐺，那樣你就用不著老回頭。」「遇到你，是這頭綿羊的福分。」這些話讓我聽了心裡樂孜孜的，你的到來我一直認定是前世注定的一個緣，要不桑姆剛托夢，你和我就不期而遇了，哪有這麼巧合的事情。我進倉瓊茶館，你從門簾縫裡擠進來，鑽到桌子下面。「你待在外面，不能進來。」我對你喊。你蜷縮在桌子底，毫不理會我的叫喊。茶客們看著我，會心地微笑。「就讓牠躺在那裡，牠又不占位置。」服務員說。我沒有再趕你，我從布兜包裡掏出茶杯，擱在桌子上，再伸手取出油炸果子，掰碎了餵你。你用舌頭把油炸果子捲進嘴裡，用牙齒嚓嚓地嚼碎。我把甜茶喝了個飽，你卻靜靜地躺著，腦袋隨著進進出出的人擺動。「南邊的三怙主殿正在維修，聽說缺人手，要是誰能去幫忙，那功德無量。」有個中年人跟旁邊的茶客說。這句話讓我很振奮，我想這是一個多好的機會，我要去義務勞動。我把杯子裡的那點剩茶倒掉，用毛巾把杯子擦乾淨，裝進了布兜包裡。我一起身，你機敏地從地上爬起來，一同出茶館門，走到喧囂的大街上。你已經不再注意周圍的熱鬧了，一門心思地跟在我的身邊。我們穿過熱鬧的小巷，回到了四合院裡。

我把你拴在窗戶底下，從麻袋裡拿些乾草，擱在掉了瓷的臉盆裡；再用另一個盆，從自來水管裡給你接上清水。你望著這兩個盆，沒有表現出飢渴的樣子，只是清澈的眼睛裡露出疲態來。你把四蹄關節一彎，臥躺在地上，耳朵輕輕地甩動。我知道你已經很累了，該讓你休息一下。我進屋脫了鞋，把濕透的鞋墊放在窗臺上，讓陽光晒乾，自己盤腿坐在床上。我在思想，為了桑姆該給三怙主殿捐多少錢，怎樣才能讓他們把我留在工地上。藏族人都知道，米拉日巴為了救贖自己的殺生罪孽，拜瑪爾巴為師，用艱辛的勞動洗滌惡業，即使背部生瘡化膿，手足割破，咬著牙堅持，他最後得道了。為了桑姆有個好的去處，我捐五百元錢，再勞動一個月，為桑姆減輕一些惡業。這樣想著，不知不覺中黑色的幕布把整個院子給罩住了。明天還要早起，現在我該入睡了。

一陣踢門聲，把我驚醒。我匆忙坐起來，往門口喊，「是誰？」門不敲了，外面很安靜。我猜不明白誰會這麼早來敲門，難道是鄰居生病了？「喂，是誰？」我喊著把燈給打開了。嗵嗵地又再敲，而且敲的聲音比先前更重更急促了。褲子套在腿上，我急忙去開門。掀開門簾，藉著燈光看，一個人都沒有。稍一低頭，看見你依在黑色的門套上，抬起腦袋咩咩地叫喚。緊張一下從我的頭腦裡消失，原來是你在敲門，催促我趕緊起床去轉經。我嘴裡罵你幾句，心裡卻是很高興。我給佛龕添了供水，燒了香。之後給你餵了些乾草，然後我們一路去轉經。路燈下的水泥板人行道，把你的蹄音振出來，嗒嗒的足音伴隨我的誦經聲，一切顯得是如此地和諧。當我們走到功德林時，天空落下了毛毛細雨，我倆加快腳步，去找避雨的地方。雨下大了，劈劈啪啪地砸下來，人行道和馬路上開始積水。我的鞋裡灌進了水，你的身子被水澆透。前面有人喊，「過來，避雨。」我和你向一家餐館的大門斗拱底跑去。這裡已經聚了七八個人，絕大部分是來轉經的。你可能太冷了，身子直往裡面拱。站在最裡面躲雨的小夥子，踢了你一腳。你什麼反應都沒有。旁邊的一位老太婆忍不住，開始罵這個小夥子。「沒有看到這是頭放生羊嗎？你還要踢牠，畜生都不如。」小夥子剛要發作，其他的轉經人都一同訓斥他。他看清了自己的處境，跑進大雨裡，繼續趕路。「這些年輕人，沒有一點憐憫之心，活著跟牲畜一樣。」「可能喝了一晚上的酒，現在才回去呢。剛才我還聞到他一身的酒氣。」「一代不如一代。」我們待在斗拱底，聽他們發出的感慨，希望這雨盡早停下來。半個多小時後，雨變小了，我們又繼續去轉經。

我們濕漉漉地來到了南邊的三怙主殿，找到了管事的僧人。我把錢捐給他，希望他留我們兩個在這裡當小工。他很爽快地答應了我們的請求，說，「除午飯殿裡供應外，還要供應兩次茶。」聽到這個消息，我很高興，這一天我忙著裝土、和泥。你卻被我拴在了三怙主殿階梯旁。回家我給你用布縫了個褡褳，翌日你背著褡褳運土運沙，來回往返不停，用自己的汗水建設殿堂。僧人們都說，「這頭綿羊，活生生地給我們演繹建造大昭寺時的一幕。」

我倆在三怙主殿義務勞動了二十三天，後頭的活路我們倆一點都幫不上忙，那是畫師們的事情，他們要在牆上畫壁畫。結束工作後的第四天，三怙主殿的管事派了一名僧人，他推一輛手推車，送來了六袋鮮草和舍利藥丸。我遵從他的指示，把藥丸浸泡在水裡。每次逢到吉日，我們兩個喝上幾口。偶爾，我用這聖水幫你清洗眼睛。

每天早晨你都要敲門弄醒我，然後你走在前頭，我緊隨其後。我路遇熟人，你會只顧往前走，到時候選個舒適的地方，站在那裡等待我。到了茶館，你會鑽到我常坐的那個桌子底下，喝茶的人一見你，趕忙端著杯子，坐到別的位置上去，把地方騰給我們。人們都認識你了。

初夜我夢見到了桑姆。你走在一條雲遮霧繞的山間小道上，表情恬淡、安詳，走起路來從容穩健。後來你變得有些模糊，彷彿又幻成了另外一個人。我笑了，在夢境裡我露出了白白的牙齒。這種喜悅使我睡醒過來。我端坐在床上，解析這個夢。我想你可能離開了地獄的煎熬，這從你的安詳表情可以得到證明，夢境的後頭你變得模糊起來，只能說明你已經轉世投胎了。這麼想著我很興奮，於是睡意全無了。到了下半夜，我的胃部一陣疼痛，額頭上沁出了顆顆汗珠。我想，這樣疼的話，今天可能轉不了經。那你怎麼辦？又想，這胃病，頂多會疼個個把小時，之後會沒有事的。我起床吃了幾粒治胃的藏藥，又躺進被窩裡。當你踹門時，那酸溜溜的疼痛依然駐留在我胃上，它不會讓我走動的。你踹門的力度加強了，我只能硬撐著走到門口，把門打開，給你解了套繩。「我病了，你自己去轉，轉完趕緊回來。」我對你說。你仰頭凝視我，等待我一同出門。我只得牽你到大門口，而後推你往前走。你回頭怔怔地望著我。我向你揮揮手，示意向前走。你明白了我的意思，扭頭向小巷的盡頭走去，留下一陣清脆的蹄音，消失在小巷的盡頭。

我躺在被窩裡等著疼痛消失。

太陽光照到了窗臺上，我躺在被窩裡開始擔心起你來。這種焦慮，讓我心急如焚，忘卻了疼痛。我穿上衣服，出門尋找你。這疼痛讓我頭上冒汗，腳挪不動，只能坐在大門口，背靠門框上。疼痛減弱了些，我的眼光瞟向巷子盡頭時，你一身的白烙在我的眼睛裡。你從巷子的盡頭不急不慢地走來，偶爾駐足向四周觀察一番。你自己都能去轉經了，我喜極而泣。我堅持站立起來，等待你靠近。我把你拴在窗戶下，拿些乾草餵你。唉，又一陣鑽心的疼痛襲上來，我只能蹲下身，用手頂住發疼處。「年扎大爺，你怎麼啦？」「到醫院去看病！」「你的臉色怪嚇人的，我們送你去醫院。」「……」鄰居們圍過來，堅持要送我到醫院去。我強不過他們，只能到醫院去檢查。醫生要我住院，說病得不輕。我卻堅持不住院，說給我打個鎮痛的針就行。鄰居們也堅持要我住院，說，「三頓飯，我們輪流給你送。」我很感激，但我不能住院。醫生把幾個鄰居叫到了外面，進來時個個臉色凝滯而呆板。我從他們的臉上窺視到我的病情，已經到了無法救治的地步。「醫生，我孤寡一人，你就把病情告訴我吧！」我向醫生央求。「您太累了，需要待在醫院康復。」醫生說。「您就實話告訴我吧，我剛才從鄰居們的眼神裡知道我的病情很嚴重。」「別亂想了，病不重，你在醫院裡先住上。」鄰居們好言相勸。「醫生，您把病情單給我看看，即使是最壞的結果，我也能平靜地接受。」醫生的眼光落到了鄰居們的臉上，鄰居們低下頭，誰都不吭一聲。「我無兒無女，只能自己拿主意，你就給我看吧。」醫生很無奈地把病情單遞給了我。胃癌。這兩個字跳入了我的眼睛裡，心抖顫了一下。我想到時日不多了，要是我死了，你——放生羊該怎麼辦？這種牽掛讓我的心情變得複雜起來，開始有些動搖了。我發現，面對死亡，我做不到無牽無掛。我盯著醫生，問，「我還能支持多久？」醫生回答，「不好說。配合治療的話，比不治療活得要久一些。」我不能住院，一旦住院，每天往我體內要灌輸很多藥水，那樣我有限的時間全部耗掉在醫院裡了。再不可能天天去轉經，去拜佛，那樣我的身體沒有垮掉之前，心靈會先枯竭死掉。「醫生，今天給我打個鎮痛的藥。回去，我把家裡的事情處理一下，明天過來住院。」我為了逃脫，開始跟醫生撒謊。醫生可能看出了我的伎倆，勸我道，「別拿自己的命來開玩笑。」我說了很多保證的話，才得以離開醫院。

綿羊見鄰居們扶著我回來，急忙從地上爬起來，向我靠過來。這不爭氣的眼淚，頓時嘩嘩流下來，把我的老臉濺濕了。桑姆也是這樣被我們從醫院裡抱回來的，最後那口氣是在自家的房子裡斷的。我這樣流淚多不好，鄰居們會以為我貪生怕死呢。他們把你推在一邊，將我護送到房間裡。我看到了你潮濕的眼睛，低垂下去的腦袋。鄰居們圍著我，勸我第二天去住院。有些還跑回家，給我送來了雞蛋、酥油、牛肉。他們還向我承諾，一定看好帶好餵好放生羊。這句話貼我的心，使纏繞我的擔心減輕了不少。鄰居們怕我累著，陸續回了各自的家。

我把窗簾拉上，打開電燈。胃還是有一點輕微的灼痛感。我把你領到屋子裡，自己坐在了木床上。你臥躺在我的腳旁，抬頭凝望。我身子前傾，給你撓癢。你愜意地瞇上了眼睛。「我不知道自己什麼時候會突然死去，活著的日子裡，我會帶你做很多的善事，這樣你可以消除惡業，來世有個好的去處。即使我死了，你也會被院子裡的人代養，直到老死。今生，我們倆把前世的緣續了下來，來世或幾世之後還會接著續下去。」我動情地給你說。你彷彿聽懂了我的話，站起來把兩隻前蹄搭在我的腿上，眼眶裡閃耀淚花。我抱住你的脖子，盡情地哭泣。你濕潤的呼吸在我的耳邊流動，猶如桑姆的氣息，它讓我的情緒平穩下來。「我在祈求眾生遠離災荒、戰亂，遠離病痛折磨的同時，也會給你祈求來世生在富貴人家，來世遇上慈祥父母，來世再與佛法相遇……」我跟你說了很多的話，好像自己真的明天就要死去一樣。外面傳來幾聲狗吠，這才知道時間已經很晚了，我和你該休息了。我把你牽回到院子裡，讓你早點睡覺。

我沒有去住院，一種緊迫感促使我從這一天開始，帶你去各大寺廟拜佛，逢到吉日到菜市場去買幾十斤活魚，由你馱著，到很遠的河邊去放生。那些被放生的魚，從塑料口袋裡歡快地游出，擺動尾巴鑽進河邊的水草裡，尋不見蹤影。幾百條生命被我倆從死亡的邊緣拯救，讓牠們擺脫了恐懼和絕望，在藍盈盈的河水裡重新開始生活。我和你望著清澈的河水，那裡有藍天、白雲的倒影。清風拂過來，水面蕩起波紋，藍天白雲開始飄搖；柳樹樹枝舞動起來，發出沙沙的聲響；河堤旁綠草萋萋，幾隻蝴蝶蹁躚起舞。我和你神清氣爽，心裡充滿慈悲、愛憐。我盤腿坐在河邊，打開那桶青稞酒，慢慢地啜飲。手裡的念珠飛快地轉動，念珠磕碰的輕微聲響，讓我的心靈寧靜。你悠閒地低頭啃草，偶爾豎立耳朵，警覺地注視呼嘯奔駛的汽車。太陽落山之前，我和你慢騰騰地回家去。

這年的夏末，策墨林寺裡活佛在講法。我帶你去聽法時，寺院院子裡黑壓壓地坐滿了人，我和你緊靠著坐在角落裡。活佛講法時，你豎著耳朵安安靜靜地臥躺在地上，眼睛時不時地瞟向法座上的活佛。待累了，你走向人群後面，轉悠一圈，用不了多長時間，又回到我的身旁。看到你的這種表現，人們除了驚訝，還對你產生了憐惜之情。以後的每一天裡，許多來聽法的人會給你帶些鮮草、蔬菜來，他們把這些堆放在你的面前，撫摩著你的背，說，「跟佛有緣，一定會有善的結果。」寺院的僧人們對你格外地開恩，允許你進入廟堂拜佛、轉經，還給你賞了掛在耳朵上的紅布條。

我和你每天都忙個不停，時間轉眼到了中秋。這當中，我的胃雖有疼痛，但沒有先前那般了。桑姆再也沒有托夢給我，但願你已投胎成人。我對桑姆的牽掛稍稍一鬆懈，發現對放生羊的牽掛與日俱增，擔心自己死掉後沒有人照顧你，怕你受到虐待，怕你被人逐出院子。這種煩惱一直縈繞在我的頭腦裡，促使我努力多活幾年。每天我都要祈禱三寶，讓我在塵世多待些時日。趁著中秋時節，我想帶你去林廓路上磕一圈長頭。我跟你說這件事時，你的眼睛裡充滿了渴望。我給你重新縫了個褡褳，給我做了個帆布圍裙，這樣我們算準備停當了。

天，還沒有發亮，黑色卻一點一點地褪去，漸漸變成淺灰色。我一步一磕，行進速度非常緩慢。你慢騰騰地走在我的身邊，不時用眼睛瞟我。你背上的褡褳左側裝著一小袋糌粑和一瓶茶，右邊裝了一把白菜和一塑料罐水。當陽光照耀時，我和你已經磕到了朵森格路南端。一輛輛大巴車開過來，停在路邊，車上下來國內外來的遊客。他們一見到我們倆，圍攏過來，照相機劈劈啪啪地照個沒完。我匍匐在地上又起來，走兩步，接著跪拜在地上。你馱著東西，跟在我的身邊。有些遊客給我們施捨錢幣，我把錢收了，合掌說，「謝謝！」這些錢哪天我們捐給寺廟吧。我們磕著頭把他們甩在了身後。我只祈求三寶保佑我多活些時日，讓我能夠陪伴你久長一些。

午飯，我們坐在馬路邊吃的。我盤腿坐在人行道上，從褡褳裡給你拿出白菜，掰碎了放在你的嘴下。你太餓了，幾口就把它吃完了。我乾脆把整坨白菜丟在你的面前，自己開始倒茶揉糌粑。路過的行人不免回頭看我們，之後匆忙離開。我再給你餵了幾坨糌粑，把水倒進塑料袋裡，讓你喝了個飽。我們倆在樹蔭底躺下休息。馬路上飛駛的汽車和流動的人群，不能讓我們完完全全地放鬆休息，嘈雜聲使人的心懸吊。我們又開始磕起了長頭，毒辣的陽光讓我汗流浹背，滾燙的水泥板燙得我胸口發熱。可這一切算得了什麼，我要堅持一路磕下去。

翌日，我們又從昨天停頓的地方開始磕長頭。發現，身邊有幾十個磕長頭的人，從穿著來看，他們一定來自遙遠的藏東。在嚓啦嚓啦的匍匐聲中，我們一路前行，穿越了黎明。朝陽出來，金光嘩啦啦地灑落下來，前面的道路霎時一片金燦燦。你白色的身子移動在這片金光中，顯得愈加地純淨和光潔，似一朵盛開的白蓮，一塵不染。

前方有人等她

眼前的兒子骨子裡怎麼沒有一點丈夫所具有的那份責任心和同情心呢。想想頓丹，那可真是個好人呢。

別以為我在給你們吹牛，在我們這個大院裡沒人不翹起大拇指，說：夏宰老太太是頂呱呱的！雖然她一直住在老城區的那間低矮且破落，黑暗又潮濕的房子裡，可人們由衷地讚歎她省吃儉用，艱苦耐勞，讓兩個小孩成為了國家的正式幹部；又因她始終如一的表現，我們認為她具有一切美好的品德：善良、誠實、仁慈、友愛、溫順等等。她成了我們這個大院裡最受敬重的人。

嗨，別這麼凶巴巴的，看人家夏宰老太太，她從不這樣。

我們誰對誰錯，去找夏宰老太太評理。

你要借錢，可以。但得要夏宰老太太擔保。

……

夏宰老太婆的威望甚至超過了那些個吊兒郎當的、說話都前言不搭後語的居委會幹部，她在我們的眼裡就是完美無缺的。

夏宰老太婆的祖籍是昌都，上世紀五〇年代初她從藏東流浪到拉薩來朝佛，後來嫁給了比他長一輪的、家境還算可以的裁縫頓丹，然後一直就沒有離開過拉薩。六〇年代末期，當時還年輕的夏宰老太婆像母雞生蛋一樣，接二連三地生下了四個小孩。其中兩個因病相繼去世，留給他們夫妻倆的只有一男一女。夏宰老太婆面對失去小孩，除了無言地淌下眼淚外，並沒有表現出傷痛欲絕的悲哀來。她四十多歲時，頓丹也因肺病悄然離開了她，讓她成為了一名嫠婦。即使這樣她也沒有痛苦得一蹶不振，而是像以往一樣，默默地淌著淚，只是人變得更加憔悴不堪。

有很多人想給當時還算年輕的夏辜老太婆介紹男人，而且有那麼幾個人真的喜歡上了她。他們愛她風韻猶存的體態，愛她還沒有鬆弛的潔淨的面孔，愛她那對令人想入非非的眼睛……夏辜老太婆婉言謝絕了人們的好意，她要照顧自己的子女，撫養他們長大成人。日子就像徐徐飄升的煙子，轉眼飄散得不見了蹤影。夏辜老太婆的臉上也悄然爬上了淺淺的皺紋，如瀑的黑髮裡開始摻雜了些白髮。

她的兒子參加了工作，並且給她找了個媳婦，不久又生了個孫子；女兒也大學畢業，找到了收入頗豐的單位。夏辜老太婆這才滴落下幸福的眼淚，那長久未舒展的面龐上綻出令人心醉的笑容來。

兒子和女兒相繼搬到單位去住，可夏辜老太婆孤身一人住在以前丈夫居住的舊房子裡。她不願離開這個還依稀留存丈夫氣息的房子，住在這裡便感到自己與丈夫沒有分離。如今，這裡已經沒有幾個原住戶了，很多人搬到退休房或跟子女過，絕大部分住戶是從外地過來租房的。但這些絲毫都沒有影響夏辜老太婆在人們心目中的形象。租房的人不論來自藏東、藏西、藏南、藏北，都對夏辜老太婆很敬重。夏辜老太婆一如既往地把她的一切美德施與這些遠離家鄉的人。夏辜老太婆的房子就在一樓，門朝向那口天井，要是到了冬天人們都喜歡聚在她的門口晒太陽，熱熱鬧鬧的。

過了這麼多年以後，再回頭看夏辜老太婆住的房子，那真是既破舊又古怪，還散發著一些腐臭味。

夏辜老太婆正感到人生最幸福的時候，不幸卻接踵而來。真是應驗了那句：禍兮福所依，福兮禍所伏。她的兒子頓珠辭職承包了單位的舞廳，幾年過去後，他結交了一大幫嗜酒成性的朋友，他們經常在外面與別的女人鬼混，致使頓珠的妻子決意要離開他。這件事情鬧得很大，所有認識夏辜老太婆的人都知道了。夏辜老太婆感到她的老臉被她的兒子給丟盡了。她邁著蹣跚的步子，平生第一次主動去找他。

夏辜老太婆坐在兒子的對面，用柔和的語調說：你也別怪人家了，都是你自己的錯，就向人家認個錯吧。

你什麼都不知道，我跟她沒有感情，只有離了婚我才能解脫。頓珠揚起脖子說。

夏辜老太婆一見頓珠那凸出的喉骨節，就像有個什麼東西直刺她的心臟。疼得她眼淚簌簌掉落，乾癟的嘴唇緊緊抿著。疼痛稍稍減輕後，夏辜老太婆這才想起，那隆隆的喉骨節是她的丈夫傳給頓珠的，眼前的兒子骨子裡怎麼沒有一點丈夫所具有的那份責任心和同情心呢。

想想頓丹，那可真是個好人呢。

那年的甘丹昂曲（宗教節日）時，拉薩下起了鵝毛大雪，寒冷來得特別的早，我當時還不到十九歲，被凍得全身打顫，身上的衣服襤褸不堪。當我拿著木碗乞討到頓丹家門口時，他放下手中的活，用木勺給我舀了滿滿的糌粑，還打酥油茶給我喝。後來他讓我蹲在低矮的土灶旁烤火，那牛糞火把我的身子烤得暖暖的，我被感動得落下了眼淚，真沒有想到世上還有這麼心地善良的人。天，那天一直陰著，可愛的太陽躲著不露面，偶爾，片片雪花從空中輕輕揚揚地落下，冷風颼颼地撲打在行人的臉上，讓人牙齒咯咯作響。

外面很冷，會把你凍死的。你就在灶旁旮旯裡將就著睡一宿吧。頓丹一臉的同情，那張臉因此而變得讓人難以忘懷。那夜我就睡在了裁縫頓丹的外屋。而裁縫頓丹整夜忙個不停。在油燈的光照下，他一絲不苟地縫著氆氌藏裝，因為第二天太陽出來時，冉通家的奶媽要來取小姐的冬裝。

裁縫，這是少奶奶讓我帶給你的。至於工錢，少奶奶說了，藏曆新年前就給你一次性結算。冉通的奶媽說。她還把一個竹編的小圓筐從印度絲綢裡取出，擱在了低矮的藏桌上。

什麼時候結都一樣的，讓少奶奶寬心。只是縫得不知道合不合小姐的意？說真的，每每都讓冉通家破費，真不知怎麼感謝呢。頓丹邊折疊藏裝邊說。

你也見外了，冉通家老老少少的衣服多虧你縫製，走在街上別人還投來羨慕的目光呢！

您別再奉承我了，您再說我真的感到羞慚死了。頓丹說。

這是？冉通家奶媽的目光投向我問。

是？是？……

娶了媳婦也不給我們說，你真是見外了。我這就回去跟少奶奶說去。

冉通家的奶媽把裹在印度紗巾裡的氆氌藏裝背在背上，滑出了裁縫的家門。裁縫一臉的無奈，開始唉聲嘆氣。

幸福有時候瞬間落在你的頭上，使你激動得暈頭轉向。裁縫頓丹用他寬闊的胸襟容納了當時走投無路的我。我並不知道什麼叫愛情，只想到從此要靠在這個靦腆的瘦弱的男人的胸脯，將自己從一個姑娘帶入到垂暮的老人。

眼前的兒子，卻使她很想念已經作古了的頓丹。想到他的善良、他的忠實、他的平和，夏辜老太婆就禁不住當著自己兒子的面哭得全身戰慄，眼淚濕透了她懷裡揣的那個白毛巾。

丈夫去世一年多後，家裡的生活已經顯出困窘來，我為了讓兩個小孩能繼續上學，不得不給人家當保母，靠著那點微薄的收入維持家庭生活。唉，看著孩子們身上破舊的衣服，我心裡真是難受死了。可是，那時候他們都是很聽話的小孩呀。雖然生活清貧，日子卻過得和和睦睦，相親相愛。有一次，頓珠死活都不去上學，他說要退學，要給家裡承擔責任。我說我一個人能供你們上完高中。他卻說他的成績不好，還不如兩個人勞動供次吉上完大學。我竭盡全力也沒能說服頓珠，最後他被居委會安排到了企業工作。這麼想想，我也真有點對不住頓珠呀！

你的小孩還很小，別讓他從小失去了父愛。夏辜老太婆說完滿腔痛苦地離開了兒子。

到後來，頓珠還是沒有聽夏辜老太婆的話，他把妻子小孩全遺棄了。給自己又找了一個塗脂抹粉，妖豔無比的女人。夏辜老太婆的心再次受到了傷害。

以往，當院子裡沒有人時，夏宰老太婆坐在門口放著的矮凳上，讓陽光傾瀉到自己的身上，然後自言自語道：從這口天井裡，頓丹提一桶清水，用銅瓢往我的頭上澆水。我揉搓著長髮，那對耷拉的碩大的奶子，在陽光下白晃晃地蕩來蕩去。頓丹盯住我白白淨淨的背，戲謔道：潔白得猶如雪原啊。

我聽後心裡很是受用，聲音低低地回答：雪原上經常有頭氂牛來喝水。

頓丹噗哧地笑了。從濕漉漉的頭髮縫隙，我看見了那個頭頂上舉著的銅瓢，它在陽光下發出熠熠的金光。唉，那時的日子不就是充滿金光嗎！

後來我們的生活雖然有些艱難，但永遠都不缺愛。現在的時日，想吃什麼穿什麼都有，人卻不知道怎麼去愛人，去寬容人了。

夏宰老太婆想到了自己的兒子頓珠，她的眼眶裡不禁又一陣潮濕。陽光，對，夏宰老太婆真的特別需要陽光。這陽光不僅需要溫暖她的身子，更要照在她日漸陰冷的心頭。

到後頭，對於兒子的所作所為夏宰老太婆聽之任之了，雖然聽到耳中不免心裡不快，但也沒有剛開始時那麼讓人心情煩躁。她自己也以為，從此不會再為這個不孝的兒子感到悲傷。沒有多久，兒子又離婚了，他承包的舞廳也是負債累累。這一切再次折磨得她痛苦不堪。夏宰老太婆當著兒子和女兒的面，把她省吃儉用下來的錢交給兒子，以此幫他度過難關。

這點錢夠什麼，你還是自己拿著吧。兒子冷冷地說。他面無血色，嘴唇乾巴，憔悴得讓人不忍卒看。

有一點算一點，背負債務可是背上了沉重的包袱啊。夏辜老太婆說。

十萬多算什麼，有人欠幾百萬幾千萬呢，又奈何得了什麼，日子照樣過得舒舒坦坦。頓珠望著窗臺上盛開的菊花說。

那些菊花是粉紅色的，她在秋風中搖曳。這些菊花是夏辜老太婆最喜歡的花，一直付出心血，精心護理。夏辜老太婆每每看到有發黃的葉子，她都感到特別地傷心，要拿個很鈍的剪刀，把它們一一剪下來，然後看著花蕾，滿心期待綻放的時日到來。

欠別人的錢，良心、道義上都說不過去啊。夏辜老太婆說。

現在是什麼年代了，欠一點錢又不是什麼大不了的事情，賺了錢就會還的嗎。女兒次吉插話道。

夏辜老太婆一臉失望地望著女兒。

夏辜老太婆說不過他們倆，她只覺得這世道到底怎麼了，人的道德淪喪，個個變得貪得無厭。等送走他們，夏辜老太婆輕輕掩上門，她真害怕別人知道兒子在外面欠了那麼多的錢。她和頓丹一世的清白就這樣被頓珠給敗壞了，僅僅隔一代人就差別這麼大嗎？

想想以前我們可不是這個樣子呀。

冉通家的少奶奶和老爺在街上遇見我們時，都要恭敬地說：啊，裁縫一家人又來轉經了。

是啊，老爺和少奶奶。

奶媽到你那裡結賬了吧？冉通家的老爺問道。

結完了。老爺您還多給了呢，每次都讓您這樣破費，我都感到欠您的很多呢。

你不但手藝好，人也誠實，跟你打交道是件令人愉快的事。

頓丹至死都沒有改變他誠實的作風。七〇年代初期，把他抽到居委會的裁縫組，他還保持著誠實、謙卑的品行。按理說他的手藝是最好的，但他從不顯出一點傲慢來，還把自己的手藝傳授給他人。因此，裁縫組裡的人都很敬重他的人品。即使過了三十多年以後，以前和頓丹共過事的裁縫一遇到我，都要親昵地喊聲：裁縫的愛人，您身體還好吧？

好著呢！我回答，心裡卻不免又要想起已經離我遠去的頓丹。

裁縫真是個好人，我們現在都念著他的好呢。

我每次聽到他們的話就不免想起那句：心善道路寬。

經過這個沉重的一擊，夏宰老太婆更加衰弱了，鄰居們跟她聊天，抑或找她調解時，夏宰老太婆的思路不再像以往那樣清晰、敏捷。有時候詞不達意，讓人覺得她真的老得有點糊塗了。

後來對她最致命的打擊來自她的女兒。這個曾經被她視為有文化的人，視為家裡最有出息的人，竟然挪用公款鋃鐺入獄。聽到這一消息，夏宰老太婆昏厥過去，好心的鄰居把她送到了醫院裡。夏宰老太婆躺在醫院裡，不敢睜開眼睛看立在身旁的鄰居，她怕他們滿含同情的目光，怕面對他們時自己的眼淚不禁湧出，怕這些個醜事怎樣啟齒向好心的人們訴說。

醫生對鄰居們說：她的脈搏很微弱，腦子受到了極大的刺激。

夏辛老太婆靜靜地躺著，她現在感到特別地疲倦，疲倦得連睜眼的力氣都沒有。當周圍靜得沒有一點聲響時，她那緊閉了半天的眼輕輕張開，燈光下白得無瑕的牆壁映入眼簾，她的記憶裡往事噴薄欲出。

這女孩將來一定會像你一樣。頓丹盤腿坐在矮床上說。他手裡的針不停地穿來梭去，一旁堆放著縫好的衣服，它們碼得整整齊齊。

像我這樣有什麼用，還不是要你來養活嗎？我回答。

像你這樣，那就有人愛，有人疼呀！頓丹抬起頭說。我看到了他那凸出來的喉嚨骨，他嚥口氣時那喉嚨骨滾動了一下。

你說的，到時候世上還有像你這麼好的人嗎？我抱著陶罐壺往他的碗裡倒茶。

他放下手中的活，接過茶碗，身子坐直，說：他們生活的時代和我們的不同，他們會活得比咱們要強。

我也是這麼希望來著。我說。唉，你又怎麼了？我看不見你了。接著我又說。

我死了。你當然看不見了。頓丹的聲音聽起來有點輕飄，還伴著回聲。

你這個老頭，我曾經為你的死哭得眼淚都乾了，你還想讓我再哭一次？

頓丹已經尋不見了。

正當夏宰老太婆抹著淚準備蓋上藏被好好睡上一覺時，房門嗵嗵地有人在敲。她想這麼晚了誰還會來敲門呢。夏宰老太婆光著腳，拔開門閂，看見頓丹站在月光下。

你這老頭，到了自家門口還不進來！夏宰老太婆說。

頓丹還是像以往那樣，脫下那雙沾滿塵土的鞋，盤腿坐在床沿。他的面容黧黑，比以往任何時候都要乾瘦了。夏宰老太婆凝視著他，嗚嗚嗚地抽噎。

你這老太婆，到了這麼大把年紀了，還像以前一樣撒嬌。來，我口渴，給我倒杯茶吧。

夏宰老太婆給頓丹倒了茶，他仔細端詳自己的妻子。

你也老了，這日子過得可是真快呀。兒女們都聽話吧？他呷了口茶說。

這世道變得也太快了，現在我們的兒女出了大事。夏宰老太婆搖頭說。

他們兩個一點都不像我們！雖然我們那時日子過得很苦，但從沒做過對不住別人的事呀。

頓丹把乾瘦的手搭在她的肩頭，輕拍了一下。

不是嗎？唉，現在我們的兒女們不知是怎麼想的。你的手怎麼這麼冰冷？要不我給你生上火。夏宰老太婆擦乾眼角的淚水，向外屋走去。

我的時間不多了，你就陪陪我。頓丹走下床，牽著她的手。

你還是像以前那樣，老讓我不幹活。說真的，老頭子我盡力了，可兒女們就是不爭氣，盡給你丟臉呢。我見到你的時候心裡真是不好受。夏辜老太婆說。

我又沒有怪你，你就寬心吧。我走得急，真是難為你了。

你別尋藉口開脫我，越是這樣我越認為對不住你。

你又犯傻了，我們一直不是相互體諒嗎。我也知道你的難處。頓丹開始穿鞋。

你又要急著走？夏辜老太婆伸手要拽住頓丹的胳膊，可是那胳膊一抓就像一縷煙霧怎麼也揪不住。

雞要叫了，我再不能跟你聊家事。

夏辜老太婆正要開門時，頓丹的身影已經消失。

她急忙睜開眼睛，一縷太陽的光正從窗子裡射進來，頓珠腦袋頂在床沿睡得正香。

夏辜老太婆發覺自己比任何時候都要清醒，她知道這是迴光返照，自己在世的日子已經不多了。她用乾癟的手拔掉了插在鼻孔裡的氧氣管，再把輸液的針管從手上拆掉，閉上了眼睛。

她在心裡說：頓丹我這就跟你來了。

夏辜老太婆走過一個黑咕隆咚的隧道，她清晰地聽到醫生在身後說：完了。救不活了。

一陣哭泣聲像原野裡的風呼呼地響起。啊！夏辜老太婆的耳朵裡聽到了兒子碎心裂肺的哭泣聲，這聲音像是喪鐘敲打在她的耳際，使她只能硬著頭皮勇往直前。

前方有她的善良的頓丹在等著她。

羅孜的船夫

開春時節到了，清晨的風寒冷刺骨，船夫卻站在高處眺望寂靜的公路；夜晚不顧清冷，他要等到公路上不再有汽車行駛，才走進自己破舊的石頭疊起的房子。

蜿蜒的柏油馬路上一輛公共汽車喘著粗氣緩緩向前行駛。車裡坐滿了人，狹小的過道也被大包小包堆滿。幾個鄉下姑娘唱著山歌，那幽幽纏綿的旋律飄逸著幾分素樸和自然。一曲終後車廂裡便是熱烈的掌聲、喧譁聲，姑娘們這會兒羞怯地垂下頭，安靜片刻。沒一會兒，又開始唱山歌。肥胖的司機嘴裡叼個菸，不時地回頭，用挑逗性的語言說幾句髒話，夾帶粗野的哈哈笑聲。那張啟的嘴裡黃黃的牙齒參差不齊，讓人看了就倒胃。

十三、十四號座位上的兩個年輕人穿件皺皺巴巴的西裝，兩個人的袖子都挽著，嘴裡不時吐出一圈圈煙霧來，冰冷、傲慢的神態教人不易親近。年齡稍大的叫崗祖，另外那個叫達瓦。最後面坐著的是個老太婆，緊挨她坐的是她的小孫女，旁邊還有一個滿臉鬍子的壯漢和一個被疾病折磨成枯瘦的女人。這六個人準備在羅孜下車，然後搭乘牛皮船到仲去。五點左右汽車到了羅孜。六個人下車後從車頂上取行李，幾名乘客下來看他們卸行李，還有幾個男乘客哼著不倫不類的調子站在路邊撒尿。肥胖的司機提了提褲子，大聲說：「到家了，抱著老婆睡個安穩覺吧，可別串錯了門。」又是一陣粗魯的大笑。

車子呻吟著，徐徐向前駛去。

老太婆背起圓鼓鼓的麻袋從公路上往江邊的渡口走，壯漢把東西馱到背上，用繩子在腰間捆住，攙扶病重的女人也往江邊走去，隨後是小女孩和被行李壓得喘氣的兩個小夥子。現在雖然是雨滴歡快飄落的夏季，羅孜的山卻是光禿禿的，岩石散發著孤寂、落寞的氣息，要不是能看到河對面船夫的房子旁有棵綠樹的話，我們的意識裡總會認為現在還是蕭瑟的冬天呢。他們卸下行李，向江對面高聲喊叫：「喂——把船開過來——」

「喂——船夫——」一次又一次地呼喚，江對岸卻一片沉寂，沒有應和聲。崗祖沮喪地罵道：「死老頭，怎麼不應？」壯漢滿臉的平靜，他讓病女人靠在行李上，自己盤腿坐在了旁邊。「休息一下，要是船夫看到這裡有人，會把牛皮船開過來的。」壯漢沒有表情，聲音也是冷冷的。他們全都無奈地坐了下來。

沉默。唯有江水奔流的聲音。

壯漢從藏裝的懷裡取出裝藥的小瓶子，擰開蓋子，往拇指上倒點灰色的鼻菸粉，「嗞——嗞——」地往鼻孔裡吸，嘴裡吐出淡淡的煙霧來。兩個年輕人的菸癮也誘引了上來，他們掏出菸，抽了起來。

又是一陣讓人煎熬的沉默。

年輕氣盛的達瓦無法承受漫長的等待，站起身用最大的音量吼道：「老頭、老頭，你死了嗎？」

小女孩撿起一塊石子往江水裡扔，咕嘟了一聲。壯漢伸了伸懶腰，捋了一下鬍子，依舊冷冷地說：「小夥子，忍吧。渴了可以從江裡舀點水喝，餓了我可以給你一點吃的。」

「這樣要等到什麼時候，過了江我們還要趕一段路呢。」

「我相信水到渠自成。要是不到時候，你喊破嗓子也是白費。」

「我不信那家裡沒一個人。」

「只有老船夫，很孤獨的。」老太婆開了口。

一切又恢復到了平靜。病女人咳了幾下。壯漢站起來，從懷兜裡取出一個塑料小碗，再從江裡舀了一碗水，遞到她的嘴邊。水喝完了，他把碗又揣到懷兜裡。病女人聲音細軟地問壯漢：「我們要等多久？」壯漢摸了摸女人的頭，沒有回答。

老太婆從包裡拿出糌粑口袋、青稞酒、餅子，叫他們一起來吃。壯漢和兩個年輕人也拿出自己的那一份，達瓦另外有兩瓶啤酒。所有的東西擺好以後壯漢要了一碗啤酒。一口喝了一大半，吐出來，連聲說：「有股怪味，難喝死了。」人們大聲笑了起來。

當他們吃好東西，開始收拾的時候，病女人焦慮地問：「江那邊只有那個老船夫嗎？要是他不在我們豈不就過不了江嗎？」

那些收拾東西的手僵硬地停住了，個個面面相覷，誰都不吭一聲。

壯漢清了清嗓子：我就給你們講講這老船夫的故事。人生是多麼的無常啊……

老船夫曾經有一個女兒。他們倆相依為命，船夫對女兒更是溺愛到了極點。他每次跟翻滾的江水搏鬥，心裡總是興奮、愉快，這樣他可以賺點錢，可以讓女兒穿得體面一些，吃得好一點。可好景不長，這種寧祥的和睦被打碎了。那是六年前的事，一個粗壯、豪爽的康巴商人來到了渡口，過江後因為天色將黑，就借宿在船夫的家裡。康巴商人給這家人講述了許多未曾聽說過的新奇古怪的事情。在混濁不清的油燈底下康巴商人滔滔不絕地講。嘿，鬼東西。一個這麼大的方盒子裡，一大群人走來走去，還有汽車、火車、飛機，說了你們也聽不懂。火車是長長的東西，跑得跟汽車一樣快。飛機在藍天上倏地飛過去，裡面坐著幾百號人，翅膀長長的。信嗎？我說過你們不信。那叫電視機。可以坐在屋子裡看。錄音機能把你的聲音留住，怪事啊。

船夫的女兒聽得入迷，她多麼希望自己能夠親眼看到這一切，激動的漣漪在她心裡蕩開。船夫對聽到的這些，顯得很麻木，到了時刻淡淡地說：燈油不多了，睡吧。

康巴商人明早要走，船夫的女兒一想到這，她傷心了。她太崇拜他了，世間的事情他全都知道，說話幽默，作風果敢，他的形象像烙印一樣不可抹去。這是愛的初次驚悸嗎？她這樣問過自己很多遍，但得不到答案。她只感到他走了之後夜晚會很漫長，她會很孤獨。將來的每個夜晚不會再聽到那些神祕的事情，只有父親喃喃的禱詞和轉經筒的聲音，在她耳邊迴蕩。她需要他，她無法承受他走後所處的境地。她偷偷地跑出去哭了，隨心所欲地，直到情緒稍稍平靜下來，才輕手輕腳地回房，倒在墊子上睡覺。

第二天早晨天亮後康巴商人喝了幾杯茶，然後收拾行李。她卻木頭似的呆立，眼睛浮腫，頭髮淩亂。他沒有仔細地看她，也沒有一句問話，背著行李往仲方向走去。她無聲地跟在後頭，腳底發出「沙沙」的聲響。走了一段後他停住了腳，回過頭來望著她，取下腰間的銀刀交到她的手裡，說：回去吧。我還會回來的，願意的話我還會借宿在你們家裡。她的淚滴落在銀刀的刀鞘上，點了點頭。他走了，而她站立了許久，直到康巴人從山嘴邊消失。

一個月之後康巴商人回來了。她卻哭了。船夫答應借宿給他。日子一天天地過去，康巴商人也來回了好幾次。康巴商人最後那次回去時，船夫才知道女兒懷孕了，他流著淚默許他們一道回拉薩。

早晨船夫起來升火，刺眼的煙子使他淚落不止。抹眼淚時他提醒自己要忍住，不要在女兒面前表露沮喪和痛苦，要讓女兒心情快樂地離開這裡。

你這不爭氣的眼睛快停止流淚。他說。

茶燒好後叫醒他們喝茶、吃飯。上牛皮船的時候船夫取下脖子上的亞瑪瑙掛在女兒的脖子上。划到對岸牛皮船從水裡撈起，底朝天地放在岩石上。船夫背起行李步伐沉重地向前走去。走了。

他們搭車走了。從他的視線裡消失了。他孤零零地站立。最後船夫忍不住跪著大聲哭喊，直到傷痛、怨憤全部發洩完為止。他站起，蹣跚地向渡口走去。

從那以後他變了，無論河對岸有沒有人，每天早晨把牛皮船划過來，坐在我們現在坐的地方，抽鼻菸，靜靜地待上一陣，又划回去。下午又划過來，上到公路上等汽車，一輛輛汽車從身旁開走，沒有一輛停在他的身旁。船夫耷拉著頭，從馬路上順著陡坡下去，走到江邊動作遲緩地鑽到牛皮船裡去。

平時寡言的他，每次搭到人的時候習慣性地先要問一聲：今天是幾月幾號？

還有六個月。

還有兩個月。

開春時節到了，清晨的風寒冷刺骨，船夫卻站在高處眺望寂靜的公路；夜晚不顧清冷，他要等到公路上不再有汽車行駛，才走進自己破舊的石頭壘起的房子。這樣孤苦地盼望了十多個月，女兒的影子都沒有見到。船夫心裡忐忑起來：女兒流血過多，或幼子夭折、或者……無數個假設折磨著他。船夫賣掉家裡唯有的那頭牛，匆匆趕往拉薩尋找女兒去了。

一路上他不停地祈求神靈保佑。旁人問他話，他簡要地回答，而後那瘦癟的嘴唇裡輕吐出禱詞，彷彿不知倦累。張開、合上、張開。

車子停在了拉薩客運站。行人們嘰嘰喳喳地下了車。船夫下車後背著包茫然不知所措，他在原地東張西望了一會，這裡除了汽車就是房子和人。船夫不知道自己該往何處去。他跟在了幾個行人後面，他始終與那些人拉開著十幾步遠的距離。經過一個小巷時，那些人進了一家大院，後來再沒有出來。船夫有些茫然，抬頭看兩邊是聳立的高牆，幽深的小巷一直往前延伸，他迷失了方向。船夫卸下包，盤腿坐在地上抽鼻菸。鼻菸緩解了他的焦慮情緒，他想好了要繼續沿這條小巷往前走。走了一會兒，成群的狗追在他的身後狂吠，刺耳的聲音使他的每根神經都繃緊了，他像無家可歸的遊魂，被野狗追逐、蹂躪。弱小生靈的殘暴使他憤怒，撿起石塊就砸。狗震懾住了，牠們嗷嗷叫著散開了。路經這裡的一個小夥子大聲斥責：喂，老頭，你又不給吃的，憑什麼打狗。牠們不可憐嗎？船夫的怒怨被壓制住了，他都不敢瞧一眼這小夥子，悶著頭無奈地向前走。他從頭到腳感到一陣冷，那寒氣就來自背後。對。他的想像裡那些狗和年輕人聚合在一起，用嘲笑的眼神目送他離開。

船夫穿過了小巷，來到大路上，對面有人一過來，他就要問康巴商人和他的女兒，人們驚愕地聽完他的敘述，搖搖頭，說不認識。有的乾脆給他丟下一個，不知道。最後有一位老太婆對他說；老頭，你要是找康巴商人的話，就得到八廓街去找。準能找到。船夫聽從老太婆的建議到八廓街去找。他坐在一個門檻上，望著來來往往的人流。他在注視這些陌生的面孔時，太陽從西邊的山頭落了下去，街燈柔和的光亮了起來，轉經的人潮踏碎這靜穆的時刻。船夫被嘈雜的聲音吞沒了，看著這源源不斷的人群，他只感到頭痛。

到了午夜，八廓街變得特別安靜。船夫這才感覺飢餓、疲憊。他從包裡取出糌粑袋子，用手指抓點糌粑，往嘴裡送。沒有茶，乾嚥了一口，堵在喉管處嚥不下去。他收拾好糌粑袋子，找個靜蔽的地方躺下睡覺。一覺醒來天已亮，船夫揉揉眼睛，看到轉經的人絡繹不絕，他在他們當中尋找康巴商人和女兒。

太陽從東邊的山脊後躍升出來，把金光照射在大地上。八廓街裡人越聚越多，可這裡面沒有他要找的人。從他眼前走過的年輕女人都有張粉白的臉蛋，通紅的唇，蓬鬆的頭髮，繃緊的褲子，碩大的臀部在大庭廣眾下擺來扭去的，讓他驚詫。街道兩旁商店鱗次櫛比，囂張的音樂聲擊打耳膜，使他精神恍惚，焦躁不安。船夫被困在八廓街裡，任嘈雜聲侵襲他。等到臨近中午時，船夫無法忍受這種咄咄逼人的喧囂，他逃進八廓街邊的一座大院裡。船夫看到院子中央的自來水管裡嘩嘩地流淌下水，這聲音讓他乾渴難忍。船夫跑到自來水管旁，嘴對著水龍頭開始喝，涼水入肚渾身舒暢。他呼了口氣，準備再次喝時聽到背後有人訓斥他。真不懂規矩，你這老頭難道不知道這樣會把水管弄髒嗎？一個滿臉怒氣的女人提水桶站在後面。船夫回過頭微微一笑，算是陪罪。女人理也不理，接著又說，莊稼人，髒兮兮的。船夫的心被這句話刺痛了，臉色一下蒼白。在這些人的眼裡他是低賤的，是被人不屑的莊稼漢。他噙著眼淚，落魄地往大門口走去。那女人還在說：呸，一點衛生都不講……

他再次面對八廓街的喧囂，心卻是孤寂的，在這裡沒有人願意親近他，沒有人願意給他安慰，沒有人願意幫助他。船夫忘了自己是來尋找女兒和康巴商人的，他垂頭走進大昭寺。

慈祥的佛在殿堂裡凝視他，傾聽他的喃喃禱頌，傾聽他內心的哭泣和對未來的期望。佛的無言對於他是極大的撫慰。船夫慢慢平靜了下來，他掏出幾年來用辛勞賺來的錢，在每個神像前放錢，跪膝求神道：至尊的三寶啊，保佑我女兒，讓我們父女重聚。

船夫從大昭寺裡出來，外面很嘈雜，轟轟烈烈的，吆喝聲、音樂聲、降價聲此起彼伏。他對城市生活徹底地絕望了。他在心裡對自己說，走吧！遠遠地離開這繁華但冷漠的地方。這裡不適合我，我的歸宿在僻靜的羅孜。在那裡我能聽到咆哮的江水聲，能看到赭色的山，能聞到風的嗚咽。在空曠裡獨自冥想，沒有騷擾，沒有歧視，沒有冷眼，可以坐在岩石上看日落日升，看月亮走過天際，那裡有的是輕鬆、愉快、寧靜。回去吧，在羅孜我才能靜下心，在羅孜我才感到安全。

第二天船夫回羅孜了。

他開始消瘦了，眼睛深陷下去，顴骨高高隆起，垂落的頭髮稀稀疏疏。不知是對女兒的強烈思念引起的，抑或是被歲月折磨成如此的慘狀。

壯漢講到這嘆了口氣，木然的臉上漾溢出一種溫暖的笑，用欽羨的聲調說：「我們住的這塊土地真神奇，讓人牽腸掛肚。」

崗祖懷著憐憫用柔和的聲調問：「真是不幸的船夫！從此父女倆沒見過面嗎？」

「聽說那女兒來過幾次。」老太婆插話進來。

「和康巴商人一起來的嗎？」達瓦問道。

壯漢吸起鼻菸，「嗞」的聲音特別地刺耳。他拍了拍手，繼續講述他的故事。

那女兒來過，就是船夫回來後的第二年。那時，船夫變得很衰朽了。

有一天，江對岸有個人揮舞著手，大聲呼叫。船夫聽不到聲音，江水太咆哮了。他慢騰騰地背起牛皮船往上游走，到點後把牛皮船放置在江水裡，左腳先跨進牛皮船，右腳艱難地抬進牛皮船裡，整個姿勢很蹩腳。皮船開始被江水沖下去。船夫一旦划起槳來便有了精神，他喘著粗氣奮力划槳。加把勁，用力划到對岸去。再加把勁，用最快的速度靠向江對岸。他的全身微微顫慄，興奮又浮現在他的臉上。用力，用力，用力。他一直這樣催促自己。此刻，他感到鬆垮的肌肉裡又有了力之旋舞，他不再是蒼老的人，不再是孤淒的衰萎者。他在用行動證明自己的存在。

船夫征服了翻滾的江水。他靠岸了。一抬頭，他被楞住了，站在岸邊的是他日夜想念的女兒。如今她站在船夫的前面，他卻不能熱情地擁抱。她變了，變得讓他感到陌生，變得讓他不敢接近。船夫默默地把行李放進牛皮船裡，讓女兒上船。父女倆划著牛皮船回家。

船夫背著牛皮船在前面走，女兒無言地跟在後面。他們推開門進到房裡。女兒站在昏暗的房子裡，望著簡陋的家具，悲愁湧上心頭，淚水潸然而下。她傷心地趴在船夫的肩上，開始嚎啕大哭。船夫沒有說一句安慰的話，他的腦子裡一片空白。許久過後，女兒還在輕聲啜泣。船夫望著她問：有想家的時候？你還好嗎？

女兒的臉有些蒼老：爸爸，我天天都想見你。我很好。

孩子和丈夫呢？

孩子流產後死了。我也跟他分手了。

這次回來是想跟我一起住嗎？

不。我沒有想過回來。我在拉薩開了個店子，回來是要接你到拉薩去住。

船夫的嘴裡蹦出一個不字來，堅決，徹底。

女兒驚呆了。他那爬滿皺紋的黝黑的臉上有的是執著和堅硬的表情。

船夫說：我對拉薩已徹底失望了，我對它只有噁心和痛恨。

女兒驚訝地瞪著父親，全身僵硬。

船夫別過頭去，佝僂著身子向三角灶走去。他蹲下來，往灶肚裡擱牛糞餅。刺眼的煙子彌漫整個屋子。女兒掏出手絹，把臉給蒙住。

夜幕降臨，那盞積了一層汙垢的油燈像以往一樣發出微弱的光。

船夫盤腿念著經文，手搖轉經筒。女兒聽著乾巴巴、單調的誦經聲，感到無聊和不適。她還想再試一次，勸船夫離開這裡。

爸爸，要是你跟我到拉薩的話，每天晚上可以坐在亮堂的屋子裡看電視。

不去。船夫說完又開始念經。
爸爸，你一個人很孤獨的。
有什麼孤獨。我生下來的時候是孤零零的，死的時候也要孤零零地去。
難道你不想這輩子有一點幸福和安逸的生活嗎？
這些都是短暫的東西，我不留戀，只有超脫才是人生的真諦。
不，爸爸。我們應該要通過努力來爭取，而不是一味地等待。幸福、快樂在世間。只能靠自己。
船夫放下手中的念珠，生硬地說：自己？人到底有多大能力。人能永遠青春常駐嗎？永遠不死嗎？永遠不輪迴嗎？自己。自己。人是脆弱的東西。只有靠神明的保佑，才能從輪迴中解脫。
我只為今世。我被貧窮折磨得使理智清醒。我對幻想不寄希望。我相信實實在在的現實。
船夫的臉上現出慍色來：你們就知道舒坦，不知道死亡的恐懼。
她沒有注意到船夫表情的變化，繼續再說：死有什麼懼怕的，只要此生活得實實在在，就夠了。
船夫的兩隻眼裡射出憤怒的光，她知趣地停住了。
船夫淡淡地說：很晚了。快睡吧！

父女倆一起過了幾天。期間女兒怎樣勸他，他都不肯聽。當女兒要走的時候，船夫沒有一句訓導的話。他知道這只是白費口舌。在公路上等車時船夫說了聲：你還年輕。

爸爸，放心吧。我會努力奮鬥的。我想你的時候，就跑過來看你。

船夫的心裡酸溜溜的。

壯漢又要吸鼻菸。小女孩尖聲叫道：「看，牛皮船划過來了。」所有人的目光投射過去。一個瘦小的身軀划著牛皮船與湍急的江水搏鬥。

憐憫悄悄地在兩個年輕人的心裡滋長。病女人感到了再生的希望。懷著崇敬和虔誠的心等待的只有壯漢和老太婆。

他們渡了江。天色已近晚上。再趕也趕不到仲。經過商議準備借宿在船夫家裡。

大夥圍坐在三角灶旁，上面黑黢黢的鋁壺嘴裡散出茶香來。他們邊喝茶，邊吃東西。

「船夫，你的歲數也大了，該靜下來休息。」崗祖說。

「要是我不幹了。人們怎麼渡江呀！」

「是的。船夫說的對。要是沒有船夫，我們會滯留在江對岸的。」這是壯漢的聲音。老太婆緊跟著說：「是啊船夫。你熟知這江水的脾性，你才能引我們過江。」

船夫乾瘦的手撫摸小女孩的臉蛋。小女孩問船夫：「爺爺。沒有你，這江還會有嗎？」

「小傻瓜。是這洶湧的江水造就了我。人們由於對它感到懼怕，所以才需要我。」

「船夫，羅孜是個荒涼的地方，附近又沒有人，你不如到你女兒那裡去。」

「城裡鬧哄哄的，人心也不善。羅孜雖然荒涼，人心卻充滿愛。」

「……」

他們談論了很多，午夜時才躺下入睡。

第二天，他們向仲方向進發。一路上交談著，但誰都沒有再提羅孜的船夫。忘記了嗎？或許。人們只有到了渡口焦急地等待時才會想起衰弱的船夫。

秋夜

聽到汽車駛離林場的聲音，次塔抱住頭盡情地哭泣。他的心裡揮之不去的是她的身影，他想到一個男人被女人給拋棄時，男人感到的是自身的無用和渺小……

這鎮子雖然只有二十幾家住戶，卻因氣候宜人而頗具盛名。它的兩旁群山綿延，被樹木裹得很是嚴實；中間窄窄的開闊地上，茂密地長著青青的羊齒草和一些只有當地人才能叫出名字的野花，還有各種飛禽，牠們振翅飛翔，聒噪著落在草地上覓食，鎮裡的人從不去傷害牠們。鎮子正中間有條東西走向的寬廣筆直的土路，它直插進東面的查松山山嘴便不見了，當地人的房子就修在道路兩旁。鎮南面的房子後流淌著一條細瘦的，淺淺的小河。無論是冬季的嚴寒，還是夏日不止的暴雨，這條河水從未枯乾，也未泛濫，它溫存得像個女人。

一個秋月高懸的晚上，突然從河邊傳來了震心碎肝的笛聲。它合著潺潺的水聲溢滿了鎮子靜寂的上空，如泣如訴，特別淒慘。

「唉，這男人。」嘎巴用手指撓撓頭說。他的女人往火爐裡丟塊青棡木，撇嘴瞪了他一眼。嘎巴吐出一口濃痰，用粗裂的手抹下嘴。笛聲此刻變得尖銳無比，呼嘯著湧進嘎巴的耳朵，震得耳膜都快裂了。嘎巴從簡易的木板床上站起，彎躬著身向房門口走去。「嘎巴。」梅朵蒼白無力地喊了一聲。嘎巴收住腳嘆了口粗氣，油燈的光慘淡地照在他單薄的背脊上。嘎巴拉開房門時那笛聲已沉寂，月光透過稀薄的霧沐浴著樹林和村鎮，一切又復歸寂靜。

嘎巴來到小河邊，看見笛手正用左手托著下巴，蓬亂的頭髮在秋風的吹拂下微微抖動，臉色蒼白。

「次塔，回家吧。」嘎巴的聲音把笛手次塔從沉思中拽了回來，目光憂鬱的眼裡噙滿鹹澀的淚水。

「秋夜真冷。」嘎巴又若有所思地說。次塔將手中的竹笛扔進河中，雙手抱住頭，肩膀一顫一顫的。嘎巴弓著背把手伸進次塔的腋窩下，次塔順從地站了起來，走向自己的木屋。嘎巴站在那裡，讓冷風吹打自己，直到骨髓裡頭都覺得疼痛時，邁著蹣跚的步子離開。

「他還這樣？」嘎巴一進屋梅朵就問。

「沒一點改變。」他說。嘎巴向火爐邊走去。

梅朵雙膝跪地，將火爐上的水壺提下，火舌騰地躥得老高，屋裡一下亮了起來。這亮光照在嘎巴古銅色的面龐上，他臉上的肌肉可怕地抽搐幾下。梅朵往火上架好鋁鍋後拍拍膝蓋，漠然地說：「次塔的老婆真的是跟那個司機跑的嗎？」

「是的。是的。我都給你說了多少遍了。」嘎巴烤著火，不耐煩地吼道。

「你動火幹啥？」女人繃著臉，聲音硬邦邦地問。嘎巴沒說話，起身離開火爐，身子倒在木床上仰躺著，稍一動彈床便吱吱地發出刺耳的聲響。

「他怎麼不去找呢？」梅朵接著問。

「為何一定要找回來呢？」嘎巴懶懶地躺在床上反問道。

「因為是自己的女人呀！」她困惑地回答。

嘎巴吐出一口濃痰。「你不懂男人的心。」他帶著厭惡的語氣說，然後屁股對著女人睡去。

「我不懂？你們男人離不了我們女人，因為你們難耐寂寞，是為了發洩。可過了這一節，我們對於你們只是頭使喚的牲畜。你們可從不懂得憐惜。」梅朵說完，心裡感到一陣舒暢。雖然她才二十出頭，繁重的勞動使她顯得疲憊不堪，看上去足有三十多歲。嘎巴沒理會她的話，腦子裡在想一些讓他困惑的事情。梅朵把火爐裡的火熄滅掉，吹滅油燈，然後摸黑走到嘎巴的床沿。

此時四周寂靜無比，連狗的幾聲狂吠都顯得極其刺耳。梅朵溫暖的身子一靠近，嘎巴的慾望燃燒起來，他緊緊地摟住梅朵，女人此時酥軟、柔順，就連那喘氣都令他顫慄。他這才猛醒到有了女人，日子才會過得實在。

林場

隨霧靄的升騰，漸漸露出參差錯落的木房和那條直挺挺的土路。幾頭牛晃動脖頸上的鈴，拉開了這鎮子新的一天序幕。這清脆的鈴聲傳到次塔的耳朵裡，他在床上將疲倦的身子翻轉過來，目光暗淡地瞅著木窗裡射進來的亮光。次塔磨磨蹭蹭地從床上爬起，提著褲子，光腳跑出去方便。外面草尖上的露珠，使他從腳跟到後腦勺的神經徹骨地痛。他匆匆跑進屋，耷個腦袋鑽進被窩裡。屋子裡沒什麼值錢的東西，一張看不到木紋的黑床占據了較大的空間，屋中央擺著三條腿的鐵爐，上面有黑乎乎的鋁鍋，旁邊還橫七豎八地丟著一些乾柴。此刻這房子裡冷森森的，毫無暖意。

外面開始有人走動，並不時傳來叫喊聲。

一縷陽光從木窗外照射進來，恰好光柱落在鐵爐上。次塔的房門「吱呀」地開了，嘎巴的半個腦袋探進來，喊道，「喂！」聲音帶點沙啞，但響亮。次塔支楞起耳朵，沒有應聲。「喂！」又喊了一聲。次塔這才慢條斯理地說，「啥事？」

嘎巴跨進門檻，一臉興奮地說：「次塔，我要到松瓦林場去幹活。你去嗎？」他說完屁股坐在地上，兩腿勾攏，接著又說，「能掙好多錢。」

「有了錢又怎樣？」次塔無力地從被窩裡探出半截身子說，開始在枕頭邊尋找破舊的襯衣，套在了身上。

「有了錢可以買糧食，買牛啊。」嘎巴坐在地上，引誘似地對他說。

「有了這些又怎樣？現在只剩下赤條條的一個我了，掙錢做啥！」他說話時的表情冷漠而殘酷。

嘎巴識趣地沒有再開口。兩個人耷拉個腦袋沉默著，到後來還是嘎巴從懷裡取出一支竹笛，遞到他的眼前。

「吹支曲子吧！」嘎巴央求道。

「我不吹。」

「這一去可能要半年多，這段時間再也聽不到你的笛聲了。」

次塔眉頭皺了皺，吁口氣，把竹笛接了過去。他用舌頭舔舔乾巴巴的嘴唇，將笛子托到唇邊。次塔嘴裡輕輕吹出的氣，頃刻間化成柔美的音律從笛孔裡飄出。這聲音是他感情的泄露，是他賦予了它鮮活的生命，使它們活躍起來。這裡面有聲嘶力竭的呼喊，有咄咄逼人的指責，有冷冷的嘲笑，有瘋狂的愛戀，有悲痛欲絕的哀傷。旋律悠悠揚揚地飄進耳朵裡，震蕩著心靈。一曲完後，兩個男人沉下臉，默默無語。

嘎巴用懇求的目光望著次塔，兩人相視片刻，次塔的頭低垂下去，用一種無奈的聲調問：

「松瓦林場還要勞力嗎？」

「要。要的。」嘎巴急忙應和。

「我想離開這個地方。」接著是一陣長久的沉默。

「我們一同去松瓦林場，也好有個照應。」嘎巴說完起身離開了次塔的房子。

斧頭每砍在樹上便有響亮的「空——空——」聲迴蕩，還有一片片雪白的木屑飛濺在砍伐者的腳前。次塔往手心裡吐了吐口水，掄起斧頭砍伐一棵碩大的松柏。他的臉上被汗水留下了一道道線。太陽毒花花地正當頭，灼得人汗如泉湧。次塔乾脆脫下被汗漬侵蝕後變黃的襯衣，用它胡亂地抹了把臉，而後甩在地上。古銅色的身子上沾著一些細碎的木屑。「空——空——」的聲音夾著伐木工演唱的情歌，迴蕩在松瓦林場的上空。

在一個美好的夜晚，
我坐在芬芳的桃樹下，
但昏睡使我錯過了良機，
沒有把桃子吃到嘴裡。
……

演唱的聲音樸實自然，伐木工們用歌聲驅散著疲勞，用歌聲使自己忘卻繁重的勞動。一聲哨響，伐木工們收拾工具，陸陸續續來到燒茶的地方。這兒有一條清澈的水從山上的樹林裡流瀉下來，伐木工們用這水洗淨臉上手上的汗漬，然後從包裡拿出糌粑袋子和木碗開始吃午飯。伐木工們喜歡圍著火堆坐，他們一邊吃飯一邊談些無聊透頂的笑話，午飯是在一片嘈雜聲中進行的。吃過午飯，他們還要喝一會茶。茶喝完，又得提著砍伐工具繼續工作。休息對於他們來講是個奢侈，因為他們長年累月地慣於勞動，慣於同艱苦的自然環境抗爭。要是稍微懶惰一下，那簡直就是大逆不道。

太陽從西邊的山頭落下去時，一片橘紅色的晚霞熾熾地燃燒著，還有徐風緩緩吹來。伐木工們扛著砍伐工具，唱著清麗的山歌，循著一條「之」字形的山路下去。嘎巴不知何時走到了次塔的背後，他困乏地說：「次塔吃飯去。」嘎巴的左肩上扛著一把斧頭，身上是褪了色的破爛衣服，腳趾頭毫無顧忌地從球鞋裡露出。次塔彎腰撿襯衣抖了抖，跟在嘎巴的屁股後面。他們循著山路下去，走到較緩的陡坡，穿過平地上堆放齊整的一座座木頭堆，來到砍伐者的營地。這裡有一排門朝東的簡易木排房，共有四間。他倆把斧頭立在第三間房門口。進入房子裡光線黯淡，有股難聞的汗臭和腳氣味。

「回來了？」一個著草綠色軍裝的男人問道。

「回來了。」嘎巴回答。問話的男人用扁擔挑著兩個空桶出去了。屋裡還有六個男人，有的困倦地躺著，有的斜靠著木牆抽菸。

「唉，強巴這人心地真善良。」桑布嘴裡嚼根火柴棍說。他是在說剛才出去挑水的男人。

「當了兩年兵撈個殘疾回來，謀到這麼個美差也值得。」另外一個四十歲左右的男人插話說。

「我出力掙的錢也沒他多。這兒他只要動動嘴皮子，使喚我們就成。」嘎巴說。

「這都是個人的造化呀。」

「在這我天天都能夢到自家的老婆。」桑布抱著腦袋說。

「男人都他媽的賤，稍安靜下來腦瓜裡就想女人。」

「可這深山老林裡哪有女人？」

「要是有個燒茶的女人，那該多好。每天都能看看。」

伐木工們七嘴八舌地談論個不停。次塔聽著這些從各鎮雇來的伐木工的談話，找了個能舒舒服服地伸腳的地方躺下。次塔現在沒興趣談女人，只想靜靜地休息。

「茶熬好了，大夥吃飯吧。」強巴從門口帶著歉疚說。

吃罷飯，在一盞微弱的油燈底下，伐木工依舊談論著女人。女人對於砍伐者來說，是一種既神聖又低賤的東西，是他們永恒的話題。談論女人能解除疲勞，同時在心靈深處喚醒某種渴望。女人還給他們的單調日子，點綴幾朵明麗的亮光。伐木工們談著談著有的先睡過去了，剩下的嘆著氣，情緒低落地用被子蒙住頭，強行自己入睡。

日子過得也真快，勞動，睡覺，再勞動，再睡覺，在這種周而復始的循環中，秋分時節悄然到來。這天從各鎮雇來的伐木工們在綿綿細雨中收拾行囊，準備離開松瓦林場。整個林場沸沸揚揚，罵人的話，交談的聲音，開懷的笑聲，充斥在林場的各個角落。嘎巴淋著雨，在人群中尋找次塔。中午時分雨停了，陽光從雲層後面露出燦爛的笑臉，把暖人的光芒照射過來，砍伐者們忙著把被子、鍋、壺什麼的往外抬。嘎巴在這群健壯的人中顯得一點都不中用，他邁著輕快的步子又繞林場轉了一圈，但沒有尋到次塔，只好自己上了車。嘎巴坐在貨車頂上，心裡微微感到不快。車子緩緩地開向大路，車上的人們使勁地揮手向強巴告別，強巴也脫下帽子拚命地揮舞。

此時，次塔卻在林子的最深處吹著竹笛，手指靈巧地在笛孔上雀躍舞蹈。聽到汽車駛離林場的聲音，次塔抱住頭盡情地哭泣。他的心裡揮之不去的是她的身影，他想到一個男人被女人給拋棄時，男人感到的是自身的無用和渺小，這時才可以看清自己的面目，這時男人才會產生強烈的自卑，當著別人的面抬不起頭來，有時莫名地變得神經兮兮。最難耐的還是孤獨，只能不停地通過回憶來安撫心靈。

夜幕降臨後，次塔下山回到了伐木工的營地。林場變得太寂靜了，一盞燈灑下悽惶的光亮，讓人徒然傷感。次塔走進房門，看到坐在火爐旁邊的強巴。次塔看到他的背影，就想這個男人也許有跟自己相同的不幸遭遇，憐惜感悄然躍上心頭。他走過去坐在了強巴的對面。

「回來了？」強巴問。

「回來得太晚了。」次塔歉疚地說。

「我等你好久了。先喝杯熱茶吧。」強巴對濕了一身的次塔說。

「都走了？」次塔坐在火堆旁，脫下上衣擰水，隨後擦臉。

「直到開春，松瓦林場就只剩我們倆了。」強巴用木棍戳戳火，火星在升騰。
「你有幾年沒有回去？」次塔問強巴。
「今年的話已經有四年了。」
「哦！」次塔盯著熊熊燃燒的火，心情沉重了起來。
強巴往火堆裡丟了一塊木頭，綰起褲腿露出了被火燒傷的細瘦的腿。「被火燒的。為了這個拉姆嫁到了別的鎮子。」強巴的語調平靜得令人吃驚。次塔茫然地望著他。「這事我第一次對外人說。」
「是嗎？」次塔盡力讓自己不激動起來。
「聽說你的女人也跑了。」聲音很低沉，像是憋足了勁後從胸腔裡擠出來的。
「因為太窮，她跑了。」
「你恨她嗎？」強巴點燃了一支菸。
「恨？嘿嘿，我只怪自己沒有能耐。」
「……」
很晚時他倆頂上門睡覺。
第二年來春又來了一批伐木工，這群人裡卻沒有了嘎巴。伐木工的日子跟先前一樣單調，上山砍伐，回來津津有味地談論女人。

經強巴的安排，次塔不用上山砍樹，而是指揮裝車。在松瓦林場幹活的三年中，次塔暗暗督促自己，一定要攢錢。他待在林場拚命地幹活，省吃儉用，後來兜裡確實存上了一千四百塊錢。他用一塊紅布把錢裹得嚴嚴實實，繫在自己的腰間。無論睡覺還是上工，這塊紅布從未離開過他的身體。

第三年的秋分時節，他把破爛的被子捆好，懷著依戀的心情告別了與他共度三年的強巴，告別了松瓦林場。

酒館

鎮子裡的土路依舊直挺挺地躺在那裡，兩旁破敗的木板房緊緊相連，荊棘圍成的籬笆繞著農田，次塔感到鎮子的面貌依舊如故。他用手握住落滿灰塵的門鎖，心情壓抑得透不過氣來，再一次深感自己的孤獨。他打開房門，把被子丟在那張舊床上，動手收拾房間。

霧徐徐飄落，它輕盈地罩住了鎮子，一輛輛往返的車子亮著幽靈般的車燈匆匆趲趕路程，它們攪碎了鎮子的幽靜。次塔點著油燈，鐵爐裡燒起了熊熊的火。嘎巴和鎮子裡的六個男人帶著自釀的藏白酒跑到次塔家裡。他們圍著火爐盤腿而坐，喝了一陣酒後大夥的談興漸濃。

「我在林場憋的，一安靜下來就想家。」嘎巴大口飲酒的同時不失時機地插話。

「所以你在林場只待了半年。你這可不是想家，是你的那截東西餓得哼哼叫吧？」眾人譁然大笑。

「我怎麼能讓家裡的『母牛』餓著。」嘎巴又往地上吐了一口濃痰，「還是讓次塔給我們吹一首吧。」

次塔沒有推辭，他把酒杯端起抿了一口，嘎巴早已站起拿來了笛子。次塔吹出一首旋律傷感的曲子，旁邊的多尕揚起頭唱到：

不想下雨，
就別亂起彩雲；
不想跑馬，
就別牽出馬來；
不想戀愛，
就別故作姿態！

曲終笛聲止。人們又喧譁，粗俗的玩笑，罵人的話語，朗朗的笑聲，在房子裡飄蕩。

「你掙到錢了吧？」普拉小心翼翼地問次塔，好像他這一問會傷及次塔一樣。

「是掙了點。」次塔爽朗地笑著回答，一絲笑意浮現在嘴角。他動手從腰間取下那條裹錢的紅布，眾人的眼裡閃著綠光，貪婪地盯著那塊布被層層掀開。當面值十塊和五塊的一疊錢顯現在眼前時，響起了一片嘖嘖的驚歎聲。這群男人簡直把他視為一位凱旋的英雄了。

「有多少？」聲音極細，缺乏底氣。

「一千四百。」

「哦，這麼多！」男人們脫口而出。他們現在沒有興致喝酒了，既羨慕，又莫名地產生一絲嫉恨來。男人們不再像先前一樣吵鬧了，無形中他們和次塔有一種距離感。

次塔腰纏大錢的消息在鎮子裡傳開了。男人或女人每遇到他都要親昵地打招呼，鎮子裡的幾個老太婆也來給他提過親。次塔這才知道錢是個多麼美妙的東西，它使你受到愛戴，那麼多人願意嫁給你，滿鎮的人都仰視著你。他本人感到洋洋得意，有些飄飄然了。晚上回到家，次塔躺在床上腦袋一直運轉。他想：錢不能老纏在腰間，應該讓錢生錢。最後他決定要按照松瓦林場的強巴曾對他說的那樣開個商店。決心一下，他不聲不響地付諸於行動。先是跑到縣城辦理了所有的證件，還進了許多日用百貨，然後叮叮噹噹地在沿路的牆壁上鑿了個小窗子，上頭掛起了「利民商店」的店牌。字寫得歪歪扭扭，但很醒目。鎮裡的人稀奇地湊到窗前議論紛紛。次塔坐在裡面沉醉在幸福中，臉上是得意的表情。他的眼睛閃閃亮著光，用挑逗的聲音逗人們買東西。

次塔賣的生活用品在鎮子裡很走俏，有時買東西的人沒錢的話，他允許用青稞或草藥來交換，有時甚至賒賬，可這僅限於幾個要好的朋友。時間一長，鎮子裡的人看到他的富有，就開始在背地裡罵他，說他黑著良心賺錢，死後必入地獄。也有的說，他從林場帶來的錢不乾淨。這些不滿的議論傳到了次塔的耳朵裡，他卻裝聾作啞，用他那虛偽的笑容和憨厚的聲音招攬生意。鎮子裡的人罵歸罵，但誰都不願掏車費到縣城去買東西。

兩年過後，縣上決定在鎮子裡開個木材加工廠，隨之遷移過來了一大批人。其中有幾個人瞅住這兒是交通要道，便連著居民的木房蓋起了木板屋。他們先是讓自己的家屬開館子，以後便陸續開起了汽車修理店、商店、茶館、旅館。鎮子開始活躍了起來。往返的車子都要在鎮上停下，不是吃飯，就是買點香菸、餅乾之類的東西。鎮子裡的年輕人爭著模仿城裡人穿牛仔褲，戴墨鏡，有的蓄起了長髮。次塔的生意不如以往紅火了，他皺起眉頭愁了幾天，最後打定主意開酒館。

擇個吉日，他備上上等的哈達和一百元錢，雇馬向拉長鎮喇嘛廟走去。經過半天的跋涉，他到了拉長鎮的喇嘛廟。當次塔向僧人陳述自己的想法時，僧人眯上眼，一副憨態相來傾聽。陳述完後，僧人問次塔的生辰屬相，他把兩只骰子放在右手掌心裡，手握成拳來回晃動，嘴裡不住地吹氣。僧人再把骰子扔進面前的木碗裡，骰子蹦跳幾下後靜靜地躺在木碗裡。僧人看著點數，翻弄經書，找到要找的頁碼，邊念邊講解。次塔把哈達和錢獻給了這位僧人，虔誠地雙手合掌，連連說：「謝謝！謝謝！」

「這是上中等的卦，你回去後一定要念誦一百遍『無礙道』，一切會順利的。」

次塔告別僧人，一路上喜色掛在臉上。他騎在馬背上，在幽靜盤橫的山路上扯著嗓子唱起了歌：

我和心愛的伴侶，
如能在一起行走，
即使鞋子沒了後跟，
也願蹣跚在她身後。
……

沒過幾天次塔的酒館開張了。開張的那天酒館裡坐不下人，他從鄰居處借來木凳擺在外頭，還是有好多人站著飲酒。人們注意到次塔的手上盤繞著一串念珠，這是以前從未有過的。人們散去了，次塔關上酒館的門，一個人在汽燈的映照下端端地坐著。他有一種說不出來的感觸，半似喜悅，半似傷心，淚水潸然而下。現在他不愁吃、不愁穿了，可他的心裡一直丟不開拋棄他的老婆。他愛她、掛念她，這種愛到最後傷害的還是他自己。次塔去拿竹笛時，正好在圓鏡裡看到了自己的面孔。這面孔好粗糙，眼睛裡閃現的是疲憊與焦躁，長短不等的胡茬粗硬地長在面頰和前頸上。他的心揪得很痛，沒有想到歲月已經把他摧殘到這般模樣。他淌著淚吹起了竹笛，笛聲幽幽地在寂靜的夜裡活躍，它似飛翔的螢火蟲耐不住寂寞，是一種遐想，一種夢，一個無法了斷的情感。

尼瑪

一到太陽正當空，次塔的酒館裡便有人談天說地。年輕人嘴上叼的是紙菸，年長的從兜裡掏出鼻菸盒，往拇指上倒點鼻菸粉，滋滋有味地吸進鼻孔。地板上滿是菸鍋巴、鼻涕、濃痰，交談的聲音一陣高過一陣。有人「刷」地從凳子上站起來，邊解褲帶邊出酒館，末了管你路上有沒有人，把那截東西對準牆角「嘩嘩」地撒尿，屁股撅撅又進屋；有人用火柴棍從酒杯裡撈出掉進去的蒼蠅；有人歪著腦袋掏耳屎；更多的卻是在聽醉鬼扎巴胡吹。次塔收好酒錢，也要跟著酒客聽那從未聽說過的新奇事情。嘎巴每天都要過來幫忙，他不計報酬，但他喝的酒是免費的。次塔也有幾次連酒錢都不收，自己也跟著他們喝醉了。

經梅朵和嘎巴兩人協助，次塔從不遠的鎮子裡雇請了一個叫尼瑪的寡婦來幫忙。尼瑪的到來讓次塔輕鬆了許多，他只顧釀酒、收錢，其他的事一概不用管。這寡婦雖年近三十，卻風韻猶在。她的面龐十分白淨，豐滿的身段和咯咯的嬌笑聲特別誘人。她真像她的名字尼瑪（太陽），照得這鎮子裡的男人們暖暖烘烘的。無論是年少的或年長的，都懷著各自的目的，一個勁地往酒館跑，頓時酒館的生意興隆，酒客也願意毫無顧忌地把錢花掉。

「次塔這兒來一壺酒。」

「這兒來一塑料桶的藏白酒。」

「尼瑪，來倒酒！」

一屋子的煙霧和嘈雜聲，把酒館填得滿滿當當。尼瑪在這邊坐坐，那邊陪陪。有的人會伸手摸一下她的屁股蛋，有的把臉貼一下，有的悄悄傾訴愛慕之情。尼瑪把這一切當成醉酒後的失態，總是笑盈盈地迎接這一切。午夜時候，最後一批酒客踉蹌地走出酒館，櫃檯裡次塔趴在桌子上睡著了，酒桌上杯子亂倒，地上灑著一地的酒。尼瑪把酒杯一一收起，放進盛水的盆子裡，拿抹布擦洗桌子。事情全幹完，才把迷迷瞪瞪的次塔叫醒，他臨睡前要結算一天的收入。尼瑪走進旁邊的房子裡，用木頭頂上門，自個睡覺。

過了半年，也就是農事剛忙完，從縣城裡來了一輛嶄新的豐田車。這車停在次塔的酒館門口，車上下來兩個瘦高的男人，腋窩下夾了個公文包。他們剛把腳邁進酒館的門檻，便被裡面的吵鬧聲給嚇倒了。

「這不是縣委的大祕書嗎？」扎巴喊了起來。

「哪個是次塔？」祕書斯斯文文地問道。

「櫃檯裡的那個人就是。」

人們滿心期待地等待著什麼事情發生一下，酒館安靜了下來。次塔臉色灰白地從櫃檯後出來，走到了祕書面前。

「你就是次塔？」祕書問。

「我就是。」

祕書從腋窩下夾著的公文包裡取出一張紙，遞給了他。次塔抖著手接過來，看到上面有一對開屏的孔雀。

「這是請柬。縣裡請你去參加致富能手表彰大會。」

「哦？」酒客們又高聲嚷叫起來。

「後天一定要趕到縣裡。」祕書說完走了出去。次塔卻楞神地看著手裡的請柬。直到有人跑過來搶走次塔手裡的請柬，他才如夢初醒，急忙跑出酒館。縣裡來的豐田車早已不見蹤影。

那夜酒館的門早早地關上了。酒館正中央的梁上垂下來一根鐵鉤，上頭掛著的汽燈，把酒館照得亮亮的。

「把鬍子給刮了，換上乾淨的衣服。」尼瑪坐在酒桌旁，幫他縫補衣服。

「不會搞錯吧？」次塔又重複了一遍。

「怎麼會錯。他們要找的就是你。」

「那也是。」次塔喝口酒，撥弄著手裡的念珠。「你一個人行嗎？」次塔的手停下來，望著尼瑪問。

「以前不也是你一個人開著嗎？」尼瑪反問道。

「你要注意那幾個粉頭油面的小子，他們心術不正。」

「我知道。你先睡吧，明天還要到縣城呢。」

尼瑪一針一線地縫補他的衣服，她要讓次塔體面地站在人群中。

次塔一走酒客來得更猛了。同時鎮子裡的女人們詛咒次塔的酒館和尼瑪，有的發誓說要割掉尼瑪的鼻子，有的說要揍她個殘廢。尼瑪只要一出門，就受到那些女人的白眼和唾罵。尼瑪忍氣吞聲，低著頭走過去。

次塔走後的第五天，臨近傍晚時他回來了。他做的第一件事，是把獎狀貼在酒館最顯眼的位置上，還給酒客大講特講縣城裡遇到的事情，扎巴連插嘴的機會都得不到。尼瑪看著次塔這麼興奮，心裡欣慰不已。

次日，尼瑪跟次塔結算了這幾天的賬，提出要回鎮子去。

「是開的錢少了？」次塔驚異地問。

「不是。只因我把這鎮子攪得很不安寧了。」

「不是你，是我的酒館。」

「是我。因為男人們都是衝著我來的。」

「你能嫁給我嗎？」

尼瑪聽到這句話，嗚嗚地開始哭泣。次塔在一旁自斟自飲，一副漠不相干的表情。等尼瑪的哭聲止住，他再一次問道，「能嫁給我嗎？」

「你會對我好嗎？」

「會的。」

尼瑪又嗚嗚地哭開了，次塔走過去，把她攬進胸懷裡。

入冬後他們倆扯了結婚證，過起了夫妻生活。酒館的生意隨著季節也變得清淡，他們有了更多的休息時間。

到了來年的開春，以前跟次塔一同待在林場的桑布突然來找他，這讓他又驚又喜。兩個人飲著酒，談過去的歲月。談得投機之時，桑布露出一臉的難堪相，「現在活著真難呀！」

「這話怎麼說？」次塔追問一句。

「沒有錢，只能守著清貧。想做生意，又沒有資金，要不我有個發財的門道。」

「有什麼門道？」次塔急迫地問。

「倒賣藥材。這道上的人我熟。」

「保險嗎？」

「保險。賺的比開酒館還多。」

次塔沉思著。他上次去開致富表彰會時，那些參加會議的人也說到了藥材生意，只是當時他沒有在意。

「你出資金，賺了咱兩三七分。」桑布繼續給他說了很多鼓勵的話，終於軟化了次塔，答應一同去倒賣藥材。

次塔一去就是一個月。回來時整個人給變了，穿著西服，腳上是鋥亮的皮鞋，紙菸叼在嘴上，成了鎮子裡最氣派的人。尼瑪歡喜得不得了。他把一摞百元鈔票交到她手裡，尼瑪既緊張又高興，她對他佩服的五體投地。次塔回來只待了幾天，就匆忙離去。

次塔兩三個月後又回來了，短暫地住上幾天，又離開了家，給尼瑪的只有錢。

秋夜

「唉，這鎮子裡現在看不到犀鳥了。」嘎巴躺在那張吱嘎響的木床上。屋子裡燈光很亮，爐火燒得旺旺的。

「鎮子裡的年輕人都外出掙錢去了，好多地都荒廢了。」梅朵給他們三歲的女兒縫衣服。

「次塔變了，村裡的年輕人也變了，他們著了魔地要去賺錢。可憐那有身孕的尼瑪，她成了無依無靠的人。」

「你這是天塌下來的擔心。尼瑪現在可是富得冒油啊。」

「有了錢又能怎樣？有我們過得和睦、相愛嗎？這世間的錢是掙不完的。過去他因貧窮被人拋棄，現在說不準他因富了，還要把別人給拋棄了呢！」

嘎巴聽說了一些次塔的事情，他大概能猜想到他會怎麼做。梅朵表情痛苦地問，「錢真能毀人嗎？」

「我這生沒有過大把的錢，所以不知道。可我覺得我們很幸福，我們相互相愛。」

梅朵滴下了眼淚。她回想往事，慶幸他們平平淡淡地生活過來了。

「我真想聽次塔吹笛子，那旋律自然、流暢，是多麼純樸呀。」嘎巴滿腔失望地說。

「咔噠」電燈給關了。房子裡只有爐火閃著一絲亮光。

嘎巴和梅朵躺在床上，聽著兒女們熟睡的鼾聲，心裡很滿足。

一輛汽車呼嘯著過去，外面又變得很安靜。突然，梅朵說：「下雨了。」

嘎巴仔細一聽，確實有雨滴在淅瀝。

「我們得去看看尼瑪。」嘎巴催促梅朵趕緊起床。

月亮被烏雲裹得滴露不出一絲清輝。尼瑪挺著個大肚子，站在路旁凝望縣城方向。雨下大了，但尼瑪一動不動地佇立著。她臉上淌下的不知是鹹澀的淚水，還是雨珠。
在嘎巴和梅朵的眼裡，尼瑪黑色的剪影被牢牢定格，成了一幅永遠不可忘卻的傷痛畫面。

塵網

跛子在黑暗的夜裡，等待澤啦起身往尿桶裡解手的聲音。滴玲玲的悅耳的聲音能勾起跛子的遐想，能使他充滿希望。

1

夏季正午的雨總是這麼地短暫而急促，雷聲剛響，劈里啪啦劈頭蓋臉地砸下數以萬計的雨點，屋頂的筧槽裡嘩嘩地滾落下瀑布般的渾水，轟轟烈烈地淹沒了所有的嘈雜聲。只消一會兒，雨止住了，只有筧槽裡滴落下來的，發著滴瀝滴瀝單調聲音的水珠。這清脆的聲響構起了很多人的纏綿情思，也使過著貧寒日子的人們多了一份渴望。剛剛還烏雲密布的天空，轉瞬之間一片晴朗，藍得教人暈眩的天邊掛起一道彎彎的豔麗彩虹。小孩們一見彩虹，興奮地嚷嚷起來。狹小巷道的凹地裡，此時已積一潭黃黃的濁水。被雨滋潤過的大地，經過陽光炙烤，立馬升起一縷如霧的蒸氣，它夾帶著刺鼻的泥腥味湧入人們的感官裡，讓人感到很是舒服。小巷裡雖然開始有人走動，但由於小巷地處偏僻，顯出空寂、落寞來，給人一種沉沉的、死寂的印象。

「強巴拉姆。」達嘎叉著腰，立在院中吼叫。這是一座兩層樓的四合院，裡面住著十三戶人家。院子正中有座天井，井旁用石頭和泥巴搭建的一個小臺子，是人們用來背水桶的。達嘎的屋子在大門的甬道裡，只消走幾步就出了大門。達嘎尖利而刻薄的聲音衝過甬道，傳到大門外，使正在惶惶等待跛子的強巴拉姆張皇失措，她低頭走進大門。

強巴拉姆蹲在自家的土灶旁，拾起牛糞餅往土灶裡扔，火舌慢慢吞噬牛糞餅，裊裊的煙子從灶裡升騰，飄滿狹小的屋子裡。煙子把人嗆得胸口發悶，淚水漣漣。

「豁嘴女人還是個多情種咧，燒火時還想著那個跛子。」達嘎隨後攆進來，齜牙咧嘴地譏笑。達嘎自從聽說自己的女兒跟跛子鄭堆好上後，心裡莫名地湧上一股愁緒。她想自己為豁嘴女兒失去了許多東西，鏡子裡照出的這張臉，如今已顯出明顯的老態來，再過段時間，歲月會將這張臉侵蝕得醜陋不堪。一想到這些，強烈的嫉妒在心間悄然彌漫開，嫉妒又促使她對女兒亂使性子。達嘎已是四十四歲的人了，丈夫撒手離去時給她丟下了這個豁嘴女兒。二十多年的守寡生活，使她的性格變得異常古怪。平日裡她爭強好鬥，又脆弱不堪；嘮嘮叨叨，又喜歡哭哭啼啼；喜怒無常，又愛管閒事。

每次街道居委會開批鬥會或憶苦思甜會時，她都樂於第一個衝上臺去，結合舊社會裡自己的親身經歷大講一通，說著說著聲淚俱下，深得幹部們的欣賞。幹部們一致認為她覺悟高思想正，又加之出身貧苦，他們一致推舉她為居委會的治安委員，並負責管理桑吉巷。

那晚的政治學習會在向陽居委會的禮堂裡召開。幽暗的油燈下人們擠擁在一塊，時而傳來咳嗽和吐痰聲，空氣裡飄蕩汗臭和腳臭。混濁的空氣裡，人們百無聊賴地打著哈欠，聽臺上的達瓦主任講話。達嘎背靠房柱，眼睛偷偷地在人群裡搜尋跛子鄭堆。當她尋到坐在自己右前方的跛子時，目光滯留在了他的身上。頓時，達嘎周身的血液湧到臉上來，火燒火燎，眼裡噙滿淚水，呼吸變得粗重起來。她的身上像是爬滿了無數個小蟲子，渾身癢癢難忍。跛子鄭堆好像感應到了什麼，扭過頭向後張望。他頭戴一頂草綠色軍帽，身穿一件勞動布工裝。油燈光下，達嘎看不清他那張方臉上的五官。她佯裝繫鞋帶低下頭，避開跛子的目光。達嘎已經有二十幾年沒有這種令她靈魂震顫的感受了。自從聽說女兒跟跛子相好後，跛子這人喚醒了她內心深處日漸沉睡，日漸麻木的情感。她周身一陣酥癢癢的，骨頭裡好似有一縷涼颼颼的習風在吹蕩。她努力控制著自己的情緒，盡可能地把目光移到臺子上去，但是腦子裡洶湧襲來的是看看跛子的念頭，這種強烈的念頭使她不能自持。她在這種難忍的煎熬裡終於盼來了會議的結束。

懸在半空中的月亮把一縷銀白色的柔光傾瀉在大地上，這清輝夾著些許冷意，滌蕩煩躁和情慾，周遭沉浸在寧靜裡。達嘎夾在人流中緩緩地走出大禮堂，來到了寬闊的壩子上，月光照得周圍的一切清晰可辨。她掉轉腦袋在人群中尋找跛子，可是不見跛子人影。達嘎走出緩慢向前移動的隊伍，走到一處月光照不到的旮旯裡，解開褲帶嘩啦啦地解手。有幾個男人往響聲處瞅瞅，只見一個黑影和急促的水流聲，看得不甚清楚，掃興地走開了。壩子裡又恢復了寧靜。跛子鄭堆孑然出現在壩子裡，身子搖搖擺擺地從達嘎的面前經過。

「鄭堆。」一個柔和的聲音從黑暗處傳過去，著實把跛子給嚇了一跳。只見一個女人從地上倏地站起來，一提褲子白花花的屁股一下裹沒了。跛子羞得臉霎時紅彤彤的，心臟劇烈地跳動。他拔腿要走。「鄭堆！」又是一聲叫喊。他呆呆地立足原地，看清從黑暗處一邊繫褲子一邊喊他的是強巴拉姆的媽媽。他預想到自己會被訓斥的，全身開始發抖。

「羞啥？」達嘎挨近他說。跛子忐忑不安。達嘎挽起他的胳膊，他順從地垂下腦袋，晃著身子一同向前走。跛子盤算達嘎肯定要跟他問關於強巴拉姆的事情，頭腦裡把事情的前前後後迅速地梳理了一下，緊張的心鬆緩了一些。

「羞啥？我要跟你談件事。」

「大姊，什麼事？」跛子的聲音在黑暗裡打顫。

「好事。」她臉上泛起詭祕的笑。達嘎已經有二十多年沒有跟男人這麼近距離地接觸，這使她有些陶醉有些興奮，還聞到了男人身上所固有的那種鹹澀的苦苦的氣息。過了這麼多年以後，再次聞到這種氣息時，她的眼睛澀澀的，構起了她對亡夫的一些零零碎碎的記憶，儘管這些記憶遙遠而不太真實。

「大姊，你的手——」跛子說。

「怎的，你是嫌我的手不乾淨？剛才只不過是脫了褲子撒泡尿，又沒揩屁股。」達嘎說完把他的胳膊拽得更緊，「我怕你黑裡跌倒。」又補了一句。跛子從她的口氣裡聽出叵耐的情緒。

「不是那意思。我是說，別人看見了不好。」

達嘎一甩手，鼓著眼睛大聲喊道：「你到底跟我那豁嘴女兒是啥關係？」這句話倒是把跛子給鎮住了，跛子楞楞地看著她，過後低下頭。她高興地看到跛子變得侷促不安起來，並順從地向她靠近。

「大姊，真沒有關係。只是上次拉我們去修水渠時，她幫我洗過幾次衣服。」

「怎麼認識的？」冷不丁達嘎又追問了一句。

「就這麼認識的。」跛子抬頭看見達嘎冷冷地盯著自己看，他的心裡亂慌慌的。街道裡一片沉靜，有一隻小狗跟在他倆的身後，搖著尾巴。

「去。」達嘎踢了一腳，狗立刻轉身跑遠幾步，又掉轉頭，遠遠地望著。

「這截路一起走吧。」這已經不是徵求，而是在下令。跛子為了不使事態擴大，順從地跟著達嘎走。

第二天晚上的會議跛子請了假，按照達嘎跟他約定的時間，天擦黑時來到了達嘎的房門口。他戰戰兢兢地往四下張望，在確信沒有其他人時，才躡手躡腳地輕輕叩擊門。門吱地打開了，一縷油燈的光照射過來，照在跛子驚慌失措的臉上。

「進來呀！」達嘎壓低聲音說。

跛子一下閃進去。映入他眼簾的這間房拾掇得滿乾淨，屋裡剛剛灑過水，空氣裡還飄著泥腥味。「強巴拉姆呢？」跛子問。

「你也真傻，談這種事她還能在場嗎？我讓她今晚到她舅舅那兒去了。」達嘎說完推著跛子坐到了靠牆的那張床上。

跛子經過一天一夜的思量，決定壯著膽子向達嘎說，他願意娶她的豁嘴女兒為妻。達嘎挨著他坐下。跛子看出她不急於問這件事，他也不好自己爭著提這件事，耐著性子等待達嘎先提出來。達嘎起身，從方桌上拎一軍用水壺，拔掉壺塞，一股刺鼻卻又甘甜的香氣飄滿了屋子裡。

「今天我們要談的是喜事，必須喝點酒。」達嘎說。跛子也覺得自己應該喝點酒，這樣說話時膽子會大一點。他沉默著，以此表明自己贊成了這個提議。辣辣的酒順著他的喉嚨滾落到肚子裡，霎時肚子裡猶如有一團烈火在燃燒，燒得他全身火熱。達嘎又拔開壺塞往杯子裡倒上滿滿的酒。

「來，再喝一杯。」達嘎勸道。跛子瞇眼瞅瞅達嘎，端起杯子一飲而盡。連續幾杯酒落肚，跛子感到頭重腳輕，神志有些恍惚。

「強巴拉姆，她、她……」酒過三巡跛子很醉了，捲著舌頭剛說這句，便倒在床上，眼睛再也睜不開了。

達嘎深情地凝視著跛子，心裡燃起一股火焰，她的血液她的肉體都被這熊熊燃起的火焰煎熬得不能把持。她把自己杯裡的酒飲乾，然後又給跛子的杯裡倒滿，這才起身脫跛子的衣服。達嘎吹滅油燈，把昏昏迷迷的跛子緊緊地摟在懷裡。達嘎的手從他的肩頭移到胸口，再經胸部慢慢滑到肚臍眼那兒，她周身的血液加快了流動，久已失去的快感霎時復活了。她哼哧哼哧地喘著粗氣，身子變得酥軟軟。跛子醉得很死，她聽著他均勻的呼吸，聞著身上散發的異樣氣息，用手摩挲他光滑的肉體，手心裡好似有無數個小蟲蠕蠕爬動。這種感受使達嘎無法入睡。臨近午夜時，跛子側轉身子將她攬進懷裡，緊緊貼在他的胸口。達嘎眼角落下幸福的熱淚。

2

「跛子先要娶媽媽，過後要搞女兒。」

「嘿，這瘸子可真有兩下子。」

「……」

跛子跟達嘎結婚的消息在整個居委會引起了轟動。跛子的親戚們表示了堅決的反對，最後他們都與他斷絕了來往。那時跛子只有二十一歲，正當年，可達嘎已是四十四歲的人了。人們無法揣測這個姻緣到底是怎麼促成的，甚至懷疑跛子是否跟這兩個母女之間達成了什麼協議。隨著跛子嫁到這一家，人們的譁然才漸漸平息下來，見怪不怪了。由於達嘎比跛子大一輪多，她總是像庇護一頭寵物般護著他。這使跛子很不適應，加之每天要面對強巴拉姆悲淒淒的愁容，跛子的心頭總是梗得發硬。跛子到這一家後，從未感受過家庭的溫暖。達嘎對他既溺愛又專橫，跛子和強巴拉姆在屋裡獨處一會兒，達嘎的臉立馬變陰，灶旁的鍋碗瓢盆敲得乒乒乓乓地響，隨後達嘎捂著胸口哼哼唧唧地呻吟。最初，跛子非常懼怕達嘎的病，他慌手慌腳地從酥油罐裡拿一點酥油，黏在左手掌心裡，用右手食指黏點塗在達嘎的太陽穴上。強巴拉姆卻立在一旁乜斜著眼，嘴角掛著譏諷的笑容。達嘎又捂著腦袋呻吟，那痛苦的表情叫跛子手舞足蹈，精疲力竭。整到他疲憊不堪時，達嘎才緩緩地吁口氣，從床上爬起來，支使跛子給自己倒茶。跛子乖乖地晃著身子倒茶，怯怯地端到達嘎面前。達嘎一見這情景，積聚心頭的怒怨立馬融消掉，感到很是愜意。她於是不再呻吟了，從藏裝的懷兜裡掏出鼻菸盒，拔開塞子將鼻菸粉倒在左手拇指指甲上，右手拇指和食指揪一點往鼻孔裡送，「嗞」地一吸完，張開嘴，吐出一縷淡淡的煙霧來。達嘎又變得有說有笑了。

到後來跛子發現這是達嘎耍的一個伎倆，於是以前他自己面對她而表現出的驚慌失措感到了極大的憤慨，從此他對達嘎的這種低劣的表演置若罔聞。

跛子深知自己在這個家庭裡所處的微妙境地，每每看到強巴拉姆冰冷的面孔，他的心裡愧疚不已，總認為是自己給她增添了痛苦，他想把事情的前前後後向強巴拉姆訴說清楚，只是找不到適當的時機。

每每天沒有黑，強巴拉姆就抱起鋪蓋到灶旁去睡，隔著一堵牆，他睡在達嘎的身旁，沒有一點情慾。他甚至極度地反感達嘎挑逗性地將大腿擱在他的胸口上，用手摩挲他的胸部。這一切不但不能激起他的慾望，反而使他感到厭煩。

「怎麼沒有反應呢？」達嘎問。

「太晚了，趕緊睡吧。」跛子說完身子一翻，面朝牆壁，屁股抵著達嘎。達嘎用手再怎麼搖，他都不搭理。跛子也深知，他這樣做第二天會招來吵架，可他寧願吵架，也不願當著強巴拉姆的面做這種事情。

果不其然，翌日天不亮達嘎便叮叮咣咣地摔東西了，跛子乘達嘎上廁所的間隙，捲好自個的被子，頭也不回地走出了這個家。

跛子吆喝著馬車剛回到車隊裡時，就看見達嘎立在馬廄邊朝他笑，跛子扭過臉去沒有理會。他把馬車直接趕到隊長辦公室門口，大喊一聲「吁」，馬車停住了。

「鄭堆，你的婆娘老早就來找你來了。」米瑪隊長從辦公室出來說。

「這婆娘真煩！」跛子說完正欲轉身離開。

「你瞧，她就立在馬廄旁，我叫她進來她死活不進來呢。」米瑪隊長搶著說道。跛子瞧了眼米瑪隊長，無可奈何地一搖一晃向馬廄走去。達嘎頭上圍了個花色鮮豔的新頭巾，右臉頰上的白膏藥已經去掉，但依稀可以看到貼膏藥留下的印痕。她用一臉的疑惑凝視著他。

「你來這裡幹啥？」跛子問。

達嘎眨巴著眼睛，一臉的迷惑。她放低聲音說：「你咋一句話都不說，就捲起鋪蓋走人了？為了這事，我和豁嘴吵了一架呢。到底是為了什麼？」跛子看著她布滿皺紋的臉和微微向外翻捲的厚嘴唇，心裡突然湧起一股怒火，恨不得狠狠地抽她一巴掌。

「你把家裡的東西全砸壞了，還有臉問我咋回事。我跟你才一個多月，就被逼得沒法過了，我要跟你離婚。」跛子說完轉身就走。

「我求你，鄭堆。」達嘎雙膝跪在泥濘的地裡，捂著臉嗚嗚地哭。這哭聲讓跛子止住了腳步，回頭看時驚呆了。達嘎的新頭巾掉在泥地裡，頭髮凌亂不堪，哭得身子一顫一顫。跛子周身的血在倒流，他丟掉手裡的長鞭，疾步跑過去攙扶達嘎。跛子攙著拽著，嘴裡不住地說：「別瞎胡鬧了，丟人現眼。我跟你回去就是了。」跛子把達嘎扶起來時，他已是氣喘吁吁。再瞧瞧四周，已經圍攏了一群看熱鬧的人。跛子羞得臉沒處擱，蹲下來用雙手抱住自己的腦袋。達嘎伸手拉扯跛子，他狠勁地甩手，不讓她來抓自己的手。

「這兩口子真逗，大庭廣眾之下還相互撒嬌呢。」

「是跛子打人了嗎？」

「……」

跛子聽到人們的紛紛議論，臉燒得火辣辣的。他想今天出盡了醜，今後還有什麼臉面在這裡立足。

「嘿，你們是吃飽了沒事幹，誰家沒個磕磕碰碰。要看就到我跟前來，老娘就這張老臉，你們過來看呀，不看才是孬種。」達嘎邊說邊揚起頭向人群走去。圍觀的人一見這架勢，亂紛紛地向四下散去。

「有種的別走啊，過來看看兩口子是怎樣和好上的。我讓你們看個夠，來呀，別跑呀。」達嘎追攆散開的人群。最後，達嘎回來揪著跛子的手，讓他起來回家。跛子很無奈，他從馬廄裡背起還沒來得及拆開的鋪蓋，跟在了達嘎的後面。出了馬車隊的大門，達嘎搶過鋪蓋走在前頭，跛子一瘸一拐地隨在後頭。

一個月後，在居委會的照顧下，強巴拉姆被舉薦到了築路隊裡。達嘎忙著收拾東西，跛子坐在床邊默默不語。許久，他起身到土灶旁，蹲在那裡用一根木棍撥弄著火。不知是煙熏的或是悲傷，總之這夜跛子淚漣漣的。

翌日早晨給強巴拉姆送行時，她對跛子和達嘎都很冷淡，臨上車時都沒有說一句話。她爬上一輛油漆剝落的大車向西開拔了，車尾揚起一陣塵土，鋪天蓋地，什麼也看不見。等塵土消散盡時，汽車也從視線裡消失了。等送行的人走完，跛子心灰意冷地手剪在背後，一瘸一拐地跟在達嘎的後面。

豁嘴女人自從走後沒有一點消息，跛子心裡愧疚不已。他認定是由於自己的錯，才使她背井離鄉，開始過漂泊生活的。為了使自己心裡好受一些，他到處託人打聽強巴拉姆的消息，最後得到她在山南加查縣修路的消息。跛子瞞著達嘎求人幫他寫封信，再買了兩雙毛襪和五斤白糖託人帶去，做完這些事跛子心裡好受了些。

那天，跛子從外面一進門，看見達嘎盤腿坐在土灶旁，鼓著腮幫子吹氣，牛糞餅忽紅忽暗，升騰起濃濃的煙霧來。達嘎沒有點油燈，火光忽地照在她的面龐上，跛子看見了她那張被歲月催老的臉。這一剎那，跛子的心頭悄然湧上一股憐惜之情。

「快到冬天了，明日我給你把土灶修一修，免得你天天對著牛糞吹氣。」達嘎聽到跛子的這句話，嗚嗚地哭了起來。

果真跛子把土灶給重新翻修了，還用撿來的木板做了一張雙人床。鄰居們驚異地稱讚跛子的手藝。從那開始，院子裡誰家有個泥工木工活要做，都邀請跛子去做。跛子也從不偷懶，把活路做得巴巴實實。

跛子和達嘎的生活雖不能算甜甜蜜蜜，恩恩愛愛，但也過得平平淡淡，安安穩穩。隨著歲月的流逝，跛子從心頭將強巴拉姆漸漸淡忘記了；兩人共同度過的日子裡，他雖對達嘎產生不起多少愛意，但也沒有多少的反感。像諸多的家庭一樣，在瑣碎的磕磕碰碰中將大把大把的日子打發掉了。

3

十年後的一個春末，達嘎中風了。跛子辭掉工作，在家照顧達嘎，同時攬些木工活來做。生活雖沒有一落千丈，但也時時顯出拮据來。為了能使達嘎吃得好一點，跛子戒掉了早飯，晚上只吃一點糌粑糊糊。跛子盡力讓達嘎三頓飯都能吃得飽飽的，偶爾她還能吃到新鮮的白菜、蘿蔔、牛肉。儘管跛子對她盡心盡力地伺候，達嘎還是沒能熬過這年的冬季。跛子在鄰居們的幫助下，後事辦得像模像樣，得到了眾人的讚許。

達嘎離去的那天起，跛子每晚心裡空落落的，不飲酒心裡就慌，睡不著覺。只要喝得迷迷糊糊，所有的煩悶所有的痛苦，就會從他的心頭逃遁得無影無蹤。

跛子的日子表面上看過得倒也清閒，他常跟鄰居們有說有笑的，可每每到了夜晚，面對如豆的燭光，看著四周黑漆漆的牆壁、寬大的雙人床，他滿腦都是揮之不去的寂寞。他一邊飲酒，一邊回想十年的生活經歷，他會想起跟達嘎度過的那些個日日月月，會想起兩人嘔氣吵架的情景，過後後悔不迭的是自己竟然沒有跟達嘎生下一個小孩。如今成了一個鰥夫，獨自承受著孤寂的嚙蝕。跛子晃晃酒瓶子，再聽不到裡面有聲響時，咂嘴倒在床上。等他把手搭到胸口上，記憶裡又鮮活地出現強巴拉姆的形象。跛子就這樣在回憶中孑然度過了三年的光陰。

時間轉瞬之間進入了八〇年代。跛子每天都到外面去做木工活，工錢除了買酒外，其他全都攢了起來。跛子心裡也盤算著再娶個老婆。他開始注意自己的穿著打扮，時常戴在頭上的草綠色軍帽被換成了藍黑的鴨舌帽，工裝褲改成了的確良褲子。可是左看右瞧，他始終都沒有發現適合自己的女人。這期間跛子也通過熟人，打探強巴拉姆的消息，可每次得到的回音都令他失望。

有一天跛子回來得特早，他懶洋洋地坐在自己的窗戶下晒太陽，心裡琢磨自己是否還要繼續打聽強巴拉姆的消息。突然，耳旁響起了清脆的童聲，「媽媽。媽媽。」跛子扭頭看見一個穿開襠褲的小孩，趔趄著向他走來。小孩步履蹣跚，舉起兩手，涎著口水。跛子一見這小孩，滿心歡喜。他抱住孩子，逗小孩玩。小孩在他懷裡咿咿呀呀地待了好長時間，不知不覺中太陽光已經移到房頂了。

鄰居央金啦抖著圍裙走過來，驚訝地說：「這小不點，一眨眼就溜出門了。多虧鄭堆啦，幫我照顧著。」

跛子先是一驚，而後問道：「這是誰的小孩呀？」

央金啦臉上蕩起幸福的笑，一把接過孩子，道：「我大兒子的。他們兩口子在林芝毛紡廠活路多，顧不過來，叫我們幫他們帶一帶。」

跛子記憶裡的這個小不點的父親，還是個掉著鼻涕，身背書包的學生呢。他無法將這小孩與他記憶中的那個學生娃牽連到一塊。他對央金啦說：「孩子都有了，我們真是老了！」末了，跛子對自己逐漸長大的歲數，有些惶惶了。跛子真切地感受到歲月不饒人。他對自己眼角的皺紋、日漸鬆弛的皮膚、開始稀疏的頭髮，嗟嘆不已。夜裡，跛子抿著酒，心裡如翻江倒海般。孤獨和惆悵、無奈與淒涼緊緊地裹住他，使他狠下決心娶個老婆，給自己留下一個根。融化的蠟燭順著蠟身往下滾落，最後凝固在桌面上。跛子瞧著蠟燭漸漸融化，心裡莫名地漾起一股愁緒。他感嘆自己的美好青春時光已經被耗損完，現在只剩負載痛苦的壯年時候了。

那是個跛子終生難以忘懷的日子。天空裡下起了小雨，稀稀的、綿綿的、疏疏的教人心煩。跛子在自家窗戶的涼棚底下趕製一對藏櫃，他鋸著刨著忙得不亦樂乎。由於小雨淅淅瀝瀝下個沒完，院子裡見不到人了。除了跛子的叮叮咚咚聲外，只有筧槽裡落下來的水聲。這兩種聲音和諧地融合在一塊，組成了悅耳的旋律。此時，一個穿著藏青色藏裝的女人來到跛子的身旁，向他乞討一點吃的。跛子放下手中的活，徑直到屋裡拿個饃饃給她吃。這女人又從懷兜裡拿出一個缸子，要跛子給點熱茶喝。

「水瓶裡頭有茶，你自己去倒。」說完跛子拿鋸子鋸木頭。討飯的女人呆楞著，她藏裝下角直淌下水來，身子哆嗦。他鋸完木頭，發現女人依舊呆站著，沒好氣地說：「要我伺候你嗎？自個去倒。」女人還是一動不動的。他這才發現這女人的衣服已是濕濕的，一腔憐惜之情從心底湧出。他放下手中的活，叫女人一同進屋。在她喝茶的空檔，跛子在土灶裡生了火。

「喝完茶，烤烤火。把衣服弄乾，免得生病。」跛子正欲出去，忽然像是想起什麼事情似的，他仔細端詳眼前這個女人。這女人看來只有二十幾歲，而且長得還耐看。他問道：「你從哪兒來的？」

女人把饅頭嚥下去，睜大眼睛說：「從昌都來的。」

跛子接著問：「尋親戚嗎？」

女人晃晃腦袋沒有吭聲。

「就你一個人？住哪兒？」

女人垂下腦袋，聲音低低地回答道：「沒地方住。」

跛子瞅一眼外面，白濛濛的小雨落個不止。他凝思片刻，就說道：「看來這雨可能要下幾天，你要是沒有地方去，暫且在這住幾天吧。我家裡就我一個人。」

女人端碗的手抖了一下，茶灑在地上。

「你別往壞處想，我是可憐你才這麼說的。」女人眼角滾落下幾滴晶瑩的淚珠來。跛子從那透亮的淚珠，就知道這女人對自己的感激之情。他指指外間的灶，示意她吃飽後去烤火。

那女人撲通一聲跪在了地上，說：「大哥，我在你這裡幹活，只要給三頓飯就成。」

「依你的。」跛子爽爽地答應了下來。

那夜跛子睡在裡間，女人睡在灶旁。黑黑的夜裡跛子聽著女人的呼嚕聲，覺得屋裡彌漫著令他心醉的馨香氣味。這女人掃盡了他屋子裡充斥的孤寂、悲涼。他不再懷念強巴拉姆了，整晚情緒平穩，心境舒暢，這種感覺他從未產生過。跛子躺在毛茸茸的藏被裡，周身洋溢久違了的歡樂氣息。他自己也在想：難道這就是所謂的幸福嗎？他的靈魂深處踴躍一種連他自己都莫名的無法止住的快樂。

跛子失眠了。半夜裡女人起床，窸窸窣窣的聲音傳到跛子的耳朵裡，他在黑夜裡綻開了笑容。女人蹲在尿桶上解手時，發出滴玲玲的聲響，跛子豎起耳朵聽，覺得很受用。這先急後緩的音律，滋潤著他的心田，使他萌生了幸福的希望。跛子有點飄飄然，興奮、焦躁、緊張，壓得他有點透不過氣來。天矇矇亮時，跛子卻進入到甜蜜的夢鄉。

跛子醒來時，天已大亮。外面依舊細雨飄落，筧槽裡依然落水，但是跛子的心境與以往大有不同。經過那一夜，彷彿堆積在他心頭的陰霾，全一掃而盡了。跛子的精神達到了未曾有過的一個新境界。他坐在床沿感受煙霧繚繞時的那種愜意，這煙霧在他看來預示著人類的繁衍生息，預示著溫暖、甜蜜。女人掀開門簾探進頭來，向跛子盈盈地笑。跛子看那張青春無瑕的臉，滿心喜悅。

「大哥，茶我已經熬好了。」

跛子的眼淚落了下來。他想起了達嘎那張蒼老得令人不忍卒看的臉，以及黏糊糊的帶點磁性的聲音，臃腫的身子和鬆弛的皮肉。那段日子裡，跛子時刻聞著她嘴裡噴出的臭氣，聽著她不絕於耳的嘮叨，將自己最美好的韶華，一天天付與這年邁的女人身上，在平淡無奇中度過了漫長的日子。那段日子裡，他從未產生過昨夜令他身心震顫的那種快感，這種感覺真是太奇妙了。

「把茶端進來吧。」

跛子見門簾放下來，先趕緊揩去眼淚，然後正襟危坐。女人經梳洗之後換了個人似的。兩汪水靈靈的眼睛，像乖巧的小兔一般活蹦亂跳；薄薄的雙唇，細小透紅。跛子心頭又漾起了甜蜜的溫馨。

「一塊喝茶，吃糌粑吧。」女人點點頭，坐在了桌子旁的木凳上。跛子往木碗裡倒點茶，而後倒了糌粑。他左手端碗，右手手指很有節奏地在糌粑裡揉來揉去，眨眼間他揉好了糌粑。跛子關切地問：「昨晚睡得好嗎？」

女人腼腆地衝他笑笑，說：「睡得很香。」那眼睛裡含滿了感激之情。

在跛子看來這種含情的目光，教他融消，教他不由自主地像一股小溪潺潺地流向她。他一路歡歌，一路濺起浪花朵朵，清澈得令人爽朗。

「你能繼續待在這個家裡嗎？」跛子再次提到這個問題。女人窺了他一眼，低下頭顯出羞怯的表情。跛子望望窗外，銀白的雨滴傾瀉個不停，筧槽裡的水在嘩啦啦地落。跛子心裡樂融融的。

「你叫什麼名字？」

女人抬起頭，臉上依舊掛著羞澀回答：「澤啦。」

「澤啦。」跛子跟著重複了一遍。他呷口茶，自我介紹道：「我的老婆去世了，我們沒有兒女，所以到現在我還是單身。以後你就叫我鄭堆吧。」

澤啦聽完咯咯地笑了起來，過後又把腦袋抵到雙膝間。跛子看到她白白的脖頸，全身觸電一般震顫，熱血在沸騰，呼吸開始不暢起來。他為了掩飾這種情緒，急忙起身一瘸一拐地到外面去。雨沒有要停的意思，冷冷的空氣使他的理智清醒過來。院子裡泥濘不堪，也見不到一個人。跛子想，要是雨不停的話，與澤啦聊聊天，相互溝通溝通。

半瓶白酒落到肚裡，跛子有些飄飄然。燭光的映照下，隔著門簾聽澤啦的鼾聲，他覺得這夜是多麼地美好。跛子飲盡杯子裡的酒，吹滅蠟燭，躺進暖暖的被窩裡。雨依舊在下，聽著雨聲入睡是個很舒服的事情。它會催人很快入睡，它會讓人忘掉憂煩。可是跛子睡在床上久久不能入睡，他貪婪地吸吮屋裡飄蕩的撩人心魄的氣息。灶旁澤啦身子翻轉的細微聲響，跛子都聽得很清楚。跛子在黑暗的夜裡，等待澤啦起身往尿桶裡解手的聲音。滴玲玲的悅耳的聲音能勾起跛子的遐想，能使他充滿希望。跛子等到午夜也沒能等到她起床撒尿的那一刻。跛子強打起精神繼續支撐著，無奈外面的雨滴，將他帶進了甜蜜的夢鄉。這夜跛子的夢很美，夢中他又綻開了笑容。

4

過了三、四天之後雨停了。期間跛子也休息了幾天，他天天陪澤啦說說話，兩人之間從最初的陌生，發展到相互之間的信任、憐惜。澤啦也從灶旁搬到裡面的另外一張床上。跛子飲完酒，每夜都可以做個甜蜜的夢。他真想跟澤啦說：「跟我結婚吧！」可每每話到嘴邊，又嚥下去。跛子害怕自己一旦把話挑明了，澤啦就會從身旁消失掉。他尋思著讓一切慢慢來，讓她感到溫暖，感到他是一名好人，這樣一切會水到渠成的。

這幾天，院子裡的鄰居們有事無事，都喜歡往跛子家裡串串門。他們盯著澤啦，問跛子：「鄭堆，她是誰呀？」

「很年輕的嗎！是你的親戚嗎？」

「是不是你找的對象？」

「……」

跛子難為情地說：「人家是來找親戚的，沒有尋到，暫時借宿在這裡。」

鄰居們「哦。哦。」地應著，但心裡在罵：「瘸子，對我們你還不說實話。有的瞧。」

跛子也不去理會鄰居們在他背後的議論。心想澤啦是真的在這裡借宿，自己跟她的關係清白，我一點也沒有騙人。跛子心裡坦蕩蕩的。

這夜跛子在燭光下慢慢啜飲，白酒辛辣的香氣飄滿屋子裡，酒香使他些微地有點恍惚。澤啦聽著收音機裡播放的電影插曲，臉上泛起了紅暈。跛子問：「來點嗎？」

澤啦啞然失笑，說：「喝酒是男人的事，我一個女人家是不喝酒的。」

跛子聽完，心裡泛起自己曾被達嘎愚弄的那一幕。是酒毀了他，是酒使他有口難辯，現在想想真的有些傷感。跛子若有所思地說：「女人不該喝酒，酒不是個好東西。」達嘎老氣橫秋的面容又浮現在了眼前。跛子再看看燭光映照下的這張青春的臉，幸福的快感如山澗的泉水汩汩湧出。

「你先歇著吧！」跛子說著往自己的酒杯裡摻酒。澤啦開始解藏裝的腰帶，她穿著襯衣襯褲整整被子的邊角。那直挺挺的身段，像一道令人目眩的光，讓跛子睜不開眼睛。他的心再一次撲騰撲騰地亂跳。澤啦側身面朝牆睡下。跛子的心依然惶惶的。收音機裡傳來了〈妹妹找哥淚花流〉，好在跛子不知道歌詞的意思，如果他懂得歌裡所唱的意思，肯定感動得淚水漣漣。

一陣急促的捶門聲，將跛子從溫柔的遐思裡拽了回來，跛子手舉蠟燭剛起身，門被踢開了。澤啦從被窩裡坐了起來。

「逮到了。逮到了。」一束束手電筒的光照在跛子的臉上，跛子瞎了般什麼也看不清。

「把那個女的也從被窩裡拖出來。」話音剛落，跛子的手已結結實實地綁住了。跛子雖沒有看清進來的是些什麼人，但憑感覺知道來者不善。

「把他們帶到居委會去。」跛子被推著拽著出了自家的門。鄰居們把門口給圍住了。

一路吵吵鬧鬧的，這群人把跛子和澤啦帶到了向陽居委會。他們以他倆亂搞男女關係為名，毆打了一頓。打完才開始問事情的經過。

「我們倆真沒有關係。沒有過那種事情！」跛子顫聲顫氣地表白。這一段表白又遭來一頓毒打。

天亮時，居委會的祕書用藏語代他們寫了一封認錯信，承認兩人之間有苟合之事。他們讓他倆畫押。

澤啦往祕書臉上啐了一口痰，嘴裡再喊：「還不如真幹一下呢。幹一下我死了也不後悔。後悔當初沒有幹一下。」達瓦主任揮揮手，示意把澤啦帶到外面去。澤啦的罵聲從屋裡經過迴廊經過樓梯再經過大院傳來，最後虛弱下去，消失在了大街上。

跛子的心像是被掏空了，空蕩蕩的。達瓦主任乘他楞神之機，抓住他的手，拇指摁在了那張紙上。達瓦主任這才像是卸了個重負，臉上漾起了笑容。他往手印上哈氣，確信已經乾了之後，折疊起來，裝在中山裝兜裡。

跛子放回家的時候已是第二天中午了。人們像看小丑般地看他，還有竊竊的私語和指指點點。跛子一進家門，看到澤啦睡的被子沒有動，從那裡他能再次聞到芳香的氣息，耳旁再次想起了澤啦的那句話，「還不如真幹一下呢。幹一下我死了也不後悔。後悔當初沒有幹一下。」跛子的腿發軟，他把手搭到床上，輕輕地坐了下來，最後趴在被子上嚎啕大哭。

跛子成名了。他的名字除向陽居委會外，其他居委會裡都名噪一時。人們把他跟流氓、惡棍、嫖客連在了一起。跛子很少出門了，也懶得做木工活。整天喝酒，醒了喝，醉了睡，日子渾渾噩噩的。

在外界輿論的重壓下，跛子的親戚們不得不伸出援助之手。他們通過拉關係走後門，把跛子弄進了一家古建築隊裡。跛子除了有一手木工手藝外，且沉默寡言，沒有口舌之爭，人人都喜歡他。有次他在工地聽人們聊天，才知道是政府把外地來拉薩的人全遣送回老家了。他們說當時有十多輛貨車，車廂裡坐滿了人。跛子知道這個消息後，想起了很久以前送強巴拉姆的情景，也是一輛油漆剝落的車，揚起漫天的灰塵，將他的愛載向了遠方，給他留下了抹不去的愧疚；這次又是一輛車輾碎了他美好的希望。

跛子一下衰老了許多，頭髮開始發白。他的沉默教人分辨不清，他是不是已經啞了。日子像風一樣不經意間掠過去，它緩緩地醫治了無數個受傷的心靈，漸漸淡忘了經歷過的痛苦和無奈。跛子已是五十幾的人了，依然孑然一身。沒有人再問他婚嫁方面的事了，他也清楚人們是不會關心他的。因為十幾年前的那件「苟合」事件的餘波，在人們的腦子裡還泛著漣漪。再說，跛子也沒有興致找女人，雖然那種女人身上飄溢的芳香，常常在他夢中出現，醒來一想起自己被抓被打的情景，夢中的一切轉瞬間被忘得一乾二淨，只有被打的經歷和人們的白眼刻骨地銘記在心。跛子的生活路線是從家到工地，又從工地到家，他一直不厭其煩地重複著這條單調的路線。

此刻，拉薩城已經大變了樣，高樓聳立、商店鱗次、物質豐富，但跛子對這一切視而不見。

可是有一件事卻改變了跛子的命運。

這是一個秋末，古建隊裡的一名老畫匠去世了。老人打了一輩子光棍，去世時只能由古建隊出面料理後事。隊裡抽調跛子和幾名上了點年紀的人去幫忙。屋子的一個角用白布隔開著，白布裡面停放著老畫匠的屍體。跛子去點供燈時，看到老畫匠被白布裹得嚴嚴實實，靜靜地躺在冰冷的牆角。旁邊的酥油供燈，火星撲騰撲騰地跳動。跛子想：人生無論怎樣得志或卑賤，終歸要走的只有這一條路。他的眼淚墜落了下來。他在為老畫匠孑然一身悲哀的同時，也在為自己的孤身悲哀。他的頭腦裡倏忽間飄過與他有過感情糾葛的三個女人，到如今他自己還是一副悲愁頹廢的模樣。喇嘛的誦經聲和酥油供燈的氣味交融在一塊，使人產生人生無常的想法。

三天之後，老畫匠被拿去天葬了，跛子又回到了自己的家裡。

自那開始，跛子的心境一直很糟，即使喝上足夠的酒也無濟於事，每每睜著眼睡覺。這種失眠對他的摧殘馬上體現了出來，跛子謝頂了，眼眶凹進去，眼睛周圍出現了一道黑圈。人們勸他到醫院去檢查。跛子去後，醫生說是勞累過度引發的，休息一陣會好起來的。醫生還勸他夜晚出去散散心。

跛子照醫生的話晚上出去散心，他兩手剪在背後，脖子伸得老長，踽踽行走在寬敞的人行道上。

啊，這夜景是多麼地美好呀！燈火璀璨，車流不息，人聲鼎沸。忽然，一個女人牽住了他的手，還沒有來得及張口，已經被拉進一家店子裡，摁在了一張沙發上。

那女人嬌滴滴地說：「大哥，請你喝瓶酒！」跛子點點頭。女人勸幾杯酒後，手伸向了他最隱祕的部位。跛子的感官裡奔湧的是亂他心的女人所固有的芳香，他還看到她那小兔般不安分的奶子，雪白的脖頸。跛子癱軟了。

那次遭遇後，跛子的精神明顯好轉了起來，人也顯不出那麼蒼老了。他隔三差五地到酒館去喝酒，皺了十幾年的眉頭也開始舒展。

幾個月後，跛子把酒館裡的一名女人帶回家結婚了。跛子的這一舉動又在鄰居中引來了一陣軒然大波。他卻摸摸自己唇上發白的稀疏的鬍鬚，說：「你們所需要的，別人也需要。」

第二年開春，鄰居們驚奇地發現，跛子的女人有身孕了。他此時此刻不後悔來世上走了一遭。他這才感受到男歡女愛竟是如此的美妙。因為快樂，跛子的酒量大增。

跛子在燈光下，凝視腆著大肚子的女人，心裡很受用。女人全然不知他在看自己，聚集精神盯著電視看，跛子感到一陣喜悅。這突如其來的歡樂，讓他滴落下鹹澀的淚珠。跛子還沒有來得及揩去淚水，轟然倒在床下，氣絕身亡了。

他的魂靈飄蕩在生活了三十幾年的房屋裡。

他聽到僧人們超渡他亡靈的誦經聲，看見人們悲痛的面孔，看見滿臉淚水的自己的女人，以及裹在白布裡的自己的軀殼和照亮他道路的酥油燈。跛子對這一切不是很在意，他唯一掛念的是女人肚子裡還未出生的小孩。

跛子的魂靈如空氣般，緊緊貼在女人的肚皮上，感受那小孩蠕蠕地動。跛子想：在這世上最好的莫過於愛。

跛子的亡靈不由自主地被喇嘛們的鈴聲牽引著，走出屋子，走向一片漆黑的夜幕裡。

跛子一點都不懼怕，因為他想到塵世間自己曾經愛過人，而且愛得是那樣徹骨。有了愛什麼都不懼怕了。

界

媽媽一動不動地坐在通向寺廟的路旁，仰頭凝視聳立的寺廟，一臉的無奈與懊惱。她呆呆地站在那裡。血灘了一地，腥紅腥紅的，像溪水漫湧到我的腳前。

1

可憐的老太婆，已經幹不動活了。本指望出家的小孩能照顧一下自己，到頭來他連看也不看她一眼，真是可憐啊。這次，我得一定要把出家的多佩帶回去。馬載著我向咤日寺走去。看看這天，今晚肯定到不了咤日寺，我還得在榴村借宿一宿。

馬蹄踩在沙礫道上，留下深深的印痕，秋風一起，印痕被颳得不留痕跡。

駑馬啊駑馬，你也老了，喘氣了，走不快了，跟我一樣衰朽了。這五十多年裡我目睹了龍扎谿卡（莊園）的衰敗過程，讓我嘆息、讓我唏噓。

我的頭髮黑亮亮，我的皮膚綳綳緊緊，我的牙齒像一串珍珠之時，查斯被龍扎谿卡的老太太帶到了谿卡裡。誰都不知道她來自何方，因何屬於龍扎谿卡的老太太。直到老太太仙逝，她都對此事緘默不語；同樣，查斯也對自己的身世避而不談，久而久之，人們也就失去了打探的興趣。我見到查斯時，她的頭髮剪得短短，赤著腳丫子在放牧，她的個頭只有龍扎谿卡的土灶般高。呸，你這駑馬，給我晃什麼頭，你以為我給你說瞎話呀。唉，那時我父母都健在，我們是龍扎谿卡的佃戶，農閒時我父親當裁縫，母親身上還有一些陪嫁的金銀飾物，日子總能熬過去。我跟龍扎谿卡的格日旺久少爺一起，在一家私塾就讀。那教書先生很嚴厲，可惜他已經死了。唵嘛呢唄咪吽！我可對你沒這麼嚴厲過，是吧駑馬。總算你有點良心，還點個頭。那先生讓我們每天在習字板上寫三十個字母，寫得不合規範，哈哈，駑馬，那就完了。你走慢點，我的菸癮又上來了，先讓我吸口鼻菸。

先生揍我的次數只有一次，但僅有的那次讓我銘心刻骨。那次我不會背《三十頌》後半段，先生扒掉我的褲子，在粉嘟嘟的屁股上柳條上躥下跳，直至屁股成了海棠花般鮮豔時，先生才喘著氣罷手。我和盛開的屁股，被母親背回了家。有一次，先生罰龍扎豁卡的格日旺久少爺，讓他光著腳丫站在天井旁的冰塊上，凍得直流鼻涕，只消一會兒屎尿都流出來了。他藏裝的下襬沾滿了屎，先生讓我陪格日旺久少爺到河邊去洗洗。

冬日的陽光很暖和，鵝卵石晒得發燙，格日旺久少爺脫了個精光。我把臭氣熏天的藏裝在河水裡沖洗，屎被水沖走，一股臭味和黃色漂到下游去了。格日旺久少爺說他要下河洗洗大腿和屁股，我瞅見他的屁眼上，黏著瘡疤一樣的乾屎，腿還有點羅圈。這一發現，使我莫名地對他有了一絲好感。

格日旺久少爺雖然穿得比我們好，但身上養滿了虱子。放學回去時，格日旺久少爺蹲在牆角邊，在太陽的照耀下，脫掉身上的襯衣，讓我們幫他捉虱子。捉虱子就是抓糖果，捉到十個虱子可以得一塊糖。兩三天的工夫，襯衣上的虱子被我們捉了個精光。我們的嘴裡一直迴蕩著糖的香甜，夢裡舌尖都是甜膩膩的。我們吃上癮了，就鼓動格日旺久少爺脫內褲，讓我們捉虱子。少爺禁不住我們的鼓動，脫完內褲把它拋得遠遠的。我們像洪水呼啦啦地湧過去，把帶有尿臊味的襯褲上的虱子一下席捲而走。駑馬，那時候可真笨呀，我們不該捉得那麼乾淨，留一些虱子讓牠再生兒育女，那樣我們吃糖的時間要久長些。再往後，格日旺久少爺的襯衣襯褲上不再繁育虱子了，我們就把目光盯在少爺腦袋上。但這次少爺不看誰捉得多，他要我們把捉到的虱子用牙齒嚼死，還要發出咔嚓的脆響聲。誰發出的脆響聲亮，誰得到的糖果多。格日旺久少爺身上的虱子被我們清掃乾淨時，也就離少爺離開谿卡的日子不遠了。

聽說，那天太陽剛從山脊探頭時，格日旺久少爺和老太太騎上谿卡裡最好的馬向拉薩進發，隨行的四個奴僕裡頭就有查斯。一片金光塗抹在他們身上，大夥都在嘖嘖稱歎。

隔了半個月，老太太回到了龍扎谿卡，格日旺久少爺和查斯卻沒有回來。時隔四年後，格日旺久少爺回了一次谿卡，小住幾日後又回拉薩去了。

這四年當中龍扎谿卡裡變化最大的莫過於我們家。隨著我父親的病逝，家境一天不如一天，母親先是變賣掉金銀飾物，到後來把牛和馬也賣了，即使這樣也只熬過了三年，家裡便一貧如洗。我們也從龍扎谿卡的佃戶變成了朗生，我和母親成了龍扎谿卡的奴僕。仰仗老太太的恩賜，她並沒有把我支去種莊稼，他讓我跟著管家做些抄抄寫寫的活路。我母親獻上哈達，磕頭表示感謝。

老太太說，時運不濟啊，裁縫一去世，你們家的柱子也就倒了。好在裁縫的兒子曾跟我們的格日旺久一同學過字、學過算術，跟那些個朗生不能一概同論。我聽了熱淚盈眶。

又過了四年，我成了老太太身邊最親近的人。

那年的冬末，老太太囑咐我，來年的糧食爭取取得豐收，她要用糧食換些錢，給少爺打通關節。老太太想讓格日旺久少爺在拉薩噶廈政府裡謀個差事。為了風調雨順，開春之前，我從儲藏室拿了一個酥油包和一袋糌粑，騎上一匹叫栗色的馬到咤日寺邀請活佛去了。

走的也是這一條路，三十年來一點都沒有變，變了的就是人。三十年前我從這裡過時，穿著綢緞的管家服裝，腰上別了個脅刀，揚鞭策馬而去，留下一路的塵埃飄蕩；如今，卻穿著氆氌藏裝，悠悠晃晃，禁不起顛簸了。

藏俗新春正月吉日開耕試犁前，咤日寺的喜齊土丹丹巴尼瑪活佛帶著僧眾駕臨龍扎谿卡。喜齊土丹丹巴尼瑪活佛進行了三天的誦經祈願，然後親臨農田，搞禳災避邪儀式。末了，對谿卡四周的信徒進行講經、摸頂，臨近村子裡的人全跑到龍扎谿卡來了，黑壓壓的，真是熱鬧。那次開耕試犁慶典，是我有生以來見到的最隆重的一次。

果然那年取得了豐收，按老太太的吩咐，我把糧食換成了大洋，再把沉甸甸的大洋嘩啦啦地倒進牛皮袋裡。那脆亮的聲音讓我的心怦怦地跳，眼裡蕩滿淚花。當時我還在想，花這麼多錢去賄賂那些老爺幹什麼？龍扎谿卡和積攢的錢夠少爺一輩子享用的！

我們離開龍扎谿卡，隨老太太趕往拉薩。十幾頭騾子馱著糧食和肉，逶迤穿行在窄小的山道上。七天之後我們來到了拉薩，老太太臉上看不出一點勞累的印記，她倒顯得異常地興奮。我們直接開拔到了德忠府。德忠府的老爺和夫人親自率領家僕在大門口迎候。我扶老太太下馬，掏出哈達呈予老太太，他們相互獻哈達，徑自向樓上走去。

在德忠府管家的指揮下，我們把騾子趕到大院裡，將糧食和肉全卸下抬進了儲藏室，隨後，把騾子和馬趕到後院的馬廄裡去。我們的老太太和德忠府的老爺是兄妹，老太太十七八歲時就嫁到了龍扎谿卡。這次少爺的事全仰仗德忠老爺中間疏通，才使事情進展順利。我們在馬廄裡席地而坐，只吸了幾口鼻菸，有個女的款款而來，傳老太太的話，讓我馬上上樓。我把手上的鼻菸粉拍掉，騰地從地上站起，跟隨那個女的走。

老太太盤腿坐在床上，屋子裡就她一個人。

桑傑，東西全卸下了嗎？老太太問。

回老太太的話，全部放到儲藏室了，馬和騾子也餵了草，趕到後院的馬廄裡了。

你對德忠府不熟悉，讓查斯帶你轉轉，熟悉熟悉。另外，好生管好那幾個傭人，別讓他們生出事端來。

遵命，老太太。

時間真能拿捏人啊！近十年間，查斯從一個小丫頭脫落成肌骨瑩潤，長躰身材之美女了。她引我轉了德忠府的各處，我把德忠府差不多刻在了腦子裡。查斯說一口流利的拉薩話，而且舉止文雅，要是老太太不點名，我會誤以為是德忠府的千金呢。

老太太在德忠老爺的指導引見下，把大洋嘩啦啦地倒進那些噶廈老爺們的腰包裡，他們打著飽嗝，將格日旺久少爺塞進噶廈政府裡，讓他從事文祕工作。

以前滿身虱子、屁眼上黏著乾屎、腿有點羅圈的少爺，好像蛇樣脫了一層皮，變得英武壯實了。少爺見到我時只提及關於老太太的事，從不重溫龍扎谿卡的那段歲月。我是僕，少爺是主，這界線我是很清楚的。

即將離開德忠府時，少爺說他要讓我開開眼界，帶我去了一家酒館。酒館裡有幾個軍官在喝酒，他們的肩章和帽徽都是純金的，在落日的映照下金光燦燦。

他們跟少爺很熟。少爺說，他們是仲扎兵營的，都跟我是朋友。我們相對而坐，我望著少爺俊俏的面龐，聽著挑逗女人的言語，感到了自己作為一個鄉巴佬的猥瑣和困窘。少爺喝得有點高，摟著彈扎年琴的女人，說，桑傑，以後我再不用回龍扎谿卡了，你照顧好老太太，將來龍扎谿卡我讓你來代管。我除了感動，還有些許的興奮，但這種情緒沒有持久，我知道這是少爺醉酒後的話，明天他會忘得精光。在酒館裡我每說一句話，少爺就逮住一個詞，拿來當笑料，還說這就是鄉巴佬的話。那幾個女的笑得奶子都上下抖動，手不斷拍打少爺的背部。幾個軍官也學少爺取笑我，他們那個勒脖子的黑繩子都扯到軍服外了，手不停地摸著女人的屁股。少爺和彈扎年琴的女人到裡屋作樂去了。我跟軍官們說，我們鄉下男人，從不摸女人的屁股，那樣會遭受晦氣的。軍官們逗樂了，女人們卻放肆地笑。因為這句話，一個軍官給我再要了一罐酒。我聽到少爺帶去的那個女人，發出抽筋般的聲音。我又說，這聲音有點像野狗的叫聲，我們鄉下的女人從不吭一聲，最多會閉上眼睛。屋子的各處爆發出一片嘩啦啦的笑聲，感覺整個屋子都在顫動，軍官們還笑出了眼淚。沒一會兒，陶罐裡的酒喝盡了，我的肚子一下沉重起來，不停地往街角撒尿去。

馱著茶、鹽的騾子，天不亮就出發了。

老太太晚些起來，轉了圈八廓街，燒了松柏香草。太陽的金光落到德忠府院子裡的天井旁時，老太太才跟德忠老爺和夫人辭行。我牽著老太太的馬，快步追趕騾隊。

龍扎谿卡像個模具裡倒出的模子，年復一日地重複著單一的勞作，寡淡而平靜。谿卡裡的人記憶當中最深刻的季節，只有春天和秋天。只因一個是播撒希望，一個是收穫希望，除這兩個季節讓他們怦然心動外，其餘的時間，他們卻是在迷迷糊糊中度過的。

藏曆水雞年的開春，人們的心又怦然而動，眼睛裡多了些光亮。這時，德忠府的僕人把查斯送回了龍扎谿卡。老太太看完德忠老爺的信，勃然大怒，信撕成了碎片，大罵，孽債。孽債。現在已是濁世了。

我站在一旁，插不上話，只能傻呆呆地把老太太的憤怒看在眼裡，急在心上。老太太終於不吱聲了，坐在床沿低聲哭泣。

老太太，您要保重貴體呀。您心裡有怨氣，就抽打我，發洩一下，萬不可憋在心上。我說。

孽債，孽債。三寶啊，為什麼我會遭受報應呢？桑傑，我想靜一會，別讓人來打擾。老太太的眼淚、鼻涕一個勁地往下掉。

我下樓時，查斯站在樓梯下。她見我從老太太的房間裡出來，立馬低頭，準備扭身離去。我知道她一直服侍少爺，對很多活已經生疏了。我邊下樓梯邊喊住了她。

查斯，老太太現在欠安，我讓你先到廚房幫陣子忙，以後再看老太太怎麼安排吧。

查斯頭也沒抬，穿過院子進了廚房。

老太太晚飯沒來吃，我心裡揪啊，就自作主張進了老太太的房間。太陽的餘暉黃燦燦地滾落在卡墊上，老太太托著腮幫子沉思。

老太太！老太太！我輕聲打斷她。

桑傑，你來了。老太太淒楚的眼睛傾斜過來，啪嗒落在我的臉上。她把支在矮桌上的胳膊垂落下去，軟綿綿地問我，查斯安排到哪裡了？

回老太太的話，被我暫時安排到廚房裡，一切還遵老太太的訓示。

妥帖了。德忠老爺在信裡說查斯輕浮浪蕩，有了身孕，不得已只能遣她回鄉下來。關於那媾和的男人，德忠老爺他們也不甚清楚。桑傑，這件事你我知道就成，別再張揚了。

是。我應了下來。接著我又問，老太太，我讓下人給您端碗糌粑粥來？

氣都氣飽了，還能喝下粥？黃燦燦的金光正在慢慢向後退卻，屋子裡開始被陰冷占據，老太太痛苦不堪。我趕緊叫下人從灶裡掏點牛糞火，上面撒了些香草，薰老太太。再後，剜些酥油塗在老太太的太陽穴上。沒一會，她長吁了口氣，把憤怨全一下吐出來了。

翌日，老太太恢復了平靜。

幾天後，老太太帶著幾個隨從去了趟拉薩，回來後做了一個令我們都咋舌的決定。第一個決定是要給格日旺久少爺娶媳婦，第二個決定要把查斯嫁給趕騾子的駝背羅丹。一經宣布，駝背羅丹磕頭謝了老太太，就徑自把查斯的被子抱進他的房屋裡。少爺的婚事我們還得張羅一陣子。谿卡裡的很多男人都很羨慕駝背羅丹。連著幾個夜晚，一些男人躲在駝背羅丹的窗口底下偷聽，結論是查斯死也不跟駝背羅丹同床。男人們又開始瞧不起駝背羅丹了。

夏天少爺娶了媳婦，這新娘子是榮兌倉的千金。說實話，叫堪卓益西的這個新娘子夠醜的，是個獅子鼻，細眼睛，餅子臉，連我都看了下面的孽根一動不動的，我為少爺憤憤不平。駑馬，你嘶鳴什麼，現在我們的女主子不就這副德行嗎？我也不怕你去告，再說你也告不了，因為你是畜生，不會說話。嘿嘿嘿。想什麼我就說什麼，也許來世你會騎在我身上，我馱著你，聽你絮叨呢。

榴村的輪廓出現在桑傑的眼前，他勒住韁繩，遲鈍地從馬上下來，找了個沙坡，脫掉褲子屙屎。那臭味被風捲進了榴村，桑傑扭著脖子得意地笑，滿臉的皺紋霎時堆砌成溝溝壑壑。

桑傑到達榴村時，天將將黑下來，有幾隻狗在後面追著狂吠。低矮的土坯房一撮一撮的，像堆著的一個個小土丘。桑傑把馬停在一家行將坍塌的房門口，開始擂門。

誰呀？屋內一個男人問。

龍扎谿卡的桑傑。

是管家呀，稍等，這就開門。

桑傑只吸了一口鼻菸，吱紐紐地門打開了。油燈微弱的光從開門人的身後射過來，只見黑黢黢的一個影子。

管家，請進來！黑黢黢的影子說。

你去把馬上的褡褳卸下來，再給馬餵水餵草。桑傑伸長脖子，目光越過黑黢黢的影子肩頭，滴溜溜地落在屋裡的女人身上。

是，管家。黑黢黢的影子跨出了門檻。

女人邊穿藏裝邊說，管家，這是要到哪裡去？

吒日寺。去找多佩。可今晚我要睡在這裡。

聽說多佩先生剛從禪定中回來，身子很虛弱，我們也很想去叩拜。

黑駿駿的影子把褡褳擱到地上，抱了張藏被。

仁慶，這裡有一袋糌粑、一腿羊肉，還有一罐酥油。桑傑跟黑駿駿的影子說。

叫仁慶的男人吐出舌頭連說，謝謝！謝謝！

門吱紐紐地響，把仁慶和黑暗擋在了外面。桑傑抱住仁慶的女人胡亂地親，嘴裡再說：心肝，惦死你了，讓我摸摸，讓我親親。

天發白時，桑傑騎上駑馬又上路了。道路蜿蜒地伸向山嘴，山坳裡一片灰白。

我昨晚把那女人幹了，幹得她累喘吁吁的。桑傑給駑馬顯擺。馬晃了晃頭，這讓桑傑很難受，一股無名的怒火從胸口躥上來。

你以為我老了，跟你一樣駑鈍，什麼事也幹不了？呸，畜生，我可是天地間最寶貴的人呢。那個叫仁慶的昨晚見到我，就像狗見到主子一般，還不乖乖跑到外面去睡的嗎！

駑馬沒有理會，牠瞇上眼，舒舒服服地拉了一路的馬糞，那熱氣蒸騰須臾，立馬冷卻下去，無臭無味。

秋日的清晨有冷風徐徐吹來，山谷裡空寂無人，桑傑猛然感到了孤獨。他吸了口鼻菸，話匣子又打開了。

格日旺久少爺的婚事辦得很隆重，榮兑倉的千金娶到了龍扎谿卡。少爺在谿卡裡住了十幾天，就匆匆趕往拉薩去。

藏曆水雞年的六月，查斯生下了一個男孩，這讓駝背羅丹高興不已。老太太給查斯賞了一床藏被和一罐酥油。

這一年的藏曆十一月傳來了達賴喇嘛（十三世）圓寂的消息，老太太向朗生們布施了糌粑和茶，還派我到咤日寺進行布施，並迎請喜齊土丹丹巴尼瑪活佛到龍扎谿卡念經。

十二月初少爺因為土登貢培（十三世達賴喇嘛的貼身侍從）事件，被噶廈政府革職，遣送回龍扎谿卡。這件事對格日旺久少爺的打擊很大，回來後，他整天把自己關在屋子裡誰都不見。特別是少爺看到德忠老爺寄來的書信，得知土登貢培於十二月二十九日被流放的消息後，更是一蹶不振。

老太太說，鬼怪附了少爺的軀體，才使少爺變成了這般樣子。我沒有少往咤日寺跑，喇嘛請來了，醫生請來了，護法神也祭祀了，少爺還是渾渾噩噩。

木狗年的開春時節，遵照老太太的吩咐，我陪少爺去咤日寺拜佛。半路上，少爺遇見了一個穿著破爛的遊僧。少爺一見這個人，從馬背上跳下來，攙著他的手盤腿坐在了路旁，兩人嘀嘀咕咕講了很多話。末了那遊僧站起來，決然地拄著木棍走了。少爺掏出幾塊川卡，讓我跑過去交給他。那遊僧卻說，我不留戀身外之物，你家少爺何必把如糞的錢施予我呢？他說完頭也不回地走了。我把話回給了少爺，他把錢往兜裡一甩，發出一聲沉悶的咣噹聲。少爺望著遊僧的背影，楞了一會兒，然後憤憤地上馬，頭也不回地向咤日寺疾駛。

從那以後，少爺的興趣全放在了飲酒和跟查斯睡覺上。少爺經常讓我想法子支開駝背羅丹，然後同查斯睡覺。有時是在我的房子裡，有時候是在谿卡後面的林子裡，有時候是在田埂邊。

不久，堪卓益西把我召到她房間裡去。我想：完了，這下肯定一頓臭罵。堪卓益西一見我舒展了笑容，那塌鼻子更加寬廣了，呼哧呼哧的氣流在鼻孔裡上奔下跑。她說，管家，這段時間你太辛苦了，我和老太太決定讓查斯和駝背到娘村去幫一陣忙。你把他們送過去，順便看看那裡的情況，然後速回來。

是。少奶奶。我出了一身的冷汗。下了樓梯，我就去通知查斯和駝背羅丹，然後下午出發了。

查斯背著小孩，抱著一小袋糌粑；駝背羅丹背著被子。我騎馬走在前面。駝背羅丹不一會兒趕了上來，他和我並著走了一段，終忍不住說，管家，能讓我們一家人在娘村住到死嗎？

我看看天，太陽還在當頭，答非所問，說，累了的話休息一下吧。

查斯跪在地上說，管家，您就讓我們在娘村住下吧！

我給老太太說說情，爭取讓你們住在那裡。我說。這是真話，我怕少爺跟查斯惹出什麼事端來，把我也牽涉進去，到時候怎麼向老太太交代。

我們沒有停下來，滿天布滿星光時到了娘村。

我一回來，少爺抽了我一巴掌，說他的好事被我攪了，讓我滾蛋。我知道他現在喜怒無常，馬上跪下來給他陪不是。

少爺說，那你給我找樂子去，找不到我就打斷你的腿。

一下難住了我，鄉下的女人少爺怎麼會看上呢！再說，在老太太和少奶奶眼皮底下幹那種事總是不穩妥，想來想去我給少爺出了個餿主意。讓他假借到拉薩朝佛，到曾經帶我去的酒館裡享樂幾天。少爺的精神來了，認為這是個最妙的法子。少爺跟老太太一說，老太太相信了，讓少爺帶上足夠的口糧和錢去了拉薩。後來我聽跟隨去的僕人說，少爺一頭扎到酒館裡，把帶去的錢財花完，還向德忠老爺借了錢。一年下來，少爺總共往拉薩跑了四趟，年底追債的陸續到來，礙於面子，老太太一一把帳還了。

從娘村傳來了一個讓人震驚的消息，說查斯的兒子長得跟少爺一模一樣。消息傳來傳去，竟傳到了老太太的耳朵裡，她的心緒糟透了，少夫人倒顯得無動於衷。少爺整日跟人比箭喝酒，從不過問谿卡裡的事情。老太太曾對我說，只要他不往拉薩跑就成。

又過了半年，喜齊土丹巴尼瑪活佛從拉薩回咤日寺時經過了龍扎谿卡，見格日旺久少爺醉醺醺的樣子，說，行為瘋瘋癲癲，心境明如池水；世人看你模樣，頓覺一切無常。谿卡裡的人便把這句話當成讖語，說少爺是寧瑪派的活佛，由於遇到不潔淨的東西，便成了這般樣子。

往後格日旺久少爺再怎麼折騰，人們都用惋惜的情懷寬容著他。

少爺結婚三年多了還沒有後嗣，更讓老太太揪心的是，少爺不跟堪卓益西同房，有時三四天見不到他人。老太太因為少爺的事情，頭髮開始泛白，面龐鬆弛，讓人一眼就能瞅見她的老態相了。

有次少爺在佛堂裡讀《頗羅鼐傳》，老太太進來說，我們一直都不能靜下來聊聊，今天應該好好談談。

少爺梗著脖子說，母親，我正在看書，不能晚些時候再談嗎？

這本書在寺廟裡是禁書呢，怪不得你行為古怪、瘋瘋癲癲，原來都是這些書害的。老太太說。

少爺索然無味了，他把攤開的紙張摞好，再用黃綢緞包住，百無聊賴地把盤著的腿伸直。

《薩迦格言》裡說，賢哲一時受挫折，不必為此起憂心；月亮暫時成虧缺，瞬間就會變盈圓。你怎麼會一直消沉下去呢？這谿卡，今後還要靠你來撐，現在該是振作起來的時候了。你看我，頭髮如白螺，身子像枯樹，我離天葬臺的日子不遠了，谿卡裡的大小事情還得你來做主。老太太說。

少爺瞅了老太太一眼，欲言又止。

格日旺久啦，你不想讓我死後往地獄裡奔吧？我的青春獻給了龍扎谿卡，現在苟延殘喘時還不讓我念念經、祈禱祈禱，祈求佛爺寬恕我的罪孽。

少爺的眼圈紅了，他垂下腦袋，不再看老太太。

只要你擔負起責任，我就想半路出家，潛心修佛。老太太說。

母親，我求你一件事，只要答應，我就聽你的。格日旺久少爺說。

說吧。

查斯的小孩是我的骨肉，你讓我把他接到谿卡裡來。

就這事？老太太的臉霎時如灰土，淚水漣漣。別使性子了，這樣會把我們整個家族的聲譽毀壞的，農奴生出的小孩，怎麼可以跟貴族一起生活呢？要是你感到愧疚，我幫你把那小孩送進咤日寺，讓他學經念佛，成為受人尊重的人。

格日旺久少爺一言不吭。沉悶使空氣熾熾地燃燒，灼燒的氣息讓老太太心跳加速。老太太手中的念珠，轉得喀嗒喀嗒響，那聲音一頭一頭撞在少爺的心坎上。

如果你執意要帶到家裡來，那我只有當著你的面，撞在柱子上死掉。老太太說完，氣呼呼地出去，把少爺一個人留在了佛堂裡。

少爺和老太太由於那小孩的事情，母子關係搞得很僵。為此，德忠老爺專程來龍扎谿卡進行調解。德忠老爺可是個人物，他像塊抹布，一到谿卡便把少爺的陋習暫時揩得乾乾淨淨。德忠老爺承諾向熱振攝政王求情，恢復格日旺久少爺的官職。少爺看到可以攀緣的梯子後，竟把多年的酒友一腳踹開，甚至忘記了那小孩和查斯的存在。

在德忠老爺和榮兑倉的活動下，一扇扇緊閉的門開啟了，龍扎谿卡的錢幣叮叮咣咣地流進去，最後棲息在權貴們的腰包裡，少爺的官職恢復了。龍扎谿卡裡又剩下老太太和少夫人了。

一年後，德忠老爺來信說，少爺的官階又升了一級。老太太喜上眉梢，催少夫人趕緊到拉薩去，跟少爺一同生活。格日旺久少爺由於顧及榮兑倉的勢力，與堪卓益西的關係融洽了許多，半年後大腹便便的堪卓益西率領僕人凱旋於龍扎谿卡。

少夫人有喜了。這個消息傳遍了龍扎谿卡。

老太太說，為了順利生產，要請喇嘛到家來念經。

咤日寺的喇嘛迎請到龍扎谿卡，整個谿卡上空飄蕩著鐃鈸、鈴鐺、鼓樂的聲音，彷彿這音律要蕩滌谿卡四周的晦氣與不淨。

這種美好而寧靜的日子並沒有持續多長，少爺的千金長到兩歲多時，他卻撒手去了另一個世界。少爺的遺體沒有運回來，在拉薩色拉天葬臺天葬了。我沒能最後看上一眼少爺，也沒能跟他做最後的訣別。那天，聽送來噩耗的人講，少爺是在酒館醉酒後，從馬背上摔下來，腦袋直接磕到了石頭上。

老太太和堪卓益西帶幾個僕人匆忙趕過去，直到七七後她們才回到了谿卡。

回到谿卡的第二天，老太太不顧一路的疲勞召我過去，讓我馬上到咤日寺去送封信。

喜齊土丹丹巴尼瑪活佛看完信慈祥地笑，說，昨晚文殊菩薩顯現在我夢裡，說要給我送一個悟性很高的弟子來。果然，龍扎谿卡的老太太要給我送來夢中預言的那小孩來。兩天後，把那小孩送過來吧，那天正好是冰渠（星期六藏曆十號），我給他進行剃度髮。

喜齊土丹丹巴尼瑪活佛留我吃了糌粑，還託我給老太太帶去加持過的藥。

我又轉到娘村找到查斯，把老太太的意思傳達給了她，並說一切費用由老太太承擔。查斯在田野裡嗚嗚地哭，說，管家，他才七歲。

我覺得老太太是發了慈悲心，想想人世間這麼苦，出家也未嘗不是個好出路。

我問，小孩在哪裡？

跟他父親在打禾場上。查斯回答。這幾年她衰老得像從地底下掘出的死屍一般，只有那轉動的眼睛，還證明她是個活物。唉，貧困、勞累真能摧垮一個人呀！

帶我去看看。我說。

我到了打禾場，看到駝背羅丹牽著韁繩在碾場，他的身後有個小男孩，手裡攥一根柳樹枝，幫駝背趕馬。我問查斯，小孩叫什麼名字？

年扎。

誰起的？

駝背羅丹。

哦！我應了一聲。然後就想：不知這小孩有什麼特別之處，連文殊菩薩都要顯身預言，我得仔細瞧瞧。

駝背羅丹看見了我，放開轡繩，走到跟前，彎腰吐舌頭，說，管家，一路辛苦了。

駝背羅丹成了個糟老頭，背上的那坨肉好像又重了幾斤，整個身子都彎彎的。駝背羅丹從藏裝的懷兜裡掏出鼻菸盒，踮著腳，討好地敬上來。我從馬背上接住，拔開塞子，倒了些在手指上，才說，老太太想讓你的兒子到咤日寺去出家，一切費用由老太太承擔。好心的老太太一直惦念著你們呢！

我下了馬，年扎光著腳，怯怯地躲到駝背羅丹後面。我從藏裝的懷裡，掏出發酵糌粑糕和幾塊碎奶渣給他。年扎從駝背的身後走過來，要拿這些吃的。可他看到了我手上的念珠，年扎的眼睛黏在那上面，屏住了呼吸。直到我的手掌動了動，他才去注意吃的。我想這小孩就是有點奇特。

管家，這事老太太定奪了嗎？駝背羅丹問。

老太太沒定奪，我敢來跟你通知嗎？我反問道。

駝背羅丹的臉霎時鐵青了，他跪在我的腳旁，說，老太太的決定哪敢不從，一切聽命便是了。尖利的哭聲從我的身後向空際彌散開去，揪得我心一陣絞痛。

駝背，快勸勸你女人，好事輪到頭了，還哭爹喊娘的，被別人見了，還以為我在欺負呢。

我這麼說，只是不想再聽那裂心裂肺的聲音。

老太太為了不節外生枝，龍扎谿卡裡的人誰都沒有去。由查斯和駝背帶著年扎到了咤日寺。聽說，喜齊土丹丹巴尼瑪活佛很喜歡這個新弟子，並給他取了個法名多巴亞佩（悟性漸長）。

少爺去了之後，老太太每天一大早起來，在佛堂裡磕一百次頭，然後休息一會兒，再開始念經。吃過午飯，帶小孫女到谿卡外的那座白塔去轉圈。她把谿卡裡的大小事情全推卸到了堪卓益西身上。

駑馬，我們快到了，過了那個山嘴，就能看見咤日寺。桑傑說。

時間還早，太陽只是剛從山脊移動了幾步，桑傑和他的坐騎慢條斯理地往前趕。

寺廟裡很寂靜，香的氣味氤氳蕩漾在廊下，使人精神振奮。桑傑肩上搭著褡褳，疾步走向多佩的僧舍。

管家請坐，我給您倒茶。多佩站起來抱著陶罐壺給桑傑倒茶。桑傑在光線暗淡的房間裡瞅著多佩。心裡在想，只是瘦弱些，要不外形跟已故的少爺年輕時一模一樣。想到這裡，無緣由地落下淚來。

管家，想必是為了我媽而來的吧？多佩問。

正是。她有五年沒有見上您了，她想讓您這次跟我一起回家一趟。

真想回去。管家，我媽沒有患什麼大疾吧？

近來她的腿有點發軟，撐不住身子。桑傑呷了口茶，觀察多佩的表情。他看到多佩的眼睛紅潤了，臉上飄上一層憂鬱。多佩啦，只要您回家，可以騎我那匹馬。桑傑補了一句。

真想回去看看媽媽！管家，您先吃點糌粑，我去跟師父請示一下。多佩出了門，桑傑這才嗅到屋裡有股人體散發出的清香，像卓瑪花的香味，飄滿了整個屋宇。他曾對多佩的憤懣、嗔怪從心頭悄然遁散。

多佩和他的上師格來旺傑進了屋，桑傑趕緊起來給格來旺傑鞠躬。

管家請坐，讓你勞苦了。既然母親這麼思念兒子，我們也應該體諒做母親的心情。只是他剛從禪定中回來，身體還沒有恢復，這次少不得又要麻煩管家，一路上多加關照。請用茶！格來旺傑說。

請放心，路上我會照顧好的。桑傑應承了下來。

吃過午飯他們出發了。

落日把東邊山頭的雲燒得通紅時，多佩和桑傑到了榴村，借宿在桑傑昨晚住宿的那一家。

第二天，多佩和桑傑向龍扎谿卡進發。

黑夜似個陶罐，嚴嚴地罩在龍扎谿卡上空時，駑馬的腳步聲把龍扎谿卡裡的狗吠聲煮得汪汪響。桑傑把駑馬停在一個低矮的房門口，伸手扶多佩下馬，才去敲房門。

查斯，多佩啦回來了。快開門呢。桑傑喊。

是我兒子回來了。真的是他嗎？

快掌燈，再把門打開呀。

馬上，馬上。兒子，等等。查斯的啜泣聲傳到了外面。她光著腳把門打開，一見多佩軟軟地倒在地上，嗚嗚哭個不止。

這老婆子，見了兒子還這樣。快起來，多佩啦累了，趕緊給他弄被子，讓他休息。桑傑催促查斯。

管家，謝謝您，您把我的兒子帶回來了。我這就把被子弄好。查斯興奮得有些不知所措。她弄了些乾草，上面鋪上自己的藏裝，再蓋了一張藏被。多佩走過去，說，媽媽，我來弄。

查斯抱住多佩又嗚嗚地哭開了。

這老婆子，讓多佩啦休息一下，明天天還要亮的，有什麼話明日再說吧。我也回家去了，早點休息，多佩啦。桑傑說完牽著馬走。

多佩出來說，辛苦了管家！

駑馬的腳步聲，再次把狗的狂吠聲劈劈啪啪地點燃了，狗叫聲在龍扎谿卡上空飄蕩。

2

多佩仰頭凝視：連綿起伏的山似滾滾湧起的濁浪，奔湧著與天銜接；飄移的白雲如奇形怪狀的船隻，從濁浪尖頭平穩地航行。這種念頭一晃而過時，背上的母親嘮叨道，多佩啦，我到寺裡能幹什麼？說完她的目光飄向了正前方。

吒日寺的金瓦屋頂閃著光，這灼燙的金光從不遠的半山腰射來，她的眼睛和心靈刺刺地燒焦著，全身痙攣。

多佩啦，你就不能還俗，伺候我這將死的人嗎？她再次開口問。

多佩沒有理會，一路上她不停地這樣嘮叨。

沙礫道上，蕩蕩跳躍著黃燦燦的金光，道路歪扭著盤伸向吒日寺。多佩剛要邁步，背上的母親又說，你歇一下，從早晨背到現在也累了。

多佩環顧四周，一片開闊，找不到一處蔭涼地。他蹲下來，把母親輕輕地放在地上，再從脖子上取下褡褳，擱在腳邊。多佩才覺脊背上冒出的汗水浸透了袈裟，絲絲冷風橫行在脊背和黃襯衫之間，涼颼颼的，小腿陣陣痠痛。他軟軟地躺下去。

媽媽，我們休息一會兒就走！多佩胸口一聳一聳的，喘著氣說。

看，太陽正當頭，好熱呀。你從江裡給我舀碗水喝，我口渴。

褡褳裡有酸奶，你就喝酸奶吧！多佩凝望著藍天說。

我想喝水。

多佩起身，從懷兜裡取出木碗，沉重地踩著沙礫，向遠處泛綠的江水走去。

兒子漸遠的單薄的身子，在陽焰飄忽的顫動中，幻化成了格日旺久少爺，重疊的身影使查斯全身寒顫。她想：多佩和格日旺久少爺的體形、相貌多麼地相似啊！可少爺最終將自己遺棄了，現在兒子又不願聽話，想把自己拋卻，到老還是孤獨一人，活著有什麼意義。她痛心地看到，自己的努力即將白費，兒子永遠不會替她著想時，悲從心頭生起。

岑啦，你這可惡的女人，是你讓我失去了兒子。要死我也要把多佩啦留在身邊，不讓你在地獄裡看到我們骨肉分離。查斯賭咒發誓。

恨，澆醒了查斯的頭腦，她從悲哀中甦醒過來，渾濁的目光啪的落在矗立於半山腰的咤日寺。寺廟使她聯想到了自己悲涼的晚年：一個人住在低矮窄狹的、傍山修建的石頭房裡，沒有門，只掛著幾塊破碎布，用來擋風遮雨。夜晚蜷縮在裡面，白天像乞丐一樣慵懶地坐在門口晒太陽。看到的，只有寺廟的牆壁和山上的岩石；聽到的，只有僧人念經的聲音和嗩吶、鼗鼓、鐃鈸發出的聲響。想說說話都沒有人，這樣的日子可怎麼過？查斯思來想去，唯一的解決辦法只有毒死兒子，才能使多佩永遠留在她的身旁，才無須回到寺裡去。

手伸進懷兜，查斯摸索出一塊打了結的黑氆氌，目光投向端正翹立的褡褳上。她挪移身子，向褡褳靠近。

周遭被太陽照得死寂，大地熱得燙手，空氣熱得讓人憋悶。

查斯挨近褡褳時，額頭上沁出汗珠。她的胳膊伸過去，焦黑的手掌撕裂了陽光，彎曲的黑指頭蠕動著，解開了褡褳的結。小木桶盛滿酸奶，像個乖順的嬰兒，安靜地躺在褡褳裡，恐懼地凝視她。突然，查斯的手抖動，急忙捂緊褡褳的口，胸口壓在上面。

佛祖呀，請您寬恕我的罪孽。我只想擁有我的兒子，您把他還給我吧！查斯捂著臉嗚嗚哭泣。空曠的山坳裡，這哭聲如蚊蠅的叫喊，絲絲縷縷。

多佩遠遠地瞅見母親在哭泣，就想她又捨不得龍扎谿卡了。多佩加快步伐，木碗裡的水搖蕩，有幾滴落到乾渴的沙地裡。

喝水吧！多佩把木碗呈到查斯的眼前，她接住碗，頭別了過去。

到了寺裡，我在寺後給你砌個石頭房，定時去送吃的。

查斯聽後淚水漣漣，滿臉哀怨。她說，我不想待在寺院裡，我要跟谿卡裡的人住在一起。

媽媽，你的腿都撐不住身子，怎麼能幹活？多佩的手搭在查斯的膝蓋上，繼續說，龍扎谿卡的堪卓益西啦讓你自由身了，你應乘機積點善，爭取來世有個好的去處。

我不指望這些，我只想跟你一起過世俗的生活。多佩啦，我求你了。查斯雙手合掌舉過頭頂，腦袋抵在地上。

母親泛白的頭髮亂蓬蓬，藏裝襤褸不堪，綴滿補丁。他傷心地垂下頭，目光盯著靴子的尖頭，一言不發。

查斯從兒子的沉默裡讀懂了他的堅執，她絕望了。

休息一會兒，我們上路吧！多佩弓著背說。

你先喝點酸奶，解解渴！

剛才我在江邊喝過水，口不渴。

那歇一會就走吧。

多佩從手腕上取下念珠，盤腿打坐，緊閉雙眼。

嗡玲玲——嗡玲玲——從冥蒙中穿透過來，餘音裊裊蕩漾開去，攪擾了我的禪定。它隔斷了我與色究竟天的距離，間隔漸遠漸遠。心識，此刻只聽命予嗡玲玲的音律，奮力循聲攆去。金屬質地的柔和聲音，熠熠閃耀著金銅的色澤，流星般穿越空茫的宇宙。這音律到後來衰弱下來，歸於沉寂。

醒來吧，是時候了。

多佩，我們來接你來了。

呼喚聲使心識跌落進枯僵的軀體裡，只覺萬分沉重。有人用厚布蒙住了所謂的我的眼睛；

有人輕輕掰弄所謂的我的手指，讓它們從施禪定印和不畏印中伸直；有人用手指梳理所謂的我的長髮，而後在腦後打了個結。他們很忙碌。一股酸臭與腐爛的氣味刮進鼻孔，熏得我極其難受。這些難忍的氣味，源自師兄弟們身上，原來人類是這般的骯髒、腐朽。

多佩，我們帶你回寺廟去。你在山洞裡已經禪定了三年三個月零三天。

我沒有力氣回答，任由他們擺弄。

扎巴，把多佩背下山去。

師兄弟們的腳踏在碎岩石板上，岩石板喀嚓喀嚓地放聲笑；陽光在我的脊背上盛開，金色的花瓣和枝葉滲入皮肉，暖洋洋的；風從我的耳旁掠過，她們悅耳的禱詞在耳際喃喃迴響。背到山腳，師兄弟們把我扶上馬，左右護著向前走。腳，沒有力氣蹬馬鐙子，我只能讓它從馬的肚子兩側掉著，身子趴在馬背上。

走了半天，我們才遇到一戶農家，師兄弟們把我扶下馬，讓我依一棵大樹坐下，慢慢地揭去了眼睛上的布。

遠處的雪峰與金黃色的麥田閃爍著，呼呼地奔流進我的眼睛，她們綿延不絕；近處田埂上有搖曳的青草、身旁的小溪淙淙流淌、頭頂巨大的樹冠間隙遺漏搖曳的金光。小師弟思噶凝視著我，咧嘴笑。他的臉黑黢黢的，一溜整潔的白牙閃著光。思噶從牛皮包裡取出缽盂靠近我，用一塊小石子在缽盂口邊磨。我再次聽到了嘹玲玲的音律，只是再尋不見禪定中的景物了。

扎巴往木碗裡盛酸奶，上面撒了加持過的紅色藥粉，用銀勺一口一口地餵我。多吉赤烈在磨剪刀。我看到我的指甲跟手指一般長，頭髮長到齊腰了。喀嚓、喀嚓，十個指甲掉落在地；措卟、措卟，一縷縷頭髮不在頭上了。扎巴從地上拾起指甲和頭髮，包在金黃色的絲綢裡，要帶回寺裡去。

我們花去一天半的時間，回到了咤日寺。

夜晚我睡在廈（僧舍）裡，做了個奇異的夢。媽媽的眼眶裡沒有眼珠，黑糊糊地很幽深，從那洞裡黏稠的血不住地往外流。面對這一慘景，我沒有驚慌，想從袈裟上撕下一塊布，堵住那洞。任憑怎樣努力，那袈裟就是扯不爛，好似它是我的骨架我的皮肉我的血管。媽媽一動不動地坐在通向寺廟的路旁，仰頭凝視聳立的寺廟，一臉的無奈與懊惱。她呆呆地站在那裡。血灘了一地，腥紅腥紅的，像溪水漫湧到我的腳前。

醒來全身被汗透濕。風在外面飛翔，它磕碰金瓦屋頂鈴鐺而發出的叮噹聲清晰可聞。黑暗裡，我睜大眼，想：我已經有五年沒有見到她了，這夢是在告訴我她最近身體欠佳，抑或已不在人世了？我自出家以來再沒有管過她，也沒報答過她的養育之恩，現在要是她還活著，我一定得好好孝順她。我是個出家僧人，身無分文，無法讓她過上富足的生活，唯有開悟她，讓她明瞭四諦，繼而產生厭離之心。讓她今生通過自身的努力，洗滌身上的罪孽，別在罪淵的世間無休止地輪迴。

我靠在牆角打坐。這是回寺後的第二天了，自我感覺恢復得很快。多佩，好好靜養幾天。對了，你媽託人帶來口信，說想見見你。上師格來旺傑說。

我心頭的猜疑全部釋然了。我想：媽媽安然無恙！我欲回答時，上師擺擺手，讓我不要說話。我虔誠地雙手合掌，彎下了身。上師笑了，他轉身出了我的僧舍，一片絳紅色飄過幽深的胡同，在牆角一拐就消失了，唯有黃燦燦的一地陽光，在那裡歡欣雀躍。忽地，我清晰地看見一名白髮蒼蒼的老太婆，跪在胡同裡，用模型印造小泥塔。當我眨巴眼睛，再細瞧時，什麼都沒有了，滿眼是雀躍的陽光。

多佩打坐的姿勢讓查斯痛恨，身上絳紅色袈裟更是讓她的血直往腦門上躥。查斯打開褡褳，取出酸奶木桶，用別在懷兜裡的銅勺攪動。她再次看多佩，他閉目入定，臉上溢滿安詳。這種安詳的表情，惹惱了查斯，也使她堅定了毒死兒子的決心。她解開氆氌的繩結，把奶白色的毒粉倒進酸奶裡。

記得在娘村除了我們一家子外，還有個無依無靠的老太婆和製陶的一家人，所有人加起，娘村也就八個人。八個人都屬於龍扎谿卡，是谿卡的朗生。

那老太婆可能有六十多歲，臉上的皮膚褶皺不堪，背佝僂著。每次媽媽和駝背爸爸下地，她都要一同去，但她幹不了重活。媽媽經常讓老太婆坐在田埂上看護我，農活有她和駝背爸爸來完成。

老太婆被朝陽一晒熱，就會張開那張乾桃般癟癟的嘴，從那裡面抖出嘶啞的聲音，駝背，給我一口鼻菸，要不我拿這個崽子去餵狼。駝背爸爸不理，她就罵，三寸身子，背頂陶罐，雞脖扛個牛臉……老太婆的罵聲好像戳著了駝背爸爸的害處，他悻悻地走過來，從懷兜裡掏出牛角鼻菸盒甩給老太婆。老太婆倒一點在拇指上，命令道，去幹活。

每每駝背爸爸受窘時，媽媽顯得特別開心。老太婆吸著鼻菸給我天南地北地吹。她說，年輕時，我跟老爺和太太去過漢地，穿過杭州的絲綢；也去過印度，嘗過甘蔗和椰子。那時龍扎谿卡可是個響噹噹的家族，光朗生就有一百多人，是咤日寺的主要施主。當時我很羨慕老太婆，心想，翻過面前的那座山，就能到漢地。老太婆好像看穿了我的心思，對我說，矮子，到漢地騎馬也要走幾十天。

我很驚訝，忙問，那得穿破多少雙鞋子？

啪。老太婆的手拍我的小腦袋，我驚愕地瞅著她。

老太婆臉轉過去，唱道：雪山多麼美麗，年輕人愛上這裡。小鹿是心愛的夥伴，年輕人不忍離去。草壩上多麼舒適，年輕人愛上這裡。小犛牛是心愛的夥伴，年輕人不忍離去。岩山上多麼愜意，年輕人愛上這裡。山鷹是心愛的夥伴，年輕人不忍離去……

我循著老太婆的目光望去，看到媽媽弓著背在拉犁，駝背爸爸扶著犁把子，犁鏵吐露濕潤的土，黑黢黢的。

矮人，老太婆說。她從不喊我的名字，給我起的外號很多，如崽子、矮人、拇指、老鼠尾巴、狗屎等，每次不論她喊什麼我都要應。她把腿伸直，說，漢地就有這麼遠。她的手在空中畫了一個很大的弧線。繼續說，從前，噶瑪巴活佛帶著侍從去拜見皇帝，皇帝見他神通廣大，心裡特別高興，賞賜了很多的金銀瓷器和絲綢。他們回蕃（西藏）時，噶瑪巴活佛把金銀瓷器絲綢全部丟進漢地的江河裡，並勸他的侍從們也把皇帝賞的東西一同丟入江河裡。有一個侍從非常喜愛賞給他的瓷碗，死活不肯丟進去，活佛怎麼勸都沒用。他們翻山越嶺走了很多天，很多天。月亮圓了，又消瘦下去；又圓了，再消瘦下去。活佛的坐騎瘦了，侍從的靴子換了幾雙，他們才回到了楚布寺。快到寺廟大門口時，揣著瓷碗的那個侍從一個趔趄，摔倒在地，碗碎了，他嗚嗚地哭了起來。噶瑪巴活佛施展法術，從流經寺院門口的江水裡，把曾經丟棄的東西全撈了出來。那侍從一見這些完好無損的金銀瓷器和絲綢，又嗚嗚地哭開了。他說，翻雪山過草地，瓷碗沒碎；趟溪水過江河，瓷碗也沒碎。怎到了家門口，腿快要斷了的時候，瓷碗偏偏卻碎了？你說這路途遠不遠。

老太婆是我快樂的源泉，在她的嘮叨中我的心智被開啟了。我知道了漢地、印度、拉薩等。

娘村雖然只有三戶人家，可製陶的一家人，總被他們所不屑，認為出生低賤。老太婆常說，她的整條命都已經交給欣即曲傑（死神）了，等她死的時候千萬別讓製陶一家人碰她的屍體。一年多後的那個初秋，孤獨的老太婆離開了塵世。

那天清晨駝背爸爸去叫老太婆，可她已經斷氣了。駝背爸爸邁著誇張的步伐，遠遠地就吼開了，尖嘴薄舌的老太婆死了。他的臉上沒有一點痛苦的表情，好像死亡如吃口糌粑般平常。

我跑去老太婆房看，她卻安靜地躺在乾草上，身上蓋著藏裝。原來死亡跟睡覺一樣，怪不得大人們並不驚訝。

駝背爸爸讓製陶的達瓦大叔，到龍扎谿卡報告老太婆死去的噩耗。

翌日，太陽當頭照時達瓦大叔回到了娘村。他帶來了龍扎谿卡老太太賞的一條哈達和一塊裹屍的白布、陶製的一盞酥油燈。

第三天，一片漆黑時，駝背爸爸搖醒我，說，我一個人招架不住，你得跟我一同去。

他把裹在氆氌裡的刀具擱在我的枕邊。

媽媽說，這樣不行。

油燈的光微弱，以致我都看不清媽媽的臉，只瞅見一個突兀的黑影。

駝背爸爸說，他已經是個男人了。

媽媽再沒吭氣。

我們一前一後到了老太婆的房子裡。老太太賞的供燈，在土坯上發著微弱的光亮。藉著光亮，我看到旮旯裡的老太婆，被白布裹成一團，外面繫了一條哈達。我聞到供燈燈芯散發出的煳味，它們久久駐留在我的鼻孔裡，讓我產生不起恐懼來。

外面，月光照得大地一片死寂，駝背爸爸背著老太婆的屍體，我抱著裝刀具的氆氌，向塔拉山走去。風冷颼颼的，單薄的我感到徹骨的冷，清鼻涕不時地流出來。

老太婆倒裹得嚴實。我不禁想，她在裡面很暖和吧。一路上駝背爸爸休息了五六次，不斷抱怨這老太婆罪孽深重。他說，怎麼這麼重？她肯定今生做了很多孽。

我對駝背爸爸說，小心，別惹她生氣，她會罵你的。

駝背爸爸喘著氣回答，人死也就變成了土石，什麼感覺都沒有。

我不相信他說的話，一路上盼著老太婆訓斥他。直到第一縷陽光傾瀉在天葬臺上，老太婆都沒有罵駝背爸爸一句。即使他把老太婆重重地扔到天葬臺上，老太婆依然沒有吭一聲。

我問，人死，就是不能說話了？

豈止不能說話，連飯碗都乾了。駝背爸爸說。

乾了？我問。

就是說，再不能喝一滴水，吃一勺糌粑了。他的表情依然木訥。好在她死得無痛無病，真是造化呀！但願我死的時候也這麼走運。駝背爸爸又補了這句。

陽光使我渾身暖和。我看到了天葬臺四周丟棄的碎骨頭和破衣服。駝背爸爸折了些灌木和枯草，跪在地上用打火石咔嚓咔嚓地引火，取到火星，用嘴吹氣。一縷煙子徐徐升騰，十幾頭禿鷲已經在我們的頭頂盤桓。裹老太婆的白布被駝背爸爸扯下來，將她赤裸地擺在了石臺上。這是一個乾瘦、矮小的老太婆，她像平時打瞌睡般閉著眼。

去，到那岩石後頭待著。駝背爸爸說這話時沒有看我。他把老太婆的屍體面朝下，脖子上套了油膩膩的繩索。禿鷲落地了，圍著天葬臺，各個躁動不安。

躲在岩石後頭，我不禁探頭看天葬臺那邊的駝背爸爸和老太婆。駝背爸爸蹲在旁邊吸了口鼻菸，嘴裡念著唵嘛呢唄咪吽——他起身，把藏裝的兩個衣袖在腰間打結，取出氆氇裡的刀具，在石臺上擺好。駝背爸爸雙膝跪地，哼著一首纏綿的歌，手握一把黑糊糊的刀。刀落下去，駝背爸爸的手裡攥了一大塊肉，胳膊一伸，肉飛向了禿鷲們。紅色的血珠像精靈一樣，從那塊肉上飛離出去，浸入沙土裡。禿鷲們圍攏上去，爭著搶食。這景象把我嚇呆了，褲襠裡頭熱乎乎的，我把頭埋進了兩腿間。即使這樣我還是聽到了他的歌聲和用石頭砸骨頭、頭顱的聲音。

不知過了多長時間，駝背爸爸搖我的肩膀。我一抬頭，禿鷲們振著翅膀撲刺刺地在飛，地上投下了些不規則的陰影。我盯著那些陰影極度恐懼。

你都看了？他問。

我點了點頭。我發現我的腿瑟瑟發抖。

人死後跟土石一樣，不懂得疼痛。駝背爸爸安慰我。

我點頭應是，可心裡很害怕。

駝背爸爸把我攬進懷裡，我感到了他的體溫。他在我的耳邊小聲說，你還小，長大了就不怕了。

駝背爸爸把那張黏有血漬的白布撿回了家，還說要給我做件襯衣。我全身的毛孔裡只吹冷風。

從天葬臺回來，我不會笑了，那裡發生的一切，噩夢般纏繞著我。白天黑夜我都在擔心媽媽會死掉，駝背爸爸會死掉，自己會死掉。老太婆走後，她曾給予我的那些個快樂全帶走之外，還留給了我對死亡的恐懼。

最先察覺我變化的是媽媽。她對駝背爸爸說，這小孩不大對勁，是否要帶他去咤日寺，拜拜大威德怖畏金剛？

等穀物脫粒完了再說吧。駝背爸爸趕忙制止了媽媽的想法。還補上一句，這樣的經歷有兩三次後就會好的。等我死的時候，還要由他來天葬呢。

媽媽，拜了佛我就不會做噩夢嗎？我問。

不會的。佛會祛除你心裡的惡魔。

聽後我對咤日寺心存嚮往，只是他們忙得沒有時間帶我去。

我日漸萎靡的時候，龍扎谿卡的桑傑管家來到了娘村。桑傑管家的綢緞衣服很鮮豔，說話聲音圓潤洪亮，騎在馬上甚是威武。他下馬從懷兜裡掏出吃的給我，我看見了纏在他手腕上的紫檀木念珠。曾聽去世的老太婆講，加持過的念珠能祛除噩夢。所以我就盯著那串念珠。當時，聽管家說要把我送到咤日寺，我心裡挺高興的，只是媽媽哭個不停。

我洗了臉洗了頭，換上了管家送來的氆氌藏裝和鞋子，這讓我很高興。我不斷問駝背爸爸，這衣服是我的嗎？媽媽每聽到這句話就哭。駝背爸爸總是乾巴巴地說，當然是你的。明天帶你去朝佛。

駝背爸爸把我抱上了馬，不停地催媽媽快走。

出門時，天上還掛著星星，濃濃的黑暗把我們吞沒了。我們誰都不再說話，只有馬蹄的嘚嘚聲脆脆地敲打寂靜的黑暗。

我問媽媽，寺廟離這遠嗎？

遠。她回答。

寺廟裡面有什麼？我接著問。

小的時候帶你去過，怎麼記不得了？那裡供著佛，拜了佛，你就不會再做噩夢。駝背爸爸搶著回答。

真的不會做噩夢？我再次問。

不會。駝背爸爸說完跨著大步往前走。

太陽越過東邊的山頭時，我看到了朝霞映照下的咤日寺。

看到了吧？駝背爸爸問我。

好大呀！我仰望著，發出了驚歎聲。媽媽卻哭了。

在喑啞的啜泣聲中，我們走到了山腳下。

別愁眉苦臉的。駝背爸爸訓完，開始上山。

一名僧人已經在寺院大門口等候，他見我們就問，是龍扎谿卡老太太送來的小孩吧。

駝背爸爸摘下帽子，伸出舌頭鞠躬，回話說，正是。

喜齊土丹丹巴尼瑪活佛在大經殿等著你們。

在僧人的引領下，我們上了很陡的石階，來到了大經殿，裡面誦經聲嗡嗡地響，還傳來扎瑪如和鈴聲。這些聲音灌入耳朵裡，曾經心頭堆積的恐懼，像枯葉被風捲走般蕩滌了。我沉湎在這和聲裡。

僧人掀開厚重的門簾，徑直走到法座上跏趺的活佛旁，低頭說些什麼。法座上的活佛向我招手。那一溜端坐念經的僧人，目光齊刷刷地落在我的身上。我有些後怕，駝背爸爸卻從後面不停地推我。

快，快過去。快去拜見活佛。

法座上的活佛很慈祥。他頭髮花白，連眉毛也是白的。駝背爸爸從懷兜裡掏出哈達，獻給了活佛，再把管家賞的幾枚章嘎嘎布獻了上去。

你叫什麼名字？活佛問。

我躲到駝背爸爸後頭，他卻不停地把我推到活佛前。

年扎。我回答。

年扎，到我跟前來。活佛說。

我湊了上去，他伸手摸我的腦殼，捏捏耳朵，然後燦爛地笑。我的恐懼和陌生感悄然退卻。活佛跟帶我們進來的那個僧人說了幾句，那僧人匆忙離開。不一會兒，他端來了一個托盤，托盤裡有一把剪刀。

駝背爸爸說，待會兒，活佛要給你剃度髮，你別動。

我見活佛笑呵呵的面龐，有一種相識許久的感覺。誦經聲在我的四周炸裂，那綿延不絕的聲浪要把我托舉到空際。活佛凝視著我念了一陣經，然後從我頭上抓一縷頭髮，用剪刀剪掉，放在了托盤裡。活佛說，我再給你賜個法名，今後就叫多巴亞佩吧。活佛讓帶我們進來的那個僧人，領我到康村去換衣服和剃髮。

陽光下，那僧人用很鈍的剃刀給我剃髮，腦袋上留了幾道口子。之後，他叫我脫掉氆氌藏裝，說，這些東西都是世俗者的，我給你潔淨的衣服。他給我拿來了絳紅色的圍裙、短馬甲、裏身的長袍，以及尖頭向上翹起的皮靴。皮靴很大，我的腳在裡面晃蕩。

當我跑回大經殿時，裡面的光線很暗，只有一名年老的僧人盤腿撥念珠。

我問他，我的父母呢？

走啦。

我說，我要去找他們。

老僧說，你已經出家了，所以你沒有家，沒有親人。

我心頭惶惶的，慌忙跑出了黑森森的大經殿，站在石階上眺望山腳彎曲盤伸的道路。那裡空無一人。恐懼的眼淚濺濕了我的面頰，前方的道路和山水模糊起來。

跟我走吧。說著一隻手搭到了我的肩頭。我扭頭看，站在身後的是大經殿裡的老僧，他悵惘地望著前方，下顎上稀疏的幾根白鬍鬚，在風中飄動。

跟我回廈裡去。那隻手重重地摁了下我的肩。老僧從石階上拾起我的被子，扛在肩頭，默默地走了。順從的我攆在他的後面。

我們穿過幽深的巷子，爬段陡坡，經過大威德怖畏金剛廟，向左轉就到了康村。我們的廈在二樓，是個門朝西，窗向東的房間。

現在開始，你要喊我龍多老師，我教你識字和書法。費用，龍扎谿卡的老太太已經付了。

晚上你就睡在這下頭。龍多老師盤腿坐在床上說。

老師的床搭在窗戶旁，床頭擺了一張矮小的藏櫃，上面供奉著泥塑的蓮花生大師。此刻，夕陽駐留在蓮花生大師身上，通體金光閃爍。

那晚我在老師的誦經聲中入睡了，噩夢也從我的身上被剝離掉了。

多佩起床了。龍多老師用木棍戳我。

被窩裡一骨碌鑽出來，我才看清屋裡黑黢黢的。老師，天黑著呢，掌燈吧。

沒用的眼睛。龍多老師罵著劃燃了一根火柴。我看見老師上身裸露，手指上的火苗燒毀黑夜的簾幕，駐留在了油燈上。

多佩啦，該走了。查斯說。

多佩睜開眼，瞟了下前方。不遠了，我們上路吧！

別急。先把這酸奶吃了，再走不遲。查斯說。

留著您自己吃。多佩邊說邊起來拾掇。

留著，路上只會增加負重。

要不走累後再吃。

也好。查斯棕黑色的臉僵硬如鐵。

多佩背著母親又上路了。

3

開闊的山坳裡這陣子沒有風，滾燙的陽光碾來碾去，灌木叢根部的水分都被榨取完了，枝椏蔫不唧唧地打卷。查斯待在多佩的背上，兩手抱住肩頭，有種衝動。她真想親口跟兒子說說自己走過的人生歷程。

多佩啦，你讓我想起了格日旺久少爺。沒有他也就沒有你，跟他一起生活的那段日子，是我一生中最幸福的時光。多佩啦，你活著的日子不多了，我就默默地給你講講我的身世吧，以後不會再有機會了。

我的母親，也就是你的姥姥，她是工布人。她愛上了商隊裡的一個康巴漢子，跟他私奔到了拉薩。到拉薩後母親得了病，全身一陣一陣地發冷發熱，抓過藥也請過喇嘛，病還是時好時壞。由於商隊要急著趕到印度去，那個康巴人留下幾塊大洋就走了。當時，商隊借宿在德忠府。商隊一走，我母親只能繼續寄宿在這裡。

半個多月後，母親挺了過來，德忠府裡的人都喊我母親為，康巴女人。過了三個月，商隊還沒有回來。母親的錢卻花光了，她的生活沒有了著落，只得向德忠府借錢。一個月後，母親又身無分文了，她再去借錢時，德忠夫人說，康巴女人，我們可以給你再借錢，但是你用什麼來做抵押呢？

等商隊來了，我再還。

如果商隊不來，你有能力還嗎？

沒有。我母親說完絕望地哭了，掩面跪在地上。

如果你能按我說的去做，我倒可以再給你借十塊大洋。

夫人，請明示。母親擦淚，悲戚戚地抬起了頭。

再過四個月還還不起，你就要用你的身子抵押欠款，那時候你可是我們德忠家的人了。德忠夫人說。

母親想到康巴商隊去了這麼久，四個月裡也該回來了。一經這麼想，也就應承了下來。德忠夫人很高興，她誇讚我母親，康巴女人，做事就是爽快。快去取錢。

母親跟著德忠府的管家出去，借了錢，立了字據，還畫了押。

康巴人的商隊直到她死去都沒有再來。

德忠府又多了個朗生。母親被德忠夫人安排去織氆氌。她一直等待康巴商隊的歸來，希望康巴人給她贖身。

一年又一年過去了，她的希望一次一次落空，到後來不再抱任何奢想了。她低著頭，不停地幹活時，正樓上的那扇窗子裡，德忠老爺的目光卻黏在了她的身上。

一個夜晚，德忠老爺嘴裡說著甜得讓人心軟的話，爬到了她的身上。

她說，老爺，我下面在出血。

德忠老爺撩開裙子說，流點血又死不了人。接著他用手撫摸我母親的胸脯，說，康巴女人的肉真嫩，我的全身都燙死了。

母親的眼淚湧了出來。

德忠老爺臨走時說，讓我天天晚上來睡。德忠老爺光著腳，提著彩靴，消失在黑暗裡。從那以後德忠老爺一到半夜就會鑽到母親的被窩裡。

因為母親服侍好了德忠老爺，他把她弄去伺候德忠小姐。

我母親想，只要老爺喜歡她，她的日子會比其他人好過一些。當母親發現自己有了身孕時，德忠老爺馬上把母親嫁給了廚師單增。

我是在德忠府的傭人房裡出生的。當我八歲時母親因病死了。我成了德忠夫人的隨從，整天被德忠夫人支使著。夫人稍不順心，便會把我毒打一頓。

有次德忠老爺的妹妹從龍扎谿卡回到了她的娘家，他們吃過午飯，一家人開始玩藏牌。德忠夫人的手氣很差，一直都在輸牌。天黑時，德忠老爺的妹妹說，我老贏心裡也不舒坦，贏來贏去還不是贏自家人的錢嗎？不如這樣，嫂子把你的那個小隨從給我得了。

你說的是這個丫頭片子吧？

是。我剛才一直盯著這丫頭，腿腳倒挺麻利的。

行，她就輸給你了。

我被德忠夫人輸給了龍扎谿卡的女主人岑啦，她把我帶到了偏遠的龍扎谿卡。一到谿卡，岑啦就讓我去放牛，一天只給一小勺糌粑。忍飢挨餓中我給龍扎谿卡放了一年多的牧。這當中有許多人問我的身世，我不願意給他們說，說了他們頂多只會給我幾句憐憫的話，但這些對我又有什麼用。

來年的冬季，岑啦把我叫去當她的侍女。說實話，岑啦要比德忠夫人心善。我服侍她的兩年時間裡沒有挨過揍，只是罵得讓人心痛。

後來格日旺久少爺十三歲時，德忠老爺來信說，少爺待在偏遠鄉下，不會有多大出息，讓少爺到拉薩去學習。岑啦高興得走路時腰板都直了，步子輕盈，逢人笑嘻嘻的。

入秋的一個早晨，太陽剛從山脊爬上時，龍扎谿卡的老管家在天井旁點燃了桑，穿著盛裝的岑啦和格日旺久少爺，手心裡抓把青稞默默祈禱，然後拋灑向天空。出了院門，駝背羅丹早已跪在坐騎旁。岑啦和少爺踩住駝背的背上了馬。駝背羅丹爬起來，牽馬走在前頭，背著包袱的我們緊隨其後。

中午，岑啦叫我們停在一個壩子上。這裡綠草青青，還有一條小溪。那幾個男人提水燒茶。岑啦伸著腿一直喊累，我只得跪下幫她捶背敲腿。等茶燒好時，格日旺久少爺卻跑得遠遠的。岑啦支使我去叫他。那天，為了不讓德忠府的人笑話，岑啦讓老管家把他女兒的藏裝和一雙女靴借給我穿，我穿著新衣服，心裡特高興。我叫了少爺，往回走時，少爺突然驚叫起來，嚇得我頭髮都豎直了。少爺的手指著小溪，一驚一乍地說，看，那是什麼？我嚇得腿都軟了，好奇心又使我探頭往少爺指的地方看。清澈的水在流淌，水草像小魚一樣歡快地游動。猛的，我的身子直直地撲向小溪裡，水濺了出去。我被水嗆住了，慌亂地從小溪裡滾爬出來，水滴滴答答地從藏裝的下襬滴落下來。格日旺久少爺捂著肚子蹲在草坪上笑，我這才知道是少爺把我推下水去的。我濕漉漉地回到了岑啦那裡。她罵道，不長眼睛的驢子，怎麼跳到水裡去了？

我低下頭，不敢吭聲。

只有穿破爛衣服的命，給件新衣服穿，還把身上弄得全是泥。

格日旺久少爺竊竊地笑，我好恨他。

駝背羅丹已經給少爺和岑啦的木碗裡盛好了糌粑，他們開始揉糌粑吃。我在一旁不停地給他們倒茶。岑啦給了我兩坨糌粑和一碗清茶。

到達德忠府時，德忠老爺去了羅布林卡。德忠夫人在大門口把我們迎了進去。岑啦在德忠府待了三天之後，急著要回龍扎谿卡，德忠老爺和夫人都勸她安心地住些日子。岑啦說，現在正是秋收時節，家裡沒有一個得力的人，我不回去，很多事情會耽擱的。龍扎谿卡裡裡外外都得我來撐著。岑啦仰天而噓。

一個女人能管理好那麼大一個谿卡，真不容易啊！乘著年輕再入贅一個過來。德忠夫人說。

動過這個念，只是天下的男人都不會從一而終的。這麼一想，唉，還不如守著這點家業，撫養小孩好。岑啦說。

說的也是。德忠夫人的眼光抽了下德忠老爺。德忠老爺見那冷冷的眼光橫掃過來，故意清了清嗓子，昂揚了頭。談話中斷了，屋子裡馬上靜下來。

岑啦臨走時決定，留下我來服侍格日旺久少爺。我不想待在這裡，不想見到德忠府的人。但我是奴僕，我的命運由他們來決定。

少爺上的是娘榮夏學校，每天我背著少爺的學習用具送他到學校。最初的那幾天，那些貴族小孩都欺負少爺，說他是鄉巴佬。一聽這話，少爺就哇地哭，屁股著地，腿在地上蹬。少爺雖然比我大兩歲，可我見這情景只覺得他可憐。回到德忠府，德忠夫人見少爺衣服上沾滿了塵土就搧了我一耳光。格日旺久少爺旁邊求情說，這不怪她，是別人欺負我的。他們都罵我是鄉巴佬。

德忠夫人說，你連少爺都保護不了，還算什麼僕人？該打。

德忠夫人又抄根木棍打我時，德忠老爺進來了。他抓住夫人的胳膊，說，冤有頭，你別衝這丫頭發火。

你袒護她，袒護你的野種。德忠夫人要用腦袋頂撞德忠老爺。德忠老爺伸出胳膊一擋，遠遠地把身材矮小的夫人擋在了另一頭。德忠夫人像個野犛牛，拚命掙脫。

格日旺久少爺說，學，我不上了。明天我帶查斯回鄉下去。

抵擋德忠夫人的胳膊掉了下來，所有人的目光集中到了格日旺久少爺身上。德忠夫人疑惑地問道，你說你要回去？

是。少爺肯定地回答。

不行。我不讓你走。你媽已經交了那麼多學費，你想白白浪費掉。德忠老爺憤怒地叫嚷。德忠夫人乖乖地坐在床沿抹眼淚。

我和格日旺久少爺都很怕德忠老爺，平時他那黝黑的臉像石塊般堅硬，只冷冷地盯你一眼，就讓你全身發抖。那天他低沉的嚷叫聲把所有人都鎮住了。少爺不敢看德忠老爺，只有德忠府的管家敢勸老爺息怒。

德忠老爺盤腿坐在卡墊上，說，明天繼續去上學，他們罵你鄉巴佬權當一陣風，只要不往心裡去，什麼事都沒有。查斯，回去把少爺的衣服收拾乾淨。下去吧。

少爺不敢使性子，第二天乖乖地上學了。有學生罵少爺是鄉巴佬的話，我就撿石頭去砸他們，這些小孩一溜煙跑遠。不久，少爺跟那些小孩混熟了，沒有人再欺負格日旺久少爺了。我在德忠府除了接送少爺外，還要幫廚房背水洗菜。偶爾，還要伺候德忠夫人和小姐。

岑啦，每年都要帶著糧食和肉來看少爺兩次，順便給德忠府帶來一些鮮貨。岑啦為了使少爺學業有成，竟把父母劃給她的一大塊地轉到了德忠老爺名下。德忠夫人說，這怎麼成，那地可是父母給您的陪嫁呀。

格日旺久啦的今後命運，仰仗我的哥哥。這麼塊地算得了什麼。岑啦說。

德忠夫人把地契揣進懷兜裡，嘴裡還在說，都是親戚，提攜是應該的嘛。

三年以後，德忠老爺把格日旺久少爺送到哲蚌寺去學詩鏡和聲明學。

我聽少爺說給他上課的老師是個上了年紀的活佛，對他很好。因為路遠，少爺寄住在了寺廟裡。這樣我只能待在德忠府裡讓德忠夫人支遣了。德忠夫人總能找到最髒最累的活讓我來幹，她坐在樓上的迴廊裡，嘴裡嚼著奶渣，把腮幫子撐得凸凸的，看我幹活。

這是德忠夫人的最大消遣。她既然管不住德忠老爺，她就拿跟德忠老爺有關係的人出氣，我們就像她手裡的念珠，隨時都可以由她任意捏壓。我在德忠府割過草，劈過柴，剪過羊毛，織過氆氌，服侍過夫人和小姐。但德忠夫人總覺得我幹的還不夠，經常罵我是食客，還不如一頭騾子管用。

少爺回來時，德忠夫人就不會給我安排活，我只須給少爺換洗髒衣服，倒茶就成。德忠夫人見我跟在少爺後面，就譏諷我，說，格日旺久啦，你們可把她給慣嬌貴了，什麼活也不用幹，這樣以後可了得？

少爺嘻嘻一笑，招我跟在他的屁股後頭。少爺喜歡看人玩色子，路上碰見有人玩色子，他就站在那裡，然後讓我去轉八廓街。我轉三圈回來他還待在那裡不走，我稍一說多，他就不耐煩地用手一推，說，你先回去。

暫時找個尼姑，以後再娶媳婦。
不得不打官司，姑娘實在漂亮。
別把門給鎖上，家裡住著父母。

……

男女之間的隱祕事情，少爺是通過聽色子歌知道的，是色子歌使他成為了一個男人。這都是後話了。之後，少爺又轉頭學藏醫去了，這一切是德忠老爺安排的。

德忠夫人深怕失去岑啦每年提供的七八個人的糧食、肉、酥油，對少爺和岑啦百般獻殷勤。沾他們的光，我也得到了幾件德忠小姐的舊衣服和夾底女靴，以致寒冷的冬天也沒有凍著。

轉眼時間已經過了七年多，那時少爺已經長成個大男人了，那時他的嘴唇上長出了黃茸茸的鬍鬚，那時他的喉骨節凸顯出來，那時我的身體頎長而挺拔，那時德忠老爺說再有半年時間他就要給少爺找個差事，那時少爺充滿幻想。

有次少爺跟他表哥一起外出，很晚都沒有回來。我坐在樓梯口等到半夜，他們才晃晃搖搖地回來，身上散發著酒味。我把他們各自扶回了房間，再過來給少爺屋子裡放尿盆，看到少爺把被子踢到了床下。我重新給他蓋被子時，少爺一把將我攬進懷裡，命令我脫掉衣服。

我說，少爺這樣不行。

他把手伸到我的下面，說，什麼不行，你下面都潮了。我羞得說不出話來，少爺吹掉油燈，動手解我的腰帶。

每天我盼望著黑夜的來臨，每天熬到人們都熟睡了，我就光著腳，躡手躡腳地到少爺房間去。少爺的被窩很暖和，他枕著我的胳膊，聲音細細地說著讓我動心的話。那一刻，黑夜是多麼地短暫，不知不覺我又得匆匆爬起，輕手輕腳地回我的房子裡。那時候我的心裡每天都有個盼頭，那時候我只想跟少爺待在一塊。

正當我活得最快樂的時候，岑啦率領一支騾隊來到了德忠府，少爺怕被人發現，不准我晚上過去。那十幾天可真難熬。我一心盼著岑啦他們早點回鄉下去。

岑啦他們一回去，我和少爺又跟以前一樣了。這種日子沒有久長，我的不斷嘔吐引起了德忠少爺奶媽的注意。

她問我，生病了？

我說，沒有。只是陣陣噁心。

下面流不流血？

好久沒流。

她說，那什麼病都沒有，會好的。

晚上我又偷偷到格日旺久少爺的房間裡，回來時被德忠夫人和德忠少爺的奶媽逮住。德忠夫人用木棍揍我，我不敢吭聲，怕吵醒所有的人。木棍砰砰地發著沉悶的聲音，我怕得不知道疼痛了。雞叫三遍時，德忠夫人才叫奶媽去叫德忠老爺。德忠老爺一見我衣服不整，光著腳，就知道了我和少爺的事。他掄起胳膊啪的一聲，金星在我眼前一閃，人已經跌坐在地上。我的臉燒得發燙。

野種，不知廉恥。德忠老爺說。

老爺，她都有身孕了。德忠少爺的奶媽說。

我怎麼向我的妹妹交代？不要臉的女人。德忠老爺抓起桌上的木碗向我擲過來。我急忙抱住頭，剩茶潑了我一身。

老爺我們要想個周全的法子，免得讓岑啦說我們的不是。德忠夫人的話使德忠老爺平靜了下來。德忠老爺擦著濺到手上的茶，目光狠狠地盯我。

少爺跟一個女奴睡上一覺有什麼大不了的。我們把她送回龍扎谿卡去，這樣什麼事都沒有。德忠老爺說完拂袖而去。

德忠少爺的奶媽把我鎖進馬廄旁的飼料庫裡。我待在裡面等著少爺來看我一眼。少爺一直沒有露臉。我又安慰自己說，肯定是德忠老爺和夫人不讓他來，少爺沒有這麼絕情。接近中午時，德忠府的管家帶著一個僕人來開門。

管家說，查斯，仁增會把你送回龍扎谿卡的。這是你的幾件衣服，被子已經拴在馬上了。

我從兩個男人留出的縫隙往外看，就是沒有少爺，心涼涼的。陽光裡有幾隻小鳥在乾草叢裡尋食，發著啁啾的聲音，但聽起來遙不可及。

格日旺久少爺呢？我問管家。

少爺到噶廈辦公去了。

我的淚水落了下來，胸口好像被人捶了一拳。

一路上好在有個愛講笑話的人，他使我暫時忘卻了心裡的痛苦和身上的傷。路上仁增不停地給我講阿古頓巴和枚茹子腫的故事。只是接近龍扎谿卡時，我再也聽不進去故事了，心緒壞到了極點。

岑啦的決定在我的意料之中，只是沒有料到，她會把我嫁給谿卡裡最醜的人，也許這是岑啦對我的懲罰。

駝背羅丹晚上要睡我，我抱著兩腿不讓他碰。駝背羅丹真狠，他揪著我的腦袋往牆上撞。

腦袋弄破了，黏稠的血順著額頭流下來。駝背這才住手，一腳踢在我的屁股上，蒙頭去睡覺。我連著四天都是靠在牆角睡的。駝背羅丹和我成為夫妻的最初幾天，我一見到他，心裡就會升出無名的怒火，同時對少爺的思念更加強烈。我也知道這是妄想，只是那時候很執著地想少爺。我堅決不跟駝背羅丹睡覺，他除了毆打我外實在沒轍了。後來，我的肚子漸漸隆起來，駝背羅丹看著我變形的身子，對我沒有了慾望。

這年的五月，我的肚子已經圓鼓鼓的，谿卡裡的人都說，查斯，快要生了。這時候格日旺久少爺回來結婚了，岑啦整天陪在少爺身邊，使少爺沒法抽身來看我。新娘子到來時，整個谿卡的人激動不已。只有我傷心地待在房子裡哭泣。

一下午，祝福和讚頌的歌聲像織氆氌一樣，叮叮咣咣地響，它們像無數根刺一樣扎在我心上。

叫堪卓益西的新娘子很醜。晚上駝背羅丹說。我的心一下舒暢了許多，我甚至有馬上想看看這女人的衝動。

第二天我在廚房打茶時，她跟少爺來到了院子中央。少爺穿了一套王子裝，太陽的映照下渾身斑斕；新娘子雖然穿著貴夫人裝，全身瑪瑙、玉石、金銀點綴，但那扁圓的臉，卻無法改變。我對少爺娶到這麼個老婆高興不已。

直到婚禮結束，我一直沒有碰上少爺。我想我肚子裡的小孩是他的骨肉，這點他知道嗎？

少爺走了，走得很匆忙。我沒有得到答案，這讓我有些失望。

一個月後你生了出來，我的多佩啦。現在你聽不到我給你說的這些，因為很多細節母子之間很難啟齒的，我只能默默地說給我自己聽。

你生下來後，駝背羅丹高興壞了，他把你當成了他的兒子，他對我也好了許多，不像以往那樣打我了。

這年冬天，少爺垂頭喪氣地回到了龍扎谿卡，一回來他誰都不見，把自己反鎖在屋子裡。我想，他又跟小時候一樣，遇到一點不順就洩氣了。我每天有事沒事就站到院子裡，假裝晒太陽，心裡希望見上少爺一面。桑傑管家不停地到外面去請醫生和喇嘛，我們就是見不到少爺。堪卓益西和岑啦倒是每天都能見到，從她們的表情看不出少爺得了什麼重病。

來年的春天少爺復甦了。有一天桑傑管家來喊我，我隨管家去了他的房子，到了門口管家讓我進去，他卻從外面把門給鎖了。

少爺端坐在屋裡，瘦了許多。

他說，查斯，我想你。

我嗚嗚地哭了，少爺站起來攥著我的手，把我拉到床沿。他親了我的脖子，又伸手摸我的奶頭，我下面又潮了。我說，我生下的是你的小孩。

我知道。

你不想見見他？我問。

我都見過了。你不是用鞋帶把他拴在屋門口嗎？

沒法子。

我想你，我們睡上一覺吧。少爺把我摁倒在了床上。

我也下過決心，不再見少爺。但每次又情不自禁地盼望桑傑管家來喊我。這期間，桑傑管家不停地讓駝背羅丹出遠門。駝背羅丹時常抱怨，再這樣下去他的鞋子會爛掉的。

有次晚上，岑啦讓服侍她的丫頭來喊我。屋子裡就我們兩個人。她說，以前的事都已經過去了，我不想再有什麼事情發生，到時整個谿卡會鬧得雞犬不寧。你希望這樣嗎？

不希望這樣，但……

我想讓你和駝背到娘村去。

是。

我們到了娘村，我與少爺已經隔得很遠了，好像天與地一般遙遠。駝背羅丹要我跟他睡，我就跟他睡，我除了幹活，就想著把你撫養成人。

每年秋收後，駝背羅丹問我跟不跟他一同去。我說哪兒都不去，我要老死在這裡。駝背羅丹把糧食馱到馬上送到龍扎谿卡。那裡我再不想踏近一步。

多佩啦，那時候你漸漸長大了，你的輪廓越來越像格日旺久少爺，這多少對我是個安慰。

你七歲時，格日旺久少爺死了。那狠心的岑啦要把你從我的身邊奪走，我無力保護你，只能按照她的意願把你送到了咤日寺。回來，我哭了十幾天，落下了眼疾。我的心裡不斷詛咒岑啦不得好死。結果應驗了，龍扎谿卡經營得越來越糟，兒媳婦又重新入贅了男人，谿卡落入到別人的手裡了。我真高興。

駝背羅丹臨死前攥著我的手說，我想見年扎一面。話剛一出口，氣就斷了，他去了另外一個世界，丟下我一個人孤零零的。

那時候岑啦說，一個衰朽的女人幹不動農活，不如召她回來在谿卡裡幹。我什麼都沒有了，我帶著我的影子，回到了龍扎谿卡。我要在這裡看龍扎谿卡是怎樣破敗下去的。

岑啦頭髮花白，背也彎了，她時常拄一根木棍繞白塔。孤零零的，她也只有影子陪伴。我想：她經過這麼多的挫折，心會變得善良一些。有一次，我看到岑啦獨自一人轉白塔，急忙跑去跪在她的腳旁，磕頭求情，太太，讓我的兒子還俗吧，我們會給你做馬做牛。

岑啦轉著念珠，一臉的驚訝。她說，世間有什麼好，擁有的總有一天會失去，人生就像一場戲。

我說，我只想要我的兒子。

岑啦不屑地對我說，你活得越來越糊塗了。

我回答，只要他能還俗，跟我一起過就行！

岑啦很生氣，拐杖戳著地說，多佩快要考多仁巴了，你想毀了他的前程？

我說，我不要他成為讓人豔羨的孔雀，我要他是我身邊的一頭驢。

岑啦跺跺腳，憤憤地說，你連牲畜都不如，休要有這種念頭。

她拔腿繼續去轉圈，我一直跪到岑啦轉完圈，可是她一點惻隱之心都沒有。我那時真想一頭撞在白塔上，結束苦難的日子。可是，恨，讓我活了下來。我發毒誓，我要你回到我的身邊來。現在，多佩啦就在我的身邊了，我不會讓你離開我的。

再後來，岑啦的日子越發艱辛，堪卓益西對岑啦冷言冷語，有時候甚至罵她多事。岑啦不敢頂撞她，只有灰溜溜地走開。

谿卡裡的人都在背地裡說，岑啦命運多舛，真是可憐。唯獨我覺得這是報應。

在一個綿綿細雨天，人們發現了岑啦的屍體。她在谿卡的樹林外蜷縮著，手上的念珠掉落在前方。桑傑管家背著岑啦的屍體，後面一大幫人嗚嗚地哭。堪卓益西怕臨近谿卡的人說閒話，後事倒辦得很體面。

4

我們已經到了山腳，歇息一下。多佩駐留在山腳的瑪尼堆旁說。瑪尼堆不高，上面飄揚著經幡。查斯背靠瑪尼堆，心裡琢磨著如何下手。

這桶酸奶是堪卓益西給的，我們喝完，把桶給扔了，免得見到桶就會想起龍扎谿卡。查斯說。

那樣也好。多佩說罷從懷兜裡取出木碗，遞過去。查斯接住木碗，用銅勺往多佩的碗裡盛酸奶。

多佩啦，你為什麼不願意待在谿卡裡呢？

我是個出家人，對塵世的生活不留戀，因為那裡充滿了苦難和爭鬥。

但，我到了寺廟裡也會不習慣的呀。

這是暫時的。

你是鐵了心，要把我帶到寺裡？

我們的煩惱源於我們的愚昧，愚昧滋生了貪婪、憎恨和無知。待在遠離人群的山坳裡，心才能靜下來，再潛心修煉的話，我們就會擺脫愚昧，會看清這世上的一切是無常的。媽媽，你為什麼對虛幻的景象如此執迷呢。

查斯沒有言語，她把碗遞過來，讓多佩喝酸奶。潔白的酸奶掩藏著查斯的希望，她要兒子永遠和她不分離。多佩呼嚕嚕地把酸奶喝進肚裡。查斯望著，心裡沒有恐懼，沒有悔恨。

多佩啦，我們去不成吒日寺啦。你剛才喝的酸奶有毒，你會死掉的。查斯平靜地說。

我知道你會給我投毒的。因為我們離開龍扎谿卡的那天晚上，觀世音菩薩顯身於我的夢中。菩薩對我說，你要謝絕吃酸奶，這樣才能躲過一劫。剛才你讓我吃酸奶時，我就接受了死亡，我相信我的死會讓你悔恨的，會讓你看清自己的罪孽和愚昧，這樣你才有可能放棄仇視的心態，才會為自己的行為感到羞愧。我一點都不怨你，佛祖曾捨身飼虎，為了讓你醒悟，難道我還要保全這肉體？

忽然，查斯捶著胸口，揪著頭髮，嗚嗚地哭個不止。多佩起身，拎著酸奶木桶，走了一段路。他把酸奶倒掉，再用沙土蓋住，這才慢慢地走回來，挨坐在查斯身旁。

媽媽，三界無安，猶如火宅。你沉迷情愁愛恨，只能輪迴於六道裡，我去後，你要自己照顧自己。我愛你，我用我的死，表達了對你的這份愛。

多佩啦，我的兒子，你不能死。罪該萬死的是我。

多佩用手梳理查斯蓬亂的頭髮，把頭埋進母親的懷裡。他聽到了她的心懺悔得抖動，從那裡正在升騰最自然最純潔的情感，她們像泥汙不染的蓮花，在她的思想裡綻放、駐留。

毒素的利劍刺穿著多佩的五臟六腑。他從母親的懷裡掙脫出來，捂著肚子盡量走得遠一點。多佩不想讓母親看到自己痛苦的慘景，這樣只會增加她的罪孽感。

多佩啦——多佩啦——

叫喊聲飛入他的耳朵裡，疼痛減輕了。多佩面向母親，跏趺入定。他的心識裡清晰地看見，一名白髮蒼蒼的老太婆，跪在灑滿金光的胡同裡，用模型印造小泥塔。

濕淋淋的黏液從他的七竅裡流出，疼痛戛然而止。魂靈遊出多佩的肉體，風一樣輕盈地飄向查斯。查斯匍匐著向多佩的肉體靠去。挨近，看到七竅流血的慘狀，昏厥了過去。魂靈跑來推呀抱呀，絲毫動彈不得。魂靈風一般掠過羊腸小道，來到了咤日寺。進了大門，飛過陡峭的石階，來到了大經殿門口。

早晨，天剛亮，我就要從廚房的土灶裡掏些牛糞火，倒入陶製的香爐裡，跑到大經殿，薰香草。煙霧繚繞，香氣四溢，供燈明亮之時，喜齊土丹丹巴尼瑪活佛在幾個僧人的攙扶下爬上法座。在誦經師的領誦下，高高低低的聲音沸騰起來，整個大經殿彌漫聲浪的濕氣。我作為童僧，只能坐於最末端。無數隻手其間有節奏地擊掌，猶如無數個浪濤拍打岩石，鏗鏘有力。這種聲浪使你忘卻了一切，只活存於精神的世界裡。

臨到小憩前，我們這些童僧先要跑到廚房，提起裝有濃釅酥油茶的桶，到大經殿倒早茶。大小不等的木碗呈於眼前，銅瓢裡的酥油茶飛流下去。腳下長輪子似的飛跑與廚房和大經殿之間，相互比賽，很愜意。

喝完早茶，吃過早飯，絳紅色的人流從三個門裡流出去，大經殿一下靜謐無比。龍多老師攥著竹篾讓我背誦字母和元音。

竹篾的敲打中，打掉了許多個日日夜夜。

龍扎谿卡的老太太支遣桑傑管家，送來了酥油和糌粑、錢。用這些實物，我拜積扎三噶學習語法。只用一年的時間，我的語法便過關了。

喜齊土丹丹巴尼瑪活佛召我到他的寢室。那時活佛染疾了，他打坐在靠窗的床上，面前的矮桌上放著經書和鈴杵。屋子裡裊裊飄蕩著香炷的氣息。

我一進門，向活佛磕了三個長頭。

多巴亞佩，聽說你很聰慧，切不可因此而自滿。你知道鄉間的小溪，整日嘩啦啦地流，但大海從不這般喧囂，你說大海的水多，還是小溪的水多？

大海裡的水多。我回答。

人也是這樣，只懂點皮毛的人整日唧唧喳喳，真正有學問的從不炫耀。你要學那大海，容納百川，卻不自滿。

是。弟子記刻在心。

我想我是熬不過這個夏天的，在我丟棄這個皮囊之前，有些事情還得安排一下。明天開始你跟索朗學習因明學和戒律。至於往後，一切得靠你自己了。

弟子一無所有，只有勤奮學習，普渡眾生，才不枉活佛的恩情。

你這麼想，我也就放心了。

那年的夏末，喜齊土丹丹巴尼瑪活佛圓寂了。信徒們從四面八方跑來，拜見活佛的法體。我們在大經殿整整念了七天的經。這七天中，喜齊土丹丹巴尼瑪活佛一直跏趺在寢宮卡墊上，讓信徒磕頭獻哈達。第八天，活佛的法體迎到寺院後山，進行了火化。

龍扎谿卡的老太太和堪卓益西、桑傑管家、媽媽、駝背爸爸都來了。火化結束後，龍扎谿卡的老太太要在索朗老師的僧舍見我。

老太太的頭髮花白，手裡的象牙念珠嚓嚓地轉動。我恭敬地說，老太太我來了。她的目光落在我的臉上，良久不說話，眼淚卻簌簌掉落。我為什麼要見你？老太太轉身，聲音軟軟地問。

小僧的一切費用，是老太太資助的，這次召見我，老太太就是要告誡我努力學習。我回答。

豈止這些，我讓你進寺就是要你脫離塵世的苦海。老太太說。

師父讓小僧明瞭四諦，已對塵世起了深深的厭離之心。

這也不夠，你還要生菩提心，要渡眾生於苦海。這樣方能了卻我的心願。老太太望著牆上的唐卡說。

活佛在世時也曾這般諄諄教導，小僧銘刻在心。

如此這般就好！你在寺裡的費用我會繼續承擔的。我不再耽擱你的時間了。桑傑管家我們回去吧。老太太的話音未落，桑傑管家已經把門簾掀開了。老太太的腳跨出門檻，我不由得對她肅然起敬，跟隨他們下了石階，一直送到山腳。老太太騎上馬，目光卻在我的身上駐留了許久。她的表情裡有哀傷有喜悅，很複雜，無法說清楚。

回來駝背爸爸和媽媽已經到了我的僧舍，我趕緊給他們倒清茶。

活佛去得讓人沒了主心骨。駝背爸爸說。他的眼睛下有兩道淚漬，像是乾枯了的小溪。媽媽悶著頭一句話都不說，用擤鼻涕的氆氌揩眼淚。

老太太回龍扎谿卡了嗎？駝背爸爸問。

剛走。我回答。媽媽的身子顫了一下。

我們喝完這杯茶就回去。駝背爸爸有些歉疚地說。

別急，吃了晚飯再走。我挽留他們。

使不得，我們還要趕到娘村那。起來吧，老太婆。駝背爸爸催媽媽。

兒子，活佛已經圓寂了，你就還俗了吧，跟我們過普通人的生活。我去給老太太求情。媽媽突然抱住我說。

說啥瞎話呀。駝背爸爸憤憤地說。

爸爸、媽媽，我知道你們已經上了歲數，身子骨不像以前那樣硬朗，照理說應該由我來服侍，可我已經遁入空門，再不能被情和慾所左右，不孝的地方還請原諒！

聽了我的話，媽媽又哭開了，駝背爸爸攙扶著她出了我的僧舍。我想送他們到山腳，可是駝背爸爸不讓我送。我看到媽媽絕望的背影，一行淚奪眶而出。

魂靈已經飛離大經殿，來到了大威德怖畏金剛廟裡，飛揚時供燈的火苗熄滅了。在暗黑的夜裡，香燈師看清了飛出去的魂靈，他一路追到山腳下，看到臥倒在地的一個老太婆和不遠處的多佩。

消息不脛而走，四周的信徒蜂擁來到了吒日寺，他們自願要在瑪尼堆旁為多佩修一座白塔。

白塔竣工後，桑傑管家要帶查斯走。查斯說，管家，今生我做了許多罪孽，你想可憐我，就給我留個榔頭和一把鋼刀，我要在岩石板上刻一千幅六字真言。

在谿卡裡你也可以刻呀。

不。回到谿卡，會讓我產生愛恨情仇，是他們毀了我。我要留在寺裡，虔誠向佛。

信徒們離開了吒日寺，山腳下新修的白塔旁，白髮蒼蒼的查斯，叮叮咣咣地刻著六字真言，那岩石板已經壘得好高了。

來朝佛的人們給她施捨糌粑和零錢時，發現她的眼睛已經瞎了，下身癱了，但她刻的字愈發飄逸雋永。人們情不自禁地說，她是在用心雕刻，以求贖回罪孽！

雨季

孫子啊，你死後也做點善事吧，我把你剁了，拋入河裡，用你的血肉餵養飢餓的魚群，讓牠們吃得飽飽的，讓牠們也感激感激你。

第一天、第二天、第三天、第四天……第十八天、第十九天、第二十天、第二十一天。雨，連著下了二十一天。

水，淹沒了洛林溝的道路，使它同外界的聯繫中斷了。

第二十一天，洛林溝裡雨點依舊白花花地鋪天蓋地，遠方的一切迷迷濛濛；山腰那條應急用的逼窄、泥濘的小路上，有人在艱難地行進。

爹，你要挺住，我會把你背到縣醫院的。旺拉的話剛一出口，便被雨聲吞噬掉。他背著父親已經走了四個多時辰，雨水把他倆澆透，水滴從衣角和褲角滴滴答答地滴落。旺拉梗著脖子，遙望雨簾纏繞的前方，繼續說，爹，翻過前方的山嘴，我們就能看見公路了。

強巴老爹沒有被這振奮人心的話激活，他臉枕在旺拉的肩頭，目光呆滯。雨點密密麻麻地從空際砸落下來，炸裂在強巴老爹褶皺的臉上，碎裂成無數個細小晶亮的水珠，它們經過交融，又匯聚在一塊，順著強巴老爹的面龐淅淅瀝瀝地滾落下去。有一珠雨點「嗒」地砸在強巴老爹的眼球上，將他從迷惘的死亡邊際拽了回來。強巴老爹最後一眼看到的是滿世界的白花花，聽不到它們滴落後發出的聲響。他抬起濕漉漉的左手，摸了一把旺拉的臉，說，要活著，一定要活著。微弱的聲音從唇邊剛滑下來，就被雨聲拾捲而去。強巴老爹閉上眼睛，手悄無聲息地掉落下去，經幡般在風雨中晃來蕩去。

爹，你不能死啊！旺拉急忙把強巴老爹放在草坡上，彎曲胳膊，枕到他的脖子底，臉貼在他漸漸冷卻的面頰上，無言地啜泣。強巴老爹身上的熱氣立馬消退，變得冰塊般硬冷，旺拉讓他直挺挺地躺在草坡上。

嗡嘛呢唄咪吽、嗡嘛呢唄咪吽、嗡嘛呢唄咪吽……

生死流轉皆因我慢惡業而有，際此平等智光照亮暗路之時；唯願寶生如來世尊引導於前，唯願神聖佛眼佛母護佑於後；唯願使我安度可怖中陰險道，唯願使我安住一切圓滿佛境……

嗡嘛呢唄咪吽、嗡嘛呢唄咪吽、嗡嘛呢唄咪吽……

爹，咱們回家吧。旺拉念誦完經，把強巴老爹重新背在背上，按原路返回自己的村子。山坳裡除了這對父子踽踽獨行外，再也見不到任何活動的生命。

爹，你死了，但用不著害怕。在你上路時，肯定很孤獨，我就陪你聊一聊家常，這樣你就不會覺得孤單。你臨終時說，要我好好活著，是吧？爹。我會的。我會的。想想咱們的家，經歷了多少次的磨難，可活著的人依然堅強地活著，從沒有產生過厭世、消沉的思想。我知道人既然投胎了，就是經千年萬年的積善，終於修來的福報，哪能輕易放棄生命呢？爹，我說的是吧。這一世無論經歷多少次的劫難，只要挺住，你不就是超脫了嗎，是對苦難的一種超脫。我就從你最疼愛的孫子格來說起吧。

那天，潘多獨自一人身背柳筐，肩扛鐵鍬去給莊稼灌溉。晨光牢牢黏在她的身上，渾身閃耀燦爛金光。潘多腆個大肚子，邁著細碎的腳步向山腰的農田走去。風從坡上輕盈地飄下來，夾雜泥土與麥穗的清香，她貪婪地吸著。路經灌木叢和岩石旁時，偶爾有野兔倏地跑過，她望著這些被驚嚇住的野兔，靈敏地蹬著四腿逃命，心裡湧出無限的憐憫來。她一路念誦著嗡嘛呢唄咪吽，那六字真言不斷敲碎山溝裡的寂靜。不一會兒，她走到咱們家的農田旁，把鐵鍬插在地裡，卸下柳筐，凝望開始飽滿的麥穗，眼裡蕩滿了水花。

潘多來到從山頭流下的水渠旁，一鏟一鏟地挖開一道口子，銀色的水從豁口處跳跳盪盪嘩啦啦地湧過去，它們奔向咱們家的農田，滋潤莊稼，同時也滋潤了潘多的心。她久久站立在那裡，腦子裡想到了豐收，想到了一家人舒展笑容的情景。當她繞著田地察看灌溉情況時，不慎在田埂上一滑仰面摔倒。她睜開雙眼，看到了藍藍的天和燃燒著的太陽，周圍寧靜得令人不忍叫喊。潘多就這樣靜靜地躺著。她平生第一次清晰地聽到了小蟲的囁嚅聲，以及莊稼根部吮吸水分時發出的令人振奮的細微聲響。她安靜地聆聽這悅耳的聲音，水浸透了她的彩靴和褲腳。忽然，她肚子底部的某一點上蕩漾起一陣疼痛來，它們像海浪呼啦啦地掀翻她肚子裡的器官，她的額頭上沁出顆顆汗珠，陽光下它們亮閃閃的。她剛忍住那個痛，僅過幾秒，新的疼痛又像噴泉一樣不斷地湧上來，向周身擴散，一次比一次劇烈。

潘多的兩腿間不斷有熱熱的濕漉漉的東西往外奔流。她知道那是血，血流得越來越多。她咬緊牙，兩手拽成拳頭，腳使勁在泥地裡蹬。經過幾次掙扎，格來從潘多的子宮裡刺溜地游出來，他尖利的「哇」聲，震碎了溝裡的寂靜。潘多用手撐起身子，從腰間取下小刀，剪斷了臍帶。她用頭巾擦去格來身上的血汙，脫去氆氌上衣把他裹好，在陣陣清脆的「哇」聲中滴著一路的血，氣喘吁吁地趕回家來。

格來就合你的心，對吧，爹。你別不承認了，我不會說你對崗祖不好。現在他們全都死了，連你也丟下我走了，怪罪又有什麼用。格來出生的那年我們取得了豐收，你異常地興奮，說，格來是我們這一家的福星，會給我們家帶來好運的。當格來長到兩歲多時，洛林溝裡雨水開始多了起來，道路和水渠經常被水沖走。

雨季一過，鄉裡要組織勞力去修水渠和道路。每年我們家都要攤上兩個勞力，我和崗祖在布袋裡裝點糌粑，捲起鋪蓋就走。家裡只剩下了你們仨，你和潘多需要料理農田時，就用一根繩子把格來的腰綁上，繩子的另一端繫在門口的樹樁上。他活脫脫就是一條狗，手腳並用，在塵土裡來回爬，累了就地倒下睡覺；屎尿憋急了，就在褲子裡拉，有時候那屎黏滿他的全身，但你們怎麼顧得了啊！每每潘多中午回來，先用水把圍裙打濕，擦去黏在格來身上的屎，之後給他餵點糌粑糊糊，完事後她又急匆匆趕去給你幫忙。

這小子就這樣長大了，他四五歲時能背著柳筐到山上砍伐灌木叢，平時喜歡跪在你的身旁看你扯羊毛，修理農具，任由你來支使。

爹，你常說小孩子用不著讀書，一讀書人就會變得嬌貴，到後頭什麼農事都幹不了。你對格來上學表示了堅決的反對。最後鄉裡的幹部跑來說，國家規定小孩必須要接受教育，你們不讓小孩讀書，就給你們家罰款。

丟下的話很硬，你沒轍了，你怕罰款，耷拉個腦袋說，這是命，就讓他去吧。

爹，記得格來第一天去上課的情景嗎？天不亮，他背著潘多破圍裙縫製的書包，裡面裝點糌粑和木碗，沿著崎嶇的山路走了兩個時辰，才走到那所洛林鄉希望小學。晚上天黑得不見五指時才回到家來。後來有一陣，你常嘮叨，等格來要費很多燈油。潘多為了節省燈油，常常天不黑，就跑下山在路口等他，由她牽著帶回家來。

有一次，你因村裡的事到縣上去，在那裡碰到了二村夏罷家的二女兒，她在縣醫院工作，她捎你帶去很多裝藥的空瓶子。爹，你在回來的路上偷偷拿了人家的一個瓶子，還說夏罷家要不了這麼多，我拿一個用，每次看到瓶子時就會念叨夏罷家的二女兒。你往那個瓶子裡裝鼻菸粉，格來覺得這瓶子好看，第二天順手裝進書包裡，帶到學校去玩。你醒來就在屋子裡找，找不見氣得直跺腳。我給你我的牛角鼻菸盒，你一擋，撂下一句：父親德行傳兒子，兔子子孫永豁嘴。崗祖就跟你小時候一樣，喜歡拿別人的東西。我知道你又怪罪崗祖了，我給你解釋，你一句都不聽，把手剪到背後，氣呼呼地走出屋門，消失在凹凸不平的小路上。我知道你一天都非常地生氣。

晚上格來還你瓶子時，你卻樂呵呵地說，崽子，你可苦了你公公一天呢。要是我早知道你這麼喜歡瓶子，當時就該給你也拿幾個。

你什麼怨言都沒有，你就喜歡格來。再說吧，你時常叨叨夏罷家的二女兒，說她通過學習考到了拉薩，學校畢業後又回到縣裡工作，真是風光死了。我們家的格來比她聰慧，將來一定會比她更有出息。你讓我和潘多發誓要把他供到大學去。我們知道這是不可能的，怕你發火，只能違心地答應。那天你高興地多喝了三碗糌粑粥，導致你半夜提著褲子到牆腳去屙屎，回屋嘮叨胃疼。我們都知道你怕格來當一輩子的農民，農民的艱辛讓你感到膽寒。你就一心希望他走出洛林溝，成為一名拿公家錢的人。

我記得，那時好像是個初秋，不對，是個秋末吧，確切的時間我忘了。你記得嗎？

那天格來在上學的路上被一輛汽車給壓死了，那年他才十二歲。

旺拉止住步，把強巴老爹往背上蹭了蹭。漫天的雨點粗粗糙糙地掉落，逼窄的山路曲曲彎彎地向前延伸，讓人看不到它的盡頭。

我們得到消息趕到那裡時，汽車旁已經聚攏了一群人。人們看到我們氣喘吁吁地跑來，閃開一條道來。我瞅過去，看到被汽車輪子壓扁的格來身下淌著一汪血，殷紅殷紅的，我的鼻孔裡蕩滿了辛辣的血腥味，它刺得我傻呆了。

爹，你跪在格來的屍體旁，張開麻袋，用枯瘦的手拽著被血透濕的格來的衣服，把他裝進麻袋裡。你扭過臉，對發楞的我訓斥道，魂丟了嗎？快，去弄些土，把血給蓋住。

我回過神來時，你肩頭已扛著麻袋，趔趔趄趄地走下了公路，向河邊走去。你到了河邊，跪在格來的屍體旁，跟他說了很多話，你說了你落空的希望，說了你失去親人的痛苦，說了你對死亡的看法。最後你才對格來說，孫子啊，你死後也做點善事吧，我把你剁了，拋入河裡，用你的血肉餵養飢餓的魚群，讓牠們吃得飽飽的，讓牠們也感激感激你。你從麻袋裡抖出格來的屍體，然後一刀一刀把他切碎。你把自己的孫子一塊一塊地拋入河水裡，河水變紅了，紅色的浪花像生靈張開的嘴，歡快地接受了這個施捨。人們站在遠處看著你，看著你全身心地完成這次水葬。

我卻遠遠地看著你，心好像被人掏空了。末了，我看到你把撕爛的衣服也拋入河水中。你在河水裡洗淨手，就沉沉地坐在河灘邊的鵝卵石上，掏出裝鼻菸的瓶子悠悠地吸了起來。吸了一陣鼻菸，你突然把那個格來喜歡的瓶子也扔進河水裡。

格來，就這樣離開了我們，也從此打開了我們家庭災難的盒子。

那天，鄉領導和學校老師問我們怎樣處理這名肇事司機。

你說，處理個屁，這樣能換回人命嗎？

爹，你說完，把手剪在背後，攥著血跡乾枯的麻袋走回家去。

我被他們截在了那裡。我看到那司機怕得全身發抖，臉上沒有一點血色。我想到他也有妻子和兒子，這人一旦投進監獄，他們可怎麼生活呀。一腔憐憫迸然湧來，我就對他說，人死了，這是命中注定的。我們也不告你，你就走吧。

我回來，把這事告訴給了你，你聽完無言地垂下頭，什麼都沒有說。連著十幾天，我們都能聽到潘多的低泣聲。你也不責怪，也不安慰，只是對我說，唉，這就是女人。

幾個月後，那司機給我們家送來了一頭耕牛和三袋大米，我們一家人樂得合不攏嘴。買耕牛得要幾千塊錢，我們家想都不敢想啊。司機和他的老婆在我們家裡住了兩天，把我們忙得團團轉。司機和他老婆掉著淚感激我們一家人，我們卻為他們能記著我們感到特別地興奮。爹，當時你說司機兩口子是好人，我們沒把他弄到監獄裡去是對的。

那兩天村裡人聚攏在我們家裡，啪嗒啪嗒的腳步在屋門口揚起的塵土一直飄在半空，他們眼裡閃現火紅的羨慕之光，在黑暗的屋子四處劈啪地燃燒。直到三角灶爐裡的牛糞火熄了、陶罐裡的青稞酒飲乾、貓頭鷹的啼聲嘶啞時，村民們才戀戀不捨地離開我們的家。

司機和他老婆臨走時，我們一家人向他們表示著謝意。在他們即將鑽進駕駛室時，那司機轉身說，大爺，過段日子我接你到拉薩住一段時間，你可以去朝拜覺吾仁布其（釋迦牟尼佛）。爹，你聽後眼淚似融化的冰雪，涓涓流淌不止，它沾濕了你的衣襟。你哽咽著一句話都說不出口。

汽車發動走了，轟隆隆的，它揚起的塵土鋪天蓋地，擋住了陽光，擋住了前方的山山水水。

回到家，你驕傲地對我們說，格來用一條命換一頭牛，值！

我們全家人心裡也是這種想法。那可是一頭膘肥肉滿的耕牛，勁力無比。爹，從此那頭耕牛代替了格來，成為了你的最愛。你經常支使潘多、崗祖去給耕牛割青草，帶牠到河邊去飲水，晚上天涼或下雨，你都要提著油燈在牠身旁轉悠一圈，才心滿意足地倒在被窩裡。

那頭用格來的生命換來的耕牛，成為了你向村人炫耀的一件珍品。

強巴老爹，你這頭牛值很多錢呀。

看牠的毛色和個頭，肯定是優良品種。

真是一頭好耕牛，一上午把這麼一大塊地給犁完了。

……

人們的讚歎聲從你身旁嘩啦啦地飄開，你昂揚頭，堆著笑，踩著欽羨的讚歎聲，在小村凹凸不平的路上晃來蕩去。這是我們一家人在村裡最風光的時刻啊！以致幸福地把司機接你去拉薩的事都給忘了。

崗祖有次求你說，那司機來接你時，把我也帶上。

爹，你這才想起司機曾許諾過的那句話來，轉過臉問我，這句話司機是什麼時候說的？我仔細想了想，之後，往拇指上倒點鼻菸粉，噝地吸到鼻孔裡，你就馬上顯出不耐煩來。我說，大概是去年秋末吧。你伸出五個手指頭，認真地掐算了一下，說，已經過了一百八十多天，司機可能很忙，要不他一定會來的。

我們所有人認為你說的很在理，司機那人可真是個好人呢！

從那開始，每當公路上有汽車駛過，你總喜歡把頭扭向屋門口，然後一直等待著。直到梗著的脖子變痠，你才落寞地收拾住目光，把腦袋轉回來。村裡人也時常問你，強巴老爹，那司機什麼時候帶你去朝佛？

他現在很忙，可能過段時間吧！

老爹，到時候幫我們帶點酥油，在佛祖前點個供燈。

我還會為我們村裡人好好祈禱的。你回答。

種子播撒又收割，種子播撒又收割，司機卻再沒有到我們家裡來，我們從此再也沒有提起過他。只是有汽車駛過時，禁不住要豎起耳朵聽聽，汽車是不是停在了公路邊上。

耕牛來到我們家的第三年的那個雨季，這我記得特別清楚。那天，哇，那雨下得真是嚇人。先是一陣敲鑼打鼓般的冰雹咣噹咣噹地砸下來，半個小時後變成急促的啪嗒啪嗒啪嗒的雨點，滿山溝被雨點給罩住了。只消一會兒工夫，筧槽裡如柱的水嘩啦啦地湧出來，屋頂開始漏水，房門前早已經積了一灘混濁的水。我們一家人圍著三角灶爐，在牛糞火的餘熱裡度過這鬱悶的時間。

臨近天黑之時，一陣低沉而巨大的聲響吞沒了整個山溝。我們豎起耳朵，一臉的驚訝。山開始搖晃，房屋開始震顫，那古怪的聲音越響越大，越來越近。

快逃，山洪爆發了。

爹，你的這聲叫喊，使我們從恐懼中驚醒過來，想到了逃生。我拽著你向房子後的山坡逃命，崗祖和潘多緊緊跟在身後。可憐的女人跑到一半，突然想到了耕牛，想到了我們家唯一可以向人炫耀的財產。潘多轉身向牛圈跑去，嘴裡在喊，我去牽牛。

回來！快回來！

任我們怎麼喊叫她都不聽，她濕漉漉的黑背影，沒一會兒就從我們的視線裡消失掉。一陣勁風把我們掀翻在地，然後激打過來一個浪濤，把我們澆得一身濕透。那讓人耳聾的轟隆隆的聲音從我們的身旁浩浩蕩蕩地滾落下去，砸得山都快要碎裂了，它把山溝裡的一切生命和希望都捲走了。

半夜裡充斥著呼喚親人的聲音。

潘多。潘多。潘多——

媽媽——

我的兒子——

我們的家被沖走了。

嘶啞的喊叫聲和淒厲的哭聲沸騰在黑沉沉的山溝裡。

第二天，堆滿我們眼睛的是濕淋淋的泥石，莊稼不見了，房屋不見了，親人不見了，耕牛不見了，植物也不見了，光禿禿的山蒸發著霧氣，一片死寂。活人跪在泥石上，用手扒拉著，希望從泥石底尋找到自己的父母兄弟姊妹，人們的手指摳爛了，血一滴一滴地浸入到大地裡。我們家失去了潘多和那頭耕牛、房子。倖存下來的村民站在金燦燦的陽光底，全身烤得暖烘烘的，但人們擁有的只有自己的影子，村民們一下子變得一貧如洗。

爹，潘多剛嫁到我們家時，你一眼就看到了藏在氆氌藏裝下她的身體的寶藏：她有一個磨盤般大的屁股和野氂牛般粗壯的骨骼。

那天，太陽從山頭探出頭時，村民們已經在路口排起了長長的隊伍，他們懶散地等待送親隊伍的到來。

喔，來了，快煨桑。

送新娘的隊伍來了。敏捷如山羊般的報信人從山腳跑上來，捲起一路的黃塵。爹，你聽後匆忙上梯，在屋頂劃燃火柴，點燃桑，上面撒些糌粑和青稞，祈求神靈保佑這樁婚姻美滿幸福。一縷裊裊的桑煙從我們家的屋頂升上天空，淡淡地消散在藍天裡。

陪送新娘的隊伍一路唱著歌來到了家門口。

我們從裡屋把門給門上，讓送新娘的人們在屋門外唱念協（婚禮歌）。爹，你曾說這是你聽過的最好的念協。那個站在院門右側的男人手捧哈達，左側的男人端著盛滿青稞酒的陶壺，他倆中間夾個女的，她抱著預示吉祥的五穀斗，開始唱念協：

菩提心的父母，
養育如仙姑娘。
勤勞善良美麗，
方圓百里唱頌。
姑娘名叫潘多，
巧手能織彩虹；
持家是個好手，
五穀年年有餘。
……

他們頌揚完新娘，頌揚她的父母，再頌揚我們的家。村民們立在道路兩旁，咧著乾巴巴的嘴唇，會心地傾聽歌詞。

房門打開了，潘多在一個陪娘的攙扶下一腳跨過了門檻。她腳蹬一雙棉毛織物縫製的彩靴，一身黑色的上等氆氌藏裝，裡面穿了件紅色的絲綢襯衣，腰間繫一條花色刺眼的圍裙。她的背上插了彩箭，彩箭上繫有哈達、小鏡、綠松石等。潘多一臉憂愁，眼眶哭得紅腫。

潘多就這樣從遙遠的山外，嫁到了我們這個偏僻的山溝裡。村民們為我討到老婆而高興。爹，你藉著酒勁悄聲對我說，以後多睡你的女人，今後就不愁我們家不興旺。

潘多說，她娘家那邊的土地很肥沃，還可以種植核桃和桃樹。

我知道她婚後說這句話的意思，她就是繞個彎說我們這裡特別貧瘠，比不上她的娘家。即使這樣日子總得要過下去呀，潘多從你的手裡接過了家裡所有瑣碎的事情。爹，你一下閒了下來，閒得有時候心慌慌，硬要找個茬跟潘多和我吵吵。你的脾氣可真暴啊。說理說不過人家，你就抄傢伙打人，打得潘多有次額角上裂了個口子，血汩汩地冒出來。我用頭巾把她的傷口綁住，她蜷縮在牆角低聲哭泣。她哭了整整一個晚上，第二天虛弱得像醉酒的人，幹活時東搖西晃。經過你的幾次暴打，潘多恭順地承認了你在我們家庭裡的最高地位，事事都向你討教，你蒼老的面龐上開始掛上了笑意。

說真的，潘多可是個特別能幹的女人，農田裡的活樣樣拿手外，也能織氆氌、釀酒、縫製衣服，難怪村裡的尼瑪大叔說，一個好端端的喜鵲，怎麼落巢到坍塌的破屋裡去。

潘多為我們家懷了六次孕，一個在胎中死掉，三個因麻疹死掉，活下來的只有格來和崗祖。還記得潘多生崗祖時的那一幕嗎？

天還沒有亮，我們就聽到潘多疼痛的叫喊聲。你蹬掉被子，顧不上害羞，赤身裸體地跑去點油燈，嘴裡還罵罵咧咧地說，你的女人快要生小孩，你還像個死豬，睡睡睡。起來燒水。

藉著油燈昏暗的光，我看到潘多邊喊叫，還用手指撕抓自己的胸脯，指甲滑過的地方沁出血珠來，留下幾道暗黑的印記。

我要死了，疼死了，全是你弄的。媽媽呀，救救我。潘多叫喊著，身上已是汗淋淋。一陣疼痛過去以後，她虛弱地喘氣。

我想拉屎。潘多說。我扶她起來，裹上藏裝準備到屋外去。

就在屋裡拉，說不準一拉拉出個小孩來。爹，你繃著個臉說。我看到你已經穿好了衣服。

屋裡怎麼拉？我問。

你沒有回答，徑直走過去，拿來銅盆，又從三角灶爐裡往銅盆裡掏些灰燼，擱在屋中央，說，就往銅盆裡拉。

潘多有些猶豫，但她還是坐在了銅盆上。你把三角灶爐點上火，刺眼的煙子在屋子裡到處流竄。

我拉不出來。潘多說。

那就躺著。我說完扶她回到被窩前。

這樣來來回回折騰了十幾次，時間也臨近中午，把我弄得是筋疲力盡。

潘多說她還想拉屎。我顯得很煩，我問，你到底有沒有屎可拉？

你只會捅、捅、捅，舒服過後就忘記女人要遭罪，生小孩對女人來講等於死一次。你怒氣衝衝地訓斥我。

我再一次扶著潘多坐到了銅盆上。疼痛恰時來到了，潘多從銅盆上滾落在地，蜷縮著，腳踢翻了銅盆。爹你撩開潘多的藏裝下襬，掰開白粉粉的兩腿，盯住毛茸茸的陰道說，潘多用勁，小孩的腳出來了，再用勁，用勁。進去了，再用勁。

沒出來，用勁。用勁用勁。

再用勁，出來了，出來了，是個小子。再用勁。

我倆拉著拽著，緊張得全身都濕透了，但是，我倆還是從潘多的子宮裡頭把崗祖給掏了出來。死寂了二十四年的破敗的房屋裡，第一次響起了嬰兒的啼聲，我覺得這個孩子會使我們家結束隱晦的日子，迎來一個充滿希望的將來。

爹，你抱著崗祖高興地失聲流涕，連著幾天都在說，喔，這小子不簡單，他生出來時腳先著的地，我們家以後會從這發跡的。給這小孩取名叫崗祖（腳先著地的意思）吧。

哦，你看，下面就是二村了，現在那裡多寂靜。這鬼天氣把人全逼進房屋裡，心卻焦急地想著地裡的莊稼。看看，二村的莊稼大片大片地斜倒在地裡，這雨要是還不停的話，麥穗肯定會霉爛的。爹，你濕透了吧。要是我背你到村裡躲雨的話，鄉親們會熱情地開啟房門，倒一杯熱茶，再送上一碗糌粑；他們會圍住你，傷心地流淚，輕誦六字真言，祈求你來世投胎到一個富裕、慈祥的家庭裡。這樣我們會給人家添很多的麻煩呀。爹，你也別記恨我，說我沒有把你帶到村裡去看看，你就從我背上瞅瞅二村，看完我們繼續趕路吧，前面的路還長著呢。

還有一段路要走，我們倆就講講崗祖吧。剛開始時你是那麼地喜歡他呀，你時常背著他在村子裡遛達，逢人就說，這小子長大以後會是個種莊稼的能手。可是，崗祖長到五歲多時，你驚異地發現他不但木呆，而且有點口吃和不愛言語，這讓你極度地失望。你望著挺個大肚子的潘多，又把希望寄託在未出世的小孩身上。接連幾個小孩的去世，使你的希望一次次落空，到最後你把所有的罪全推卸到崗祖的身上。直到格來出世，你的怨憤才稍稍平息了一些。崗祖是老大，當然他受的苦最多，這一點你最清楚。直到他二十七歲被人捅死，都沒摸過女人的身子，不知道女人能給男人那種全身痙攣的快樂。每次鄉裡組織農民修水渠、修道路，我們都讓崗祖去。那都是害人的徒勞的累人的活，今年修，明年照舊被水沖走，沖走了再來修，沒完沒了。崗祖卻一句話都不吭，悶悶地拾掇好被子，口袋裡裝點糌粑，訥訥地走出家門。幾個月後回來時，臉上的皮膚被太陽曬得黑炭一般，顴骨突出，眼眶深陷。潘多剛開始見到他變得餓鬼一般時，偷偷躲到旮旯裡抹淚，次數多了也就不當回事了。只是崗祖到二十四歲時，潘多執意要給他討個老婆回來。爹，我們託人說了好幾家，全都謝絕了。最後你走出洛林溝，求潘多的哥哥給介紹一個。就在那一年潘多死了，我們成了一無所有的人，我們還敢去求人家做媒嗎？這事就被擱了下來。

你說崗祖木呆，但有一次我發現他也有敏感的時候。你可能不記得。有一次格來拿著書本裝模做樣地朗讀，崗祖在一旁傷心地掉淚。當時我看到後，心裡覺得愧疚，但轉而一想，我們連吃飯都成問題，哪有這樣的美事會落到老大的身上，老大就得犧牲，這是責任，這是義務。你贊成我的話，我知道，你肯定會說我沒有說錯。但現在想想心裡還是有些愧疚。

近幾年，由於溝裡時常發生泥石流，我們的莊稼地常遭受破壞，打出的糧食只能維持幾個月。政府會拿出糧食和錢來幫助我們度過難關，可是受災的人太多了，讓政府也為難。為了使全家人過得好些，崗祖每年五六月分到牧區去挖蟲草。他和村裡的幾個年輕人搭個簡易的帳篷，然後漫山遍野地尋找蟲草。兩個月下來，他懷揣沉甸甸的一、兩千多塊錢回村子裡。這些錢對於我們家來說是多麼地珍貴，是我們繼續生活的勇氣，是我們對未來的希望。

去年，我背著一袋糌粑和壺，把崗祖送到了公路上，後來他搭乘一輛手扶拖拉機，向縣城方向捲去。我至今記得，那手扶拖拉機噴著黑霧，發著刺耳的托、托、托的聲音向前駛去，那聲音震得耳朵都要變聾，真是個不祥之物。堆滿糧食、被子、鍋等什物的車廂頂上，十幾個人扎在一塊，像風中的花朵在車廂頂上搖曳。

就在回來的前幾天，崗祖為了爭搶一棵在青草中搖動的蟲草，一棵能賣十多塊的蟲草，與人發生了爭執。雙方一陣扭打，勝負難分。疲勞的對方為了盡快結束爭鬥，從腰間別著的刀鞘裡抽出刀子，陽光下寒光一閃，崗祖被嚇懵了。他木呆呆地站在原地，刀尖卻筆直地向他的胸口飛來，扎入他的肉體裡，血順著刀身奔流出來。它們浸染了他破舊的衣裳，崗祖輕柔地「哦」了一聲，蜷著身子慢慢蹲在草地上，腳一蹬，便止住了二十七歲的生命。

我從公路上背著崗祖，經過逼窄的小路，回到了村裡。

那天，天格外地藍，羊毛似的白雲一路追攆著我們。我跟崗祖也說了很多的話，他一路上很乖巧地趴在我的背上，聽我嘮叨。

旺拉背著強巴老爹回到三村時，已是下午五點的光景。村裡人全躲在屋子裡，誰也沒瞅見澆濕的這對父子。旺拉撞開門，把強巴老爹身上的衣服扒光，在牆腳鋪上一塊布，讓他舒服地躺在上面；旺拉再從一個化肥袋子裡取出白色的氆氌，蓋住強巴老爹赤裸的身軀。一盞陶製的供燈裡火苗歡快地跳躍，旺拉跪在強巴老爹的身旁不斷地念經：

嗡嘛呢唄咪吽、嗡嘛呢唄咪吽、嗡嘛呢唄咪吽……

嗡嘛呢唄咪吽、嗡嘛呢唄咪吽、嗡嘛呢唄咪吽……

一陣沉悶而有力的聲音，從遠處滾落下來，似打雷又像獅子憤怒的低吼，它震撼大地，房屋吱嘎亂叫。旺拉站了起來，走出屋門，循著聲音向山頂望去，霎時驚呆住了。

從山頂滾落下來的水，像一堵厚厚的牆壁，它濺起很大很大的一朵浪花，浪花很美，很壯觀，是那種蛋白色的透明的，還伴有溫柔的不可解讀的語言。一陣涼風夾著水的分子，紛紛灑灑地落到他的臉上，涼絲絲的，它們鑽入到他的骨髓裡。又激起一朵浪花，它直刺向天際，似霧似雲，與天連成一片。旺拉驚奇地看到那裡頭有金黃色的油菜花和麥穗、灌木編織的花環，它們飛速地交換著位置，織出各種美麗的圖案。突然，油菜花、麥穗、灌木，所有一切紛紛墜落了下去，唯見蓮花座上的菩薩凝視著他。旺拉真切地看到菩薩眼裡湧滿的淚水，那淚水滴答滴答掉落到他的心頭，他把所有的苦難都給忘記了。

殺手

我的心提到了嗓子眼上。我的腦海中出現了康巴人拔刀子刺向瑪扎胸口的畫面，鮮血浸透瑪扎的白襯衣，他的胸膛上好似盛開了一朵玫瑰。

東風卡車在一片廣袤無際的沙地上揚起滾滾黃塵，由東向西飛駛。車上裝滿了貨物，貨物用草綠色的篷布罩得嚴嚴實實。駕駛室裡就我一個人。此時，睏倦不斷襲來，讓我連連打了幾個哈欠。

我左手握住方向盤，右手從包裡掏出一根菸，用肥得看不見骨節的手笨拙地打燃火機，悠悠地吐出一縷煙霧來，這泛白的煙霧慢騰騰地在駕駛室裡飄散開。前面是灰濛濛的看不到邊際的遼闊大地，睏倦經血液向周身擴散。為了驅趕這難熬的睏倦，我只能大口大口地吸菸，轉瞬間一根菸吸完了。

我的手再次伸向包裡時，猛地發現在地平線的盡頭有一個蠕動的小黑影。我在心裡思忖那是人呢還是動物？我狠踩油門向那個黑點飛駛過去。隨著距離的縮短那黑影開始變得清晰起來。我看清那是個形單影隻，背上背著被子的人。我想：有這種堅定意志的人，肯定是去朝佛的。汽車加快速度向那人挨去。

聽到汽車的轟鳴聲，那個人止住腳步，站在原地面朝向了東方。我透過駕駛室的窗玻璃望去，那人在遼闊的天地間顯得這般地渺小、這般地淒涼、這般地無助。

我忽然想做件善事，搭那人一程路。汽車靠近那人時，他伸出雙臂使勁搖晃。我看清那人頭上繫著黑色的髮穗，身材細瘦，腰間別著一把長長的刀子。我把車子戛然停在他的身旁，揮手示意上車。那人打開車門，把髒兮兮的被子和黑黢黢的鋁壺擱在坐墊上，人麻利地擠坐在一旁。

「把東西放在下頭。」我命令他。

他把被子從座位上拿開，塞到腳底下，然後用腳狠狠地跺了跺。這是個面龐黧黑，顴骨凸起的康巴男子，他的臉上被汗水滑出了一道道線，腳上的皮鞋已發白而且腳尖磨出了窟窿。我重新發動汽車，又在無際的戈壁灘上揚起滾滾黃塵疾速飛奔。康巴人木訥地瞅著車窗外，映入他眼裡的是望不到邊際的荒沙，偶爾一些生命頑強的荊棘映入到眼裡，他才露出一絲不易覺察的笑來。

「喂，康巴人，你是去朝佛的嗎？」

康巴人滯緩的目光移到我的臉上，乾嚥口水，目光又轉向看不到邊際的廣漠的大地上。

「你是去朝佛還是去做生意？」我有些氣憤，聲音拔高了。

「都不是。我到薩嘎縣。」

我對這個回答感到滿意，臉上露出了笑容。我接著說：「那你搭對車了。我是到阿里的，可以搭你一程路。」康巴人感激地微笑。汽車裡彌漫著和諧的氣氛。我又點燃一根菸，神情悠悠地抽著，睏倦已經離我很遙遠了。「你到薩嘎去幹什麼？」我凝視著前方問。

「去殺人。」

康巴人的話著實把我給嚇了一跳。我定定神，隨後爽朗地一笑，說：「你真幽默，看你的樣子都不像，我絕對不相信。」

康巴人把掉落到額頭上的幾根髮穗用手指頭塞進頭髮裡，目光盯著前方說：「你不相信，那我也沒有辦法。」他又艱難地乾嚥口水，我發現他的嘴唇乾裂。他接著又補道：「那人在十六年前殺死了我父親，然後一直在外潛逃。我幾乎走遍了整個西藏，歷時十三年，到頭來一直都是在瞎跑。」

我瞟一眼康巴人，心頭即刻湧上一股悲哀。在我的想像中復仇的人應是高大魁梧的，必須是那種穿一身黑色的衣服，戴個墨鏡，腰間還必須別把手槍。而我旁邊的這個人，除了有不苟言笑的冷峻的面龐和迷惘的眼神、腰間掛著一把銀製把柄的長刀外，並不具備令人悚然的殺手特徵。我徹底失望了。我別過臉去望著空曠的天際。駕駛室裡只能聽到發動機催人睏倦的聲響。

「什麼時候到薩嘎縣呢？」康巴人盯著前方問。

我從車窗裡扔掉菸蒂，懶洋洋地回答：「天黑以前吧。你是不是急著要殺人呢？」

康巴人定定地瞅著我，那眼光裡除了輕蔑外還含著挑逗。我的全身不自在起來，手裡開始出汗。康巴人咬牙切齒地說：「我都可以耐著性子等十多年，還計較這短短的半天一天時間？」

我沒有搭理，凝望著前方。

不一會兒，西邊的地平線頭隱隱地顯出綿延的山的輪廓；倒車鏡裡映出燃得紅紅的太陽，它正一點一點地從東邊掉落下去。我看坐在旁邊的康巴人，他出神地望著前方。他的寧靜、他的沉默、他的堅執，使我有些後怕。為了緩解這凝重的氣氛，我說：「馬上就要到了。山嘴那邊有一條公路，順著走進去就到了。」

「唉！」汽車的齉聲齉氣淹沒了康巴人的應聲。

車子快速向西邊湧現出的山飛奔，再後來沿著山腳蜿蜒的小路急速行駛。

「到站了。」我如釋重負地說。此時天快要黑了，狂風在嗚嗚地吹。這是個岔路口，前方的景色開始模糊起來，天與地快要融合在一塊。康巴人動作笨拙地打開車門，一股黑色的冷風呼嘯著奔湧進來，讓我倆全身打了個寒顫。他從車廂裡拽出被子和鋁壺，背在了背上，按照我指給他的方向走去。他即刻就被無盡的夜幕吞沒，從我的視線裡逃逸掉了。

沙礫拽著風的褲腿，嗚咽聲中，一腳一腳踹在車玻璃上，可憐的玻璃咔嚓嚓咔嚓嚓地哀鳴。車頂的篷布喀嗟喀嗟地跳躍。這裡的風沙真嚇人。我在黑夜裡摁了幾聲喇叭，聲音被風裹捲走了。我想這又何必，是給他壯膽，還是跟他告別。我也不知道是什麼意思。

汽車在黏稠的黑暗裡繼續向阿里方向駛去。那大燈的亮光，在蒼茫的大地間，顯得淒涼而孤單。

我在獅泉河鎮耽誤了四天，回來時是空車。這一路想的都是康巴人，為他能否復仇我擔盡了心，還設想了很多個結局。車行駛到去薩嘎的岔路口時，我無意識地做出了令我自己都咋舌的舉動，將方向盤打向了通往薩嘎的道路上。

午時的太陽毒辣辣的，照得道路一片蒼白，汽車逆著江水飛駛，江水沖擊岩石激起的白色浪濤和嘩嘩的水流聲，給了我些許的涼意。道路兩邊的山上沒有什麼植被，倒是稀疏地長著些荊棘，偶爾在荊棘後面可以看到一兩頭乾瘦的羊。這裡真是荒涼。

我看見了低矮的民房，土灰色的房子毫無生機，透出年代久遠的氣息。一條不長的街道，貫穿整個縣城。我把車子停在了縣城招待所。

午飯是在一家茶館裡解決的。這家茶館非常簡陋，幾張木桌再配幾只粗製濫造的矮木凳，地上坑坑窪窪一點都不平整。我吃得很簡單，一瓶甜茶，十五個包子，它們把我的肚子撐得滾圓。飽暖思殺手，我有些迫不及待了。

「喂，姑娘。」我喊。

「還想要點什麼？」姑娘的表情裡充滿嗔怪，她想我又要支使她了。

「我想打聽一個人。」

「誰呀？」她的臉上漾起了微笑。

「前幾天到這來的一個康巴人。」

「是那個細瘦的？剛開始我還以為是討飯的。」

「他沒有鬧什麼事吧？」

「沒有啊。他要找瑪扎。」

「找到了嗎？」

「找到了。」

我的心提到了嗓子眼上。我的腦海中出現了康巴人拔刀子刺向瑪扎胸口的畫面，鮮血浸透瑪扎的白襯衣，他的胸膛上好似盛開了一朵玫瑰。

「唉，我給你說。」這姑娘喜歡嘮叨。這也難怪，茶館裡就我們兩個。

「那天，太陽已經升得老高了，縣城的道路上人們突然看到一個陌生的康巴人背著被子，頂著炎炎烈日在轉悠。我們的縣城規模不大，一眼就能望到頭，建築物零散地坐落在道路兩旁，路上行人稀少。大概他轉累了，這點我從他布滿血絲的眼睛裡看得出來。康巴人大搖大擺地走進來，坐在臨街的窗口旁。他的目光掉落到我的身上，同時我也看到他皴裂的嘴唇和襤褸的衣裳。那把刀可真美呀！

「我抱著暖水瓶，隔著兩張桌子打量他。『這裡有個叫瑪扎的人嗎？』他問。我知道了，他是來找人的。這徹底糾正了我先前認為他是討飯的想法。我的腳步繞過桌子、凳子，拔開瓶塞，將一縷帶著奶香的甜茶從瓶口倒出去，裝滿了白色的玻璃杯。我回答：『縣城西頭有個叫瑪扎的，是開小百貨店的。』『他是貢覺薩恩的嗎？年齡大概在五十歲吧。』我咧嘴一笑，

『你是來尋親戚的吧？』康巴人再次急切地問：『是貢覺薩恩的吧？』我覺得索然無味，『是不是貢覺薩恩的我不知道，可他差不多五十多歲了，在這裡開店已經有兩年了。他還經常去寺廟裡轉經，對菩薩特別地虔誠，所以我們縣城裡的人都認得他。』康巴人呼吸急促起來，臉燒得火辣辣的。『你尋到親戚高興了？』我立在旁邊問他。康巴人的眼裡突然淌出淚水，嗚嗚地哭了起來。那杯茶不再冒熱氣了。他說：『終於尋到了！』我看這個康巴人這麼激動，驚奇地坐在了他的對面。中間隔著一張桌子，玻璃杯子裡的甜茶上面積了一層薄薄的焦黑的奶漬。康巴人此刻平靜了許多，他擦去眼角流淌的淚水，眼睛望著窗外的街道。街上只有寥寥幾個人，從他們的步履神態你就能知道這個小縣城的清閒、幽靜。康巴人轉過頭來看見坐在對面的我依然盯著他，垂下腦袋端起杯子把茶喝乾。『你跟其他康巴人不一樣。』我說。他僵硬的面部抽搐了一下，過後又把茶杯裡的幾滴剩茶滴到舌頭上。我重新給他倒甜茶。康巴人說：『有藏麵嗎？』『有。』『給我來一碗。』我掀開門簾，走進廚房裡。『藏麵來了。』康巴人盯著瓷碗裡粗粗的麵條被淹在油膩膩的骨頭湯裡，上面澆了一勺搗碎的紅辣椒，他嚥了口水，焦黃的舌頭舔了一下碗。我看到唾沫沾在碗邊，一陣噁心。我離開了康巴人。沒有一會兒，他囫圇吞下了一碗麵。『我的被子能在這牆角放一會兒嗎？』康巴人問我。我點點頭，『你尋到親戚再過來拿吧。』他就出去了。喏，你看。他的被子和鋁壺全放在這裡，他再沒有到這裡來了。要是他在縣城我準能看得到他，我想他可能到別的地方去了。」

千真萬確，那個被子和鋁壺是他的。他人到哪裡去了？

「那個瑪扎還在嗎？」我問。

「在。他在前面開了一個小商店。」

我想這殺手不會被瑪扎給收拾了吧，心裡隱隱有了不祥的預感。我這人真是的，一緊張就口渴，一口渴腦袋裡的絃就繃得快要斷裂了。我老婆常用藏族的俗語勸我：別擠進吵架的人群裡，要擠就擠到賣油的隊伍裡去。真是說對了。

「拿瓶啤酒。」

「喝哪種啤酒？」姑娘問。

「拉薩。」

啤酒咕嚕順著喉嚨落進肚子裡，繃緊的絃一下鬆弛下來。我想我一定得找到這個殺手。

「給我桶裡裝滿青稞酒。」一個腿稍瘸的男人坐在了我的對面。

「羊誰幫你看？」姑娘問。

「不關你的事。快去倒酒。」我知道了他是放羊的。

他衝我笑，我遞過去一根菸。我們交談起來。他見過那個康巴人。

羊倌說：「我當時不知道他是康巴人。我趕著牛羊過去，尿脹了。你也知道尿脹的滋味，那可真是不好受，會把你的膀胱炸裂。這下好，你會理解我的。我讓牛羊停下來，獨自爬到山腳那棟房後方便。那尿放出去全身的骨頭都麻酥酥的，這才把注意力移到了四周。我看見一個人躺在岩石下，睡得很香。不信啊？我說當時那人的鼾聲可響呢。我想他是朝佛的就沒有理會。可能是我下山時吆喝那頭犏牛，把他給吵醒了。」

「我走到公路上時，他醒過來站到了一塊岩石上。太陽剛從山頭探出頭，一縷金燦燦的光傾瀉在他的身上，感覺他暖融融的。我看到康巴人懶散地伸伸胳膊，長長地吁了口氣。他一直注視著我。幾十頭氂牛悠然自得地在公路上不急不慢地走，我左胳膊上繞了幾圈羊毛，右手轉著拈線輪，神態安詳，步履緩慢。偶爾，那幾個時常搗蛋的氂牛想獨自離開公路，我只能大喝一聲，從地上撿塊石頭，向公路邊的斜坡上爬去的氂牛擲過去。那些氂牛驚得小跑一陣，又搖擺尾巴懶洋洋地加入到牛羊群裡。康巴人一直看著我，可能他的心裡覺得美滋滋的吧。後來我看到他提著鋁壺走下公路，再順著亂石崗堆滿的陡坡緩緩向江邊走去。江水湍急，嘩嘩的水流聲淹沒了一切的嘈雜聲。康巴人脫掉襯衣，光著身子，用雙手掬水把臉和脖子給洗了，再拿上衣揩乾。他左顧右盼，終於選了一塊表面平坦的青石，提一壺水擱在旁邊，開始磨一把長刀。他一邊磨一邊還要倒些水在青石上，磨刀的聲音被滔滔的江水聲蓋住了。康巴人把刀插進刀鞘裡，重新打一壺水向公路上爬去。」

「後來呢？」我問。

「後來，沒有後來了。我再沒有見到他。」

羊倌說完時，三瓶啤酒已經喝完了。

下午的街道被太陽統治著，沒有人行走，一片死寂。我有些醉意，硬邦邦的石塊，有點磕腳，我盡量保持身體的平衡。我直奔縣城西頭的瑪扎小百貨店。店子開在公路邊上，是租當地人的房子開的門面，旁邊還有一家四川人開的小吃店。

我越是挨近那家小百貨店，心裡越發地緊張。我感覺面部燙得像被灼烤一般，氣粗重得都有點接不上來。我想現在我是殺手，抑或我在重複那殺手走過的路程。我走到小百貨店的窗口，只見貨架的右側端坐著一個三十多歲的女人，穿戴很普通，臉有點蒼黃。她見到我後臉上浮出了微笑，問：「你要買點什麼？」我呆呆地望了她一會兒，才鎮定下來。我問：「這是瑪扎開的店子嗎？」我的聲音有點輕飄飄。

女的聽後站了起來，吃驚地問到：「你認識我丈夫？」

我說：「不認識。」

「哦——」瑪扎的女人長嘆了口氣。「怎麼前幾天也有一個人來找他？這幾天他一直心神不定。」

「他在家嗎？」

「他到寺廟去了。一個鐘頭以後就會回來。你先進來喝杯茶吧。」

我繞過店子從後面的門裡進去，屋裡安了兩張木床，中間擺著一個矮腳藏桌，光線有些黯淡，牆角堆放了很多的紙箱，一個大貨櫃把這間並不大的房子隔成了兩間，貨架外面是小商店，裡面卻是住人的地方。

「聽口音你不是康巴人。」

「我不是。我是當地人。」

「上次來找他的那個康巴人呢？」

「坐了一會兒，後頭哭著就走了。」女的正往酥油桶裡丟一坨黃黃的酥油。

「為什麼哭？」我問。

瑪扎的女人沒有回答，她反問道：「你是那個康巴人的朋友？」

「不是。我叫次仁羅布，我們到薩嘎坐的是同一輛車子。」

瑪扎的女人忙著給我倒茶，我吊緊的心漸漸鬆弛了下來。

「回來了。」一個清脆的童聲從屋外響了起來，這聲音讓我全身起了雞皮疙瘩，呼吸急促起來。一個約莫四歲的小男孩已經站在了我的面前，小男孩鼓著眼睛，驚奇地望著我，然後轉身依到他母親的懷裡。瑪扎的女人說：「他是來找你爸爸的。你爸呢？」

小孩怯怯低說，「在後面。」

房門又被推開了，閃進一個人來，這人身子已經彎曲，頭髮也已花白，額頭上深深淺淺地布滿了皺紋。他看到我後，身子向後傾斜，眼睛睜得如同一枚銀圓，口吃地問道：「你、你、你是、是……」

「次仁羅布。」

瑪扎的臉一片鐵青，嘴唇抖動。

「瑪扎，怎麼啦？」女人問道。

「沒有什麼，我走路走得太急了。你找我有事嗎？」

「我來問你前幾天見過一個康巴人嗎？」

「見過。他說是來找我的。但一見我這個樣子，他只搖頭。說，找的不是我。我叫他喝了茶，後來他哭著跑了出去，再沒有見到他。」

「我要去找找他，我告辭了。」

「這是怎麼回事？」

我沒有理會，我想我既浪費了時間，又浪費了汽油，得趕緊離開這裡。

汽車駛出了薩嘎縣城，我想也許會在路上碰到那個康巴殺手的。

曠野裡汽車輪胎爆了，我躺在駕駛室裡睡著了。

在瑪扎的房子裡女人帶著小孩出去了。我和瑪扎對目相視，屋裡的空氣驟然間要凝固似的。我右手使上全身的勁，牢牢抓著刀把。此刻，我丟棄了所有繁雜的念頭，頭腦裡只有捅死瑪扎，替康巴男人和他的父親報仇的想法。我手心裡刀把的花紋很有質感，那紋路曲曲彎彎，摸著讓人感覺特別地舒服。瑪扎說：「我天天在菩薩面前贖我的罪，我沒有什麼懼怕的，只是沒有想到你會來得這麼快。殺人償命，這是天經地義的事情，來吧，你下手吧。」一道寒光閃過，刀尖已經插進瑪扎的胸膛，我把瑪扎抵到了牆角，傷口處有鮮血汩汩湧出，順著刀身潤濕了我的手，熱熱地有些黏糊。瑪扎眼裡一片安詳，他艱難地向我咧嘴微笑，便斷氣了。我抽出刀子，瑪扎像堆捆草順牆角倒了下去——

醒來外面陽光燦爛，白花花的太陽光讓我睜不開眼睛。

我想：該下車換輪胎了。

阿米日嘎

貢布的哭聲，把我的心緒攪得很亂，沒有破案之後的喜悅心情。我能安慰他什麼呢？他的盼頭被我用事實給擊碎了，我置他於水深火熱中，我覺得愧疚。

接到報案，我匆匆開著那輛北京吉普，向案發地然堆村進發。汽車在簡易的土路上顛簸，車裡到處都在發出聲響，五臟六腑在我體內晃蕩個不停。這破車不會在半路上散架吧？要是散了，我只能徒步走到那山溝裡，處理這件煩人的案子。

說實話這不是什麼大不了的案子，就一頭種牛死了，現在種牛的主人懷疑是被人投毒而死的。然堆村的村委會主任硬是叫我過去斷案，說公安判的絕對正確，以後村民不會再有怨言的。屁話，就為了這句屁話，我得在路上震蕩一個多小時。

開闊的前方是整片的沙棘林，她們等待我穿越過去，灰色的枝幹遠遠地向我招展。要是春季我倒樂意從這裡過，沙棘枝葉上細碎的黃花，在陽光下像金子一樣熠熠發輝；可是初冬一片蕭瑟，讓人無端地提不起高興勁來。

這顛簸讓我難受。我停下車在沙棘林邊方便，一股滾燙的尿滲進發灰的土裡，冒出各種不等的泡來。我剛把拉鍊拉上，只聽沙棘林裡傳來嚓嚓的聲響。不一會兒，一個農婦趕一頭牛出來，她背上的柳筐裡裝滿了牛糞。

她咧嘴向我笑。這是個上了年紀的農村婦女，頭上纏著花格頭巾，臉上堆著溝壑縱深的皺紋。

「你好有收穫，裝了滿滿的一筐牛糞。」我說。

「不止這些，這頭母牛剛配上種了。聽說是從外國引進來的公牛，很貴的。」她停下來，從懷兜裡取出鼻菸盒，開始吸鼻菸。白黑相間的母牛，不住地搖動細瘦的尾巴。

「配一次種要多少錢？」我盯住母牛黑不溜秋的屁眼問。

「很貴的。」她臉上有壞笑。

「哦！」應著我趕緊把目光移開。

「你是縣上來的？」

「我要到然堆村去，聽說那邊的一頭種牛死了。」我回答。

「啊！是貢布家的種牛。那頭種牛比我們村裡的這頭種牛還要貴。為了買那頭種牛，他們家欠了很多債。曾聽科技人員說，要是用那頭配種的話，生出的牛產奶量是我們這邊牛的好幾倍呢。還有牛的個頭也比我們的壯實，產的肉也多。這下他們家完蛋了。」

聽了這話，我發覺事態的嚴重性了，應該趕緊到然堆村去。我的眼前閃現的是一個悲憤的農夫。

「我得趕路了。」

「幫他們好好查查，那頭牛可是他們家最值錢的東西。」

我一溜煙跑開了。我現在顧不得震蕩只能向前趕，把很多灰濛濛的村子甩在了後面，終於看到往然堆村進的那個山嘴。

汽車在溝壑裡行駛一段後，開始爬窄狹的山間盤桓小路，道路左側是裸露的石塊和矮小的枯草，右側是幽深的溝谷，半山腰上零零散散地坐落著村民的房子。順房子下來的坡地上，層層梯田滾落下來，方方正正地很有規則。村頭和村末有幾株碩大的楊樹，遠遠地望去發黃的葉子在陽光下金色一片。這裡不僅閉塞，也很寧靜。

北京吉普哼哧哼哧著吃力地爬極陡的山路，之字形的山路上不時需要轉彎。前面又是一個轉彎處，我剛打方向，路邊上站著村委會主任普瓊，他揮手示意我停下來。蠢人。我心裡罵道。這麼陡的斜坡我怎麼停，一停這破車就會滑到山腳下的，你還要不要我斷案。我沒有理會他，只顧著繼續往前開。側眼一看，倒車鏡裡普瓊主任在一片灰塵中奔跑，張著嘴揮著手。我卻只能勇往向前。

我把車子停在了村口的楊樹下。沒一會兒，普瓊主任灰頭土臉地趕了上來，看到他這副樣子，我心裡有些愧疚。「這山路太陡了，汽車煞車不好，不敢停。」

「來了就好。來了就好。」他氣喘吁吁地彎下腰，兩手搭在膝蓋上，灰不溜秋的腦袋晃蕩。

我掏根菸遞給他，他把菸夾在了紫黑的耳朵上，依舊弓著身。我點上菸抽了起來。

「先到我家去吧。」普瓊主任說。

「不了。等你緩過來，給我說個大致的情況。」我希望能馬上斷案，然後回縣城去。

「貢布上午把種牛拴在村後坡地上的楊樹下，回來時遇到了嘎瑪多吉。一個鐘頭後貢布再去看種牛，楊樹下已經沒有種牛。他爬上山坡去找，在一塊大岩石後的荊棘叢裡發現了種牛。種牛嘴裡吐著白沫，倒在荊棘叢裡，已經死掉了。貢布認定是嘎瑪多吉把種牛牽走，然後給牠投毒的。嘎瑪多吉卻不承認，說他不會幹這種損人的事情。他說上山後就和洛桑在一起，洛桑可以給他證明。大致就這麼個情況。」普瓊主任喘著氣把話說完了。

「種牛抬過來了嗎？」我問。

「上午就抬過來了。」

「你先領我到貢布家去。」

「車子可以開到他家門口。」

「那好。上車吧。」我們開著車進村，路邊覓食的雞驚得直往岩板砌的院牆上飛。幾個臉蛋黑紅、頭髮蓬亂的小孩，攆著車尾追過來。按照普瓊主任指的方向，吉普車向右拐進一個胡同，停在一家院門前。

我還沒有下車，院門裡蹦出一個清瘦高個的農民。他見車上下來的只有我和村委會主任，不相信似的扒在車窗上，晃著髒兮兮的腦袋往裡看。確信車裡再沒有別人後，他的情緒極度低落。那些攆車的小孩滴著鼻涕，吵鬧著趕到了這裡。他們一見到這個哭喪著臉的農民，轉身往回跑。

「這是從縣公安局來的。貢布請人家進屋呀！」普瓊主任說這話時，屋裡兩女一男也來到了院門口。

貢布垂掉著雙肩，悶悶地轉身，跨過低矮的門檻，把清瘦的背影扎在我的眼睛裡。

「請進來，索曲打酥油茶去。」頭髮發白、手裡轉著經筒的女人，對旁邊的中年婦女吩咐。

「不用。」我說。

「趕了這麼遠的路，肯定口渴了。喝點茶再辦案吧。」普瓊主任附和道。

我的腳跨過了門檻，一眼看到躺在院子裡的種牛。真不敢相信，有這麼龐大的牛呀！牠把院子的一角全給占據了，午時的陽光下淡膚色的毛油光錚亮。我繞著種牛轉了一圈，脖頸上的牛皮繩彎曲著耷拉在兩個前蹄前，這一側的身體上沒有傷。

「幫我翻個身。」我們四個男人使足吃奶的勁，種牛才翻了個身。翻過來的這一側也沒有傷，我的注意力集中在了牠嘴邊涎著的唾液。我用力掰開牠的嘴，粗糙的舌苔上是黏稠的液體和碎細的草。

「洗手吧。」普瓊主任說。

叫索曲的女人已經接好了一銅瓢的水，這水慢慢流到我的手上。我的旁邊是兩隻手插在袖管裡，顯得失魂落魄的貢布。

這時，貢布的院門口壘起了很多個黑不溜秋的腦袋，唧唧喳喳的議論聲響個不停。普瓊主任喝斥著把院門給關上了。

「貢布，你把事情的經過給我複述一遍。」我擦乾手後跟貢布說。

「有什麼說的。你直接把嘎瑪多吉給抓起來，讓他給我賠錢。」貢布的聲音提高了幾度，脖子梗得極直。

「這像什麼話？辦案得講究個調查，這樣一準能逮個正著。上樓，把事情經過跟公安同志好好敘述。」

普瓊主任的話使貢布的情緒稍稍平靜了一些，硬實的脖子耷拉下來，拖著腳上木梯。

「你讓門外的村民散開，別讓他們吵鬧，我要單獨問貢布。」我說完，徑直上樓去。

我和貢布面對面坐下，把兜裡的筆記本掏了出來。

「事情的經過一定要說實話，不能冤枉人。」

「脫韁的馬能牽住，說出的話收不回。我怎麼會說瞎話？」

「那行。你把上午發生的事情給我講一遍。」

案件記錄（1）

時間　二〇〇六年十月二十五日中午一點二十分

地點　然堆村

報案人　貢布　男　四十六歲　文盲　然堆村人

今天早晨太陽出來時，我在麻袋裡裝了些草料，然後牽著種牛到了村後的楊樹下。像往常一樣，我把種牛的牽繩綁在楊樹樹幹上，草料倒在了牠的面前。種牛晃著腦袋，咀嚼草料，那油光的毛色在陽光下閃亮。我一高興撫摩起了牠的脊背，想過些時讓牠給家裡的兩頭母牛配種，那來年生出的牛犢肯定比村子裡的任何牛都壯實。我一高興就站在種牛旁待了很久。牠把草料全吃完了，靠近楊樹搓脊背。牠肯定是癢了，我用十個指頭幫牠撓，牠乖順地低著頭，甩動尾巴。等我撓完牠的全身，太陽已經過了山頭，陽光罩住了整個村子，有些婦女背水桶到村口去背水。我想在這兒待得夠久了，得回家去。我拾起地上的麻袋往村裡走去。

剛進村，迎面嘎瑪多吉走過來。他右手握著一把砍柴刀，左手提著牛皮繩。我跟他沒有打招呼，因為他是個壞人。好歹分不清，不如一隻狗。是吧？

我剛把種牛買回來時，村子裡的人都非常地羨慕，唯獨他那時就開始打起了壞注意。

那是今年的夏末，我從信貸所借到了五千元，又從親戚、鄰居那裡東借西湊了三千元，再把家裡的積蓄添上剛夠一萬元。就用這些錢從拉薩買回了這頭種牛。先是讓牠坐車到了縣裡，而後改乘拖拉機運到了村子裡。那天午時到的村子，全村人聚集在村口看牛，他們的眼珠子都要爆出來，嘴巴也歪了。拖拉機的聲音淹沒了他們的議論聲。

我把牛從拖拉機上趕下來，準備牽往自家院子裡。嘎瑪多吉湊過來，撐開他的巴掌，在種牛屁股上狠狠地拍了一下。我很不高興，黑下臉吼道，又不是你家的，這麼狠心拍呀！嘎瑪多吉卻哈哈大笑，親眼不去查查看，煙和蒸汽易混淆。真是一頭好牛。聽到這話我的怒氣也消了。全村人隨著種牛來到了我家門口，其中的有些人進入到院子裡，有些趴在院牆上往裡瞅。這時我能真切地聽到他們的嘖嘖驚歎聲。我很高興，覺得自己借款買種牛買對了。那天下午村民們圍在我家問個沒完，我一一回答說，種牛是阿米日嘎（美國）的。路上花了三天時間。科技人員說產奶量會翻倍。給牠餵草和其他的飼料都行。科技人員說我是我們村子裡第一個靠牛致富的人。

月光落下來，他們還沒有要走的意思。我既睏又餓，只得請他們回去。村民們的表情一下不悅，黑著臉陸陸續續地離開了。等人走完，我媽過來對我說，太白了容易弄黑，太長了容易折斷。你要對村民們親善一點，這樣得罪的人要少一些。她開始轉動她的瑪尼。我沒有理會，我也知道跟人怎麼相處，只是我真的太累了，想早點躺下睡覺。我跟我媳婦說，去拿解渴的來。媳婦拿來了青稞酒。我把青稞酒和糌粑一拌，咕嚕嚕地喝進肚子裡，然後跟我弟弟說，晚上你給種牛餵些草料，把牠跟母牛隔得遠一點。吩咐完，我就去蒙頭睡覺。

第二天不到午時，已經陸陸續續地來了很多個村民，他們想讓我的種牛給他們的母牛配種。哼，想的美！村裡四十多頭母牛，一個個讓牠來操，牠不虛脫才怪呢。我趕緊拿科技人員來壓制他們的這種想法，說，科技人員囑咐過我，說種牛剛從阿米日嘎過來，先要讓牠在山村裡適應幾個月，沒有問題了才可以配種。我借錢買的牛，可不敢冒險呀。村民們不好再說什麼了，臨走時他們卻說，等牠適應過來，可別忘了你的承諾。我真的沒有給他們許什麼諾，他們這麼一說倒是我的壓力徒然增加了。我想這麼多的母牛在等著，配種也不能當三頓飯呀，一天三次，那受得了嗎？

我悶著頭坐在陽臺上晒太陽，這時大門門楣上的鈴鐺叮噹響了一下，我伸長脖子一瞅，嘎瑪多吉的黑手和圓腦袋從門板邊伸進了院子裡。我一下賭氣，臉色陰沉下來。嘎瑪多吉站在院子裡仰起臉向我微笑。你說木炭即使用泉水洗、棉布擦，黑的本質能洗得掉擦得了嗎？我一向認定嘎瑪多吉是個壞人。他上樓來挨著我坐。村裡人快把你家的門檻踏扁了吧？他說著給我一根菸。來過幾個。我回答。一半多的人已經來過了，剩下的還在猶豫著呢。我可是個直爽的人，這樣吧，配一次種要多少錢？嘎瑪多吉問我。我又用科技人員來唬他。不料他卻對我說，你這是瞎說。阿米日嘎人多壯實，聽說他們剛到珠穆朗瑪山腳下，晚上男女就要一起睡呢。女的一興奮就要嗷嗷亂叫，附近的村民們還以為是狼下了山，提著手電舉著木棍跑出來，要驅趕這嚎叫的母狼。翻譯見這架勢，急忙從帳篷裡鑽出來，擋住村民，說，這是阿米日嘎人在交配。村民們一臉的懷疑，說，交配就交配，怎麼還要叫得跟狼似的？翻譯啞語了。想想人家阿米日嘎人多結實，阿米日嘎的牛那更不用說了。我真的說不贏他，只能說，你才瞎說呢。牠要配種，先要配我家的母牛，然後我才考慮其他家的母牛。嘎瑪多吉戳穿了我的謊言，一臉譏笑地盯著我看。他又遞給我一根菸，我沒有接。嘎瑪多吉站起身對我說，我說的話，你考慮一下，多少價由你來定。沒等我回答，他下樓出了院門。

河流都有兩岸，事情都有兩面。本想買了種牛以後我們家在村子裡會受到尊敬，不料卻成了村民們討厭的對象。人們故意與我們家疏遠，說些風涼話，這些我都能理解，我這個尖冒得太突出了，以致使他們都無法接受。按常理，所有人都在說你的時候，你家容易發生一些災禍，我得避免這種事情發生。我背著家人準備好了供燈、哈達、二十元錢，在一個黎明翻山去了翅舞寺，並讓僧人幫我念消災免障的經。拜完佛我心頭的那些個陰霾一掃而光，想到佛祖會好好保佑我的。我在村子裡昂起了頭，再也不怕人們的嘀咕了，經常牽著種牛從村子裡進進出出。村民們雖然裝作沒有看見我，但我發現他們眼睛的餘光還是落在我家種牛身上。這種爭鬥相持了十多天，村民們開始敗下來，他們的態度又像先前一樣了。我再牽著牛過去，他們跟我打招呼，給我一根菸或者一撮鼻菸，話題自然要落到配種上。礙於面子，我每次都要答應得含含糊糊，做到今後讓他們抓不到話柄。我們家又融進了大家庭裡。這樣我母親對我的怨言和責備減少了。要不她愛說，你把整個村的人弄得人心惶惶了。你把我們家置於孤立境地了。沒有種牛，我們的生活過得一樣開心……她的嘮叨讓我心煩。

我想一切都會好起來，村民們會慢慢接受種牛的。呸，就這個嘎瑪多吉又給我生出了事端，真應驗了那句：壞人不懲處，好人不安寧。那是個中午時分，我家的種牛拴在村後的楊樹下，嘎瑪多吉偷偷牽著他家的母牛，強行要讓我的種牛配種。種牛怎麼會看上那頭乾癟的母牛，嘎瑪多吉拽著種牛的繩子硬往母牛身上拉，種牛的前蹄一搭上去，母牛趴倒在地上。這壞人還不死心，挑逗種牛的慾望，種牛被他騷得慾望難耐。嘎瑪多吉怕他家的母牛扛不住種牛，自己鑽到母牛肚皮底下幫牠頂。種牛的前蹄一搭上去，嘎瑪多吉和乾癟的母牛搖搖晃晃。種牛一頂，嘎瑪多吉和他的母牛摔倒在地。那時我在家裡修理農具，突然眼皮跳個不停，哎，有什麼倒楣的事要發生呢？我丟下手裡的活，出門往拴種牛的方向走去。我到的時候嘎瑪多吉雇了個幫手，嘎瑪多吉鑽在母牛肚子底，群佩引導種牛爬上去。一見到這場景，我氣得臉漲紅，喉嚨乾燥，跑過去一腳踢在群佩的屁股上，他趔趄著倒在地上。嘎瑪多吉還從母牛肚皮底下喊起來，快扶上去。我用鞋底踹母牛的側背，嘎瑪多吉和母牛仰翻在地。嘎瑪多吉看到了憤怒的我，馬上爬起來強辯道，貢布，那天我們說好了的啊，配了種我給你付錢，可是現在還沒有配上。你來了正好，幫幫忙。我看我四周，一塊石頭一根木棍都沒有，我握緊拳頭一拳飛向嘎瑪多吉的右臉，他被掀翻在地。我跑過去騎到嘎瑪多吉的身上，揪住了他的頭髮。群佩跑過來拽我的手，這讓我很生氣，我鬆開手，站起來去攆打群佩。群佩被我的怒氣嚇住了，掉頭往村子裡跑。我一邊大聲謾罵一邊撿石頭向他砸去。我的謾罵聲引來了很多村民，他們抱住我要我冷靜。我當著村民們說，向三寶起誓，要是今天我不把嘎瑪多吉和群佩宰死，那麼我就不叫貢布。我的起誓讓村民們後怕，有人跑去找來了普瓊主任和村祕書。他們的調停讓我很鬱悶，我要求嘎瑪多吉要給我配種費，可是普瓊主任他們卻裁決不用給，原因是種牛沒有能夠插進去。他們臭罵了一頓嘎瑪多吉，並讓他向我陪罪道歉。嘎瑪多吉給我陪罪道歉，我堅持不接受，執意要求賠償。村民中有人開始態度轉向，從同情我轉向反感我了。想錢想瘋了。什麼事都沒有發生，還要什麼賠償。都是同一個村的，還要這麼相逼……這些議論聲讓我的心境更加糟糕。我想：我借債買來一頭種牛，卻把全村人都給得罪了，難道村子裡就容不下這頭種牛嗎？我既氣憤又委屈，這時我媽擠進人堆裡，拉著我的手，要我回去。我說還沒有公正地解決這件事。她卻說，虱不搔大山，虎不吃馬屁。事情被主任和祕書像量尺一樣公正地解決了，你還有什麼不服的。我雖然氣憤，可不能讓媽媽傷心，她已經七十多了，只能順從地聽她的話。我罵罵咧咧地離開了人群。

這以後我都比較提防，轉眼就過去了二十多天，種牛的身體愈加結實，我想到了該給自家的母牛配種。

今早我遇到嘎瑪多吉後，心裡有些忐忑，乾脆調頭跟在他的身後。嘎瑪多吉發現我跟在後面，經過種牛旁邊，走向山腳延伸下來的斜坡，後來開始彎腰爬山。我這才折回來。我在家聽了一會兒藏語廣播，眼睛突然又跳了起來，第一個想到的是種牛，我趕緊跑下樓，到了村子後頭。讓我大吃一驚的是，牽繩的一截掛在樹上，種牛卻不見了蹤影。我想肯定是嘎瑪多吉使的壞。我向山後找去，在一個岩石後的荊棘叢裡看到了種牛，那時牠快要斷氣了，嘴裡全是黏稠的唾液。我拚命地往回跑，在一個瓶子裡泡了點舍利藥丸，帶著弟弟和路口碰到的三個村民來救種牛。我把藥水灌進種牛嘴裡時，牠已經斷了氣，身體在漸漸冷卻下去。村民們說，趕緊讓普瓊主任給縣裡打電話報案。我讓弟弟去辦這件事，順便讓他叫幾個村民過來，幫我把種牛抬回家。事情的經過就是這樣，我沒有說一句假話，我可以向三寶起誓。

受害人：貢布

我給貢布重新讀了一遍他的陳述，在確定沒有出錯的情況下，讓他在名字上摁上了手印。

他問：「能斷案了嗎？」

我說：「不行。我還要找嫌疑人問話。另外，你帶我到村後的楊樹下和發現種牛的地方去實地查看。」

我仔細地查看了拴在楊樹上的那截牛皮繩，再後到發現種牛的地方細心地尋找線索。之後在普瓊主任的帶領下，來到了嘎瑪多吉的家。

案件記錄（2）

時間　二〇〇六年十月二十五日下午三點

地點　然堆村

嫌疑人　嘎瑪多吉　男　二十二歲　初中文化　然堆村人

我嘎瑪多吉今天真是倒楣。貢布家的種牛死了，責任卻推到了我的頭上，真的很冤枉。今早我父親讓我騎自行車到前村去問岩板的銷路，我說不急，明天去。我先要給家裡砍些柴火，免得我不在的時候兩個老人辛苦。要是今早我去了前村，就攤不上這件倒楣的事情。早晨太陽出來後，我把砍柴刀和繩子準備齊，到村後的山上去砍柴。我在路上碰到了貢布，本來他要回去的，一見我往村後走去跟了過來。我當時就覺得好笑，想到他這人真是小肚雞腸，頭也沒有回只顧著往前走。我在半山腰遇到了同村的洛桑，我們倆一起砍柴。當時，我還跟洛桑開玩笑說，貢布一直送我到了山上。洛桑回答，貢布怕你把他家種牛的生殖器給割掉。我們開著玩笑，嗵嗵嗵地砍伐灌木的枝幹。（大概是什麼時候？）太陽已經移到了山坡上的白塔上。當我倆把那些樹打捆時，我爸氣喘吁吁地跑上山來，揪住我的耳朵罵我，你怎麼做出這樣傷天害理的事情。你把貢布家的種牛給毒死了，我們賠不起，你自己坐牢去吧。說完他自己倒先哭了起來。種牛被毒死了？我問。已經死了，人家貢布說是被你毒死的，還叫來了縣上的公安。我爸全身哆嗦，淚水淌個沒完。瞎說，我一直和洛桑在山上，誰能證明是我下的毒。我理直氣壯地回答。我爸不哭了，轉身問洛桑，是真的嗎？我們倆一直在一起，興許是別的人看不慣，下的毒呢。洛桑回答。我爸沉思了一會兒，馬上催促我倆下山。我們進村時遇到了幾個村民，他們表情凝重，一臉的嚴肅。村祕書跑過來，通知我不要亂走動，待在家裡等公安處置。我聽了很生氣，拍著胸脯問，憑什麼？我想到哪裡就到哪裡去，這是我的自由。村祕書說，公安來了，你再跟他談自由吧。我還想說的時候，我爸把我推了過去。

我們回到家等待著公安的到來。

（聽說以前你到貢布家，商談過配種的事情，到底是怎麼回事？）是呀。那時我剛從拉薩打工回來，身上有幾千塊錢。貢布家買來的那頭種牛真的特棒，我在拉薩時電視裡見過這種種牛，親眼見到卻是在我們這個小村子裡。我也想擁有這麼一頭牛，或這頭牛弄出的牛犢。種牛到的第二天我在村子裡瞎轉悠，聽說一半的村民都去了貢布家，乞求他到時候給他們的母牛配種。貢布卻說種牛還沒有適應這個地方，需要一段時間的適應過程。村民們相信了，可讓他們沮喪的是還要等很長的時間。我在地區和拉薩見過用引進的種牛配種，人家才不說要適應呢，只要母牛主需要，能交得起錢，種牛就得拚上命來交配。那時我為這些種牛鳴不平，喜歡的不喜歡的牠都要爬上去，下來累吁吁的。我當時就向佛祖祈求，下輩子千萬別讓我投胎成種牛，那我可要累死。我知道貢布不樂意讓自家的種牛來給村裡的母牛配種，他知道村民們不願掏錢來配種，他們想用同一個村子的紐帶來把錢壓到最低，或者免費，這樣他當然不樂意。換了我，我也不會答應。我看到了我的優勢，我能馬上給他配種的現金，而且絕不會欠半分錢。我帶著優越感到了他家，我把我的想法說給了他，他卻沒有答應，我說我可以等待。之後的幾天裡，村民們的耐心失去了，他們看到種牛時心裡癢得很，這種癢癢滋生出了妒忌和憤懣，無形中大夥結成了同盟，盡力孤立和打擊他，背後損人的議論沒個完。貢布一家人的興奮勁一下被端掉了，他木訥地彎著頭在村子裡進進出出。

我知道貢布不喜歡我，村子裡上了點年紀的人都不喜歡我，原因是我初中畢業後沒有考上高中，就回到了然堆村。你也知道幾年不幹農活，再讓我下地種莊稼我幹得了嗎？我樂意幹嗎？村民們看不慣我懶惰的樣子，經常拿我當反面例子。我知道村民們都是井底之蛙，這種閉塞的地方我可不想待。我知道北京也知道紐約，知道酒吧也知道洗桑拿，可他們知道嗎？還有他們每周三都要到村前的白塔前煨桑，祈禱著眾生的平等世界的祥和，可現實生活中他們所做的正好相反。他們斤斤計較，相互嫉妒，相互詆毀，我對他們的這些做法很反感。待在村子裡，用不了多長時間，我也會變得跟他們一樣。為了使自己不成為他們那一類，我跟其他村子的幾個落榜生到拉薩和地區去打工。辛辛苦苦地幹個半年多，也能掙幾千塊錢。回到村子裡村民們見我掙了錢，那表情像是嘴裡吃到了蒼蠅，彆扭得讓我很不舒服。（別扯遠了，談後來的事。）後來嘛，貢布一直沒有答覆我，我看到他的處境，就想到這可能是個最佳時機。經過兩天的觀察，發現中午時間種牛要躺在楊樹的蔭涼底睡一會，貢布那時候不會出來看種牛。我選定了一個中午，趕著母牛到村後去配種，可是我們家的母牛太弱小了，禁不起重壓每次都要跪倒在地。我用一包菸雇了群佩，讓他來幫忙。這時貢布來了，還打了我一頓。我做錯了，所以我一直沒有還手。可貢布貪得無厭，還要收取配種費。村委會主任和秘書了解了情況，按事實決定不用給錢。貢布卻說不公正，一定要重新處理。還是貢布家的老母親心善，人家老太婆可是個真心向佛的人，她沒有為難我，勸自己的兒子回家去了。

我想配種的事到此徹底終結了，於是同前村的其米合資，準備開採岩石板，賣到地區去。如今，貢布卻指認我是殺死種牛的嫌疑人，那他要拿出證據來呀。我在拉薩知道不能亂冤枉人，一切要講證據的。（這些你不用擔心，證據會有我來收集，我只要你把事情的經過給我老老實實地交代清楚。）還要我說什麼？（你真的沒有靠近那頭種牛？沒有下過毒？你能保證？）貢布的種牛我真的沒有碰過，我上山時他一直目送我的。再說我也不會下毒的，這樣無緣無故地剝奪一條生命，我還要顧忌遭到報應呢。如果我說的有一句假話，你可以馬上把我抓起來。（還有要補充的嗎？）事情經過就是這樣，其他我就沒有什麼可說的了。

嫌疑人：嘎瑪多吉

案件記錄（3）

時間　二〇〇六年十月二十五日下午三點五十分

地點　然堆村

證人　洛桑　男　四十四歲　小學文化　然堆村人

我在半山腰停下來，吸了口鼻菸。我往山下看，有個人在爬山，另外一個人站在了楊樹下。當時太陽光很強烈，我不想費著勁認清誰是誰。吸完鼻菸我向山的左側走去，那邊有比較多的荊棘和灌木叢，剛砍斷幾個枝椏，嘎瑪多吉就站在了我的面前。嘎瑪多吉是個很機靈的人，他喜歡待在村口把人聚集起來，講城裡的事情，人們圍著他問個不停。他可以聊著把一上午的時間耗費掉。所以，我老婆她們經常提醒我少到那邊去，說嘎瑪多吉會勾人的心，會把人帶壞。我聽他聊過幾次，最壞的也就是說城裡可以掏錢睡女人。這有什麼，我們鄉下不用掏錢都能睡。後來我就不去聽他吹了。嘎瑪多吉和我一邊聊著一邊砍柴，接近中午十一點多嘎瑪多吉的父親扎多跑上山，他一來就揪著嘎瑪多吉的耳朵，訓斥個不停。我知道了貢布家那頭漂亮的種牛死了。嘎瑪多吉當著扎多的面發誓說他沒有弄死種牛。我也插話說嘎瑪多吉一直跟我在一起。（你能負責任地說他一直沒有離開你？）我能負這個責任。扎多要我們下山去，說縣上的公安馬上要到。我們把捆好的柴火背在背上下山。進村後遇到了村祕書，嘎瑪多吉和村祕書發生了爭執。他們倆以前一起上學，村祕書小學就輟學了，後來當的村祕書。嘎瑪多吉從來沒有服過村祕書，兩個人之間較著勁呢。扎多用力一搡，嘎瑪多吉就往自家走去。到現在我沒有見到他。

（你能說說對貢布家種牛的看法嗎？）我是個靠種地生活的農民，能有什麼看法。（想到什麼就說什麼吧，跟案子沒有關係。）嗨，這下貢布家完蛋了。誰會想到會發生這種事情呢，一切都是命中注定的。注定的事情你能改變得了嗎？貢布家生活水平在村子裡也算是中等，不買那頭種牛也能過得舒舒服服。他們在地區有個當官的親戚，就在他的鼓動下，他決心買那頭種牛的。貸款的事也是那個親戚中間疏通的。他去買種牛的時候，跟村子裡的誰都沒有說，一個人偷偷地走的。回來時站在拖拉機上，那得意勁讓許多村民內心很自卑。那頭種牛貨真價實，我們想想牠的那個價格，只能咋舌。不是有一句話嘛：國王靠著金山餓兮兮，乞丐一袋糌粑飽兮兮。貢布有了種牛煩惱也就比以往任何時候多了起來。求貢布家種牛配種的村民斷不了，又遇到不本分的嘎瑪多吉較勁，使他與村民們的矛盾日益突出。貢布也為難呀，他用種牛給這家配種，那家肯定不高興。來點先後，排在後面的也要在背後說些壞話。貢布看著本分，他的心卻不安分，要不他怎麼敢花那麼多錢買來阿米日嘎的種牛呢？

貢布的種牛把整個村子攪了個熱熱鬧鬧，跟當初嘎瑪多吉到外打工，掙來千把塊錢差不多。他們的區別是，貢布借債買了熱鬧，到頭來要把家底都賠進去；嘎瑪多吉是賣力掙錢，把城裡人的油滑奸詐學會了，到頭來村裡沒有一個人願意跟他掏心。

證明人：洛桑

我想，現在貢布家該怎麼辦？（還有什麼補充的？）沒有了。我保證嘎瑪多吉沒有害死種牛。

接著我又走訪了幾家，他們那時候全待在自己家裡，大夥都一再表明，除了嘎瑪多吉可能會使壞外，村裡人都很本分，誰都不會幹出這種事。我的調查結束了，我和村委會主任普瓊從村子裡走過時，他說，「村裡人把三寶頂在頭上，絕對不會幹出傷害人的事情，這一點我可以跟你打包票。現在能把村子風氣帶壞的就是那些個沒有考上學，知道一點外面情況的人。他們腸子花，頭腦機靈，總能幹出一些讓我們吃驚的事來。」我知道當今的農村流行一句：初中畢業就回母親懷抱。說的就是這種現狀。

我和普瓊主任走過村子裡時，村民們向我們微彎著腰，露出一排白牙齒來。我也向他們笑一笑。幾分鐘後，我們已經走到了村委會門口。

「嘎瑪多吉要抓起來嗎？」村祕書問我。

「為什麼？」我問。

「嘎瑪多吉是嫌疑犯呀！」

「這樣公正嗎？有人證明他不在現場，也沒有時間作案。」我說。

我坐在村委會的草墊上，把記錄的口供從頭到尾理順了一遍，心裡已經有譜了。

「把全村的人叫到這裡來，我要把調查的結果跟他們宣布。」我說。

「你快去叫，讓他們馬上來。」普瓊主任把村祕書派了出去。

轉眼間，背著柳筐，提著青稞酒的村民稀稀拉拉地走進了村委會院子裡。他們席地而坐，有人開始拈羊毛線，有人抵著額頭細聲低語，有人納鞋底。貢布扶著他的母親坐在了檯子下，嘎瑪多吉一家卻蹲坐在進門的角落邊。

普瓊主任把事情的經過給村民們大致地介紹了一下，然後讓我來宣布調查結果。我把調查過程簡要說了一遍，然後宣布種牛是自己跑開的，沒有人為的破壞行為。我提高嗓門說，「牠是由於牛皮繩的斷裂，自己離開楊樹底，跑到了岩石後面的灌木叢裡。」我停頓下來，把從楊樹樹幹上取下的牛皮繩和拴在種牛脖子上的牛皮繩斷裂處給村民們看。然後我解釋說，「牛皮繩斷裂處下半部分有新的皮絲綻開，這證明是經過用力拉扯後斷裂的。要是用刀子割斷的話，不會出現皮絲。再說，這根牛皮繩斷裂處以前就有裂口了，舊的裂口到現在都是黑糊糊的。你們看看。這說明裂口已經有一段時間了。總之，是種牛自己用勁，才使牛皮繩斷裂的。」村民們相信了。我又說，「至於種牛的死因，通過調查，我發現沒有人下過毒，是種牛自己吃了有毒的草，中毒死的。」我把兜裡的塑料袋掏出來，給村民們看，裡面有從種牛舌苔上取下的碎草和唾液，以及我從岩石後取得同樣的草。我說，「這結果還有待化驗，化驗完了我要帶著結果過來。」

貢布嚎啕大哭，村民們望著他一言不發。貢布的腦袋抵住他母親的胸口，肩頭陣陣顫動。村委會裡寂靜無比。貢布的哭聲，把我的心緒攪得很亂，沒有破案之後的喜悅心情。我能安慰他什麼呢？他的盼頭被我用事實給擊碎了，我置他於水深火熱中，我覺得愧疚。我指望普瓊主任能打破這種局面，他卻兩手抱住大腿，誰也不看一眼。那哭聲淒厲、尖銳，我看到貢布母親也落下了淚。我侷促不安，無計可施，呆呆地站在臺子上。我心裡不得不想，這案子我判得公正嗎？我的同情心傾向貢布那邊。

「我買種牛的六十斤肉。」這聲音雖然不大，但充滿底氣。我循著聲音望去，看到嘎瑪多吉站在大門邊，衝臺上喊。

「買肉？」普瓊主任輕聲玩味。

「我也買二十斤。」

「……」

此起彼伏的喊聲淹沒了哭泣聲。

普瓊主任臉上的愁雲頓然消散，馬上安排人員，把種牛抬到了村委會，開始剖膛割肉。村祕書在本子上記錄誰家買多少斤肉和多少價錢，不夠的用青稞和雞蛋來沖賬。

「這肉有毒，不能吃。」我說。

「只要不吃內臟，肉是沒有毒的。」村委會主任邊收錢邊跟我說。

村委會院子裡熱鬧無比。全村人圍住種牛，要脊背肉，要後腿肉，要牛腩肉……

太陽落山時，一頭種牛只剩下牛頭、內臟和牛皮了，地上一灘殷紅的血，血腥味盈滿院子，上面嗡嗡地飛翔幾隻蒼蠅。

「有多少現金？」我問。

「三千兩百六十。還有糧食和雞蛋，它們加起來可能有五千多。」

我的心稍微輕鬆了一些，我把錢夾裡的五百塊錢拿出來，交給了普瓊主任。他死活不接，我只能說，「給我一點肉。」

「可是沒有肉了。要不先拿我家買的那幾斤肉？」

「嗨，主任，還有牛頭呢，就把牛頭裝到警車裡去。」村祕書嚷嚷道。

幾個村民跑過去，打開車門，在後座上墊個紙箱，把牛頭擱在上面。

「我不拿。」我說。

「錢還給你。」普瓊主任說。

「那我拿了。」

村民們向我表示著感謝，灌了幾十杯青稞酒，我有些飄飄然。我告別了然堆村的村民，揚起灰塵跑下山腳，然堆村離我越來越遠了。我強烈地感覺，然堆村依然很寧靜很祥和。

駛進溝壑裡時，然堆村已經看不到了，我扭頭看了一眼牛頭，牠兩隻眼睛睜開著，好像死不瞑目。

我想我斷的案不公正嗎？

北京吉普裡我在前座上思索，沒有發現什麼紕漏。

我就問後座上的牛頭，「我斷得不公正嗎？」

沒有應聲，我再次回了頭，牛的眼睛已經閉上了，牠的神態安詳。我想我沒有冤枉誰，我的心情好了起來。

前面的景物模糊不清了，我扭亮了吉普車的近光燈，這樣我不會走錯路了。

九歌文庫 1192

放生羊

作者	次仁羅布
責任編輯	蔡佩錦
創辦人	蔡文甫
發行人	蔡澤玉
出版發行	九歌出版社有限公司 臺北市105八德路3段12巷57弄40號 電話／02-25776564・傳真／02-25789205 郵政劃撥／0112295-1
九歌文學網	www.chiuko.com.tw
印刷	晨捷印製股份有限公司
法律顧問	龍躍天律師・蕭雄淋律師・董安丹律師
初版	2015（民國104）年6月
定價	350元

書號 F1192
ISBN 978-957-444-998-9
（缺頁、破損或裝訂錯誤，請寄回本公司更換）

國家圖書館出版品預行編目資料

放生羊 / 次仁羅布著. -- 初版.-- 臺北市：九歌,
民104.06　320 面　；14.8×21公分. --
（九歌文庫；1192）

ISBN 978-957-444-998-9（平裝）

857.63　　　　　　　　104006467